「これはどういうことでしょうか？」
驚きつつも平静を装う陸孫《リクソン》。
薬屋のひとりごと
11
日向夏
Natsu Hyuuga
illustration しのとうこ

「羅半《ラハン》さま！」
家の門前で待っていたのは、
義妹の同僚たちだった。

「姚《ヤオ》さん、燕燕《エンエン》さん、どうされましたか？」

玉《ギョク》鶯《オウ》は壬《ジン》氏《シ》の前、
民衆との間に立っている。
周りを、まるで舞台を囲むように
民衆が遠巻きにしている。

音《オン》操《ソウ》に連れて行かれる
変人軍師を見る。
「なんだい、爸爸《パパ》に
なんでも聞いてごらん？」

「……補充がしたい」
「何をしているんですか？」

ぎゅっと長い指が
猫猫《マオマオ》の手の甲を押さえ、
手のひらには
壬氏《ジンシ》の手のひらが
密着する。

薬屋のひとりごと

INTRODUCTION

壬氏《ジンシ》の功、壬氏の罪

壬氏は皇弟《おうてい》という立場を最大限に利用して
中央に戌西州《いせいしゅう》への支援を要請します。
また、物資が不足する中、
猫猫《マオマオ》にさまざまな問題が火の粉となって降りかかります。
謎の腹痛に苦しむ玉鶯《ギョクオウ》の孫娘。
変人軍師・羅漢《ラカン》が連れてきた棋聖《きせい》と呼ばれる老人。
同僚の医官天祐《ティンユウ》の奇行。
そして、消息不明だったあの人が帰ってくる⁉
一方、西都では皇弟に対する不満が高まっていきます。
蝗害《こうがい》による飢えや病に苦しむ民衆は、
とうとう皇族である壬氏へ怒りの矛先を向けることに。
守り支えていたはずの民衆に恨まれてしまった壬氏の決断は？
不審な動きを続ける領主代行・玉鶯の狙いとは？
そして、猫猫は無事、危機を脱することができるのでしょうか？

薬屋のひとりごと

11

日向夏

ヒーロー文庫

目次

薬屋のひとりごと

目次

11

illustration : しのとうこ

人物紹介

猫猫《マオマオ》……元は花街《はなまち》の薬師《くすし》。後宮《こうきゅう》や宮廷勤務を経て、現在西都にて医官付きの官女《かんじょ》をやっている。薬も毒も好きだが、毒薬作りの名人と言われると不機嫌になる。蝗害《こうがい》のせいで、飛蝗《バッタ》が嫌いになった。二十歳。

壬氏《ジンシ》……皇弟《おうてい》。天女のような容姿を持つ青年。西都ではその立場ゆえに行動が制限されている。派手な政治手腕はないが、堅実に外堀を埋めるのが得意。最近は玉鶯《ギョクオウ》に美味しい所を奪われてばかりだが、本人は気にしていない。本名、華瑞月《かずいげつ》。二十一歳。

雀《チュエ》……高順《ガオシュン》の息子である馬良《バリョウ》の嫁。やたら我が道を行くおちゃらけた性格だが、なんでもできるので、猫猫の付き添いや護衛をすることが多い。壬氏の侍女。

李白《リハク》……武官。猫猫の護衛として西都に同行している。大型犬のような人懐っこい男だが、天祐《ティンユウ》とはそりが合わない。

羅半兄《ラハンあに》……羅半の兄。羅半に騙《だま》されて西都で農業実習をする羽目になるが、途中蝗害が起きて現在行方不明。

やぶ医者……宦官《かんがん》。元後宮医官だが、実力はなく大体運の良さで生きてきた。周りの人の毒気を抜くのが上手い。

高順《ガオシュン》……馬閃《バセン》の父。がっしりとした体つきの武人で壬氏の元お目付け役。壬氏が西都へ行くということで、護衛としてついてきている。妻の桃美《タオメイ》には頭が上がらない。

羅漢《ラカン》……猫猫の実父であり、羅門《ルォメン》の甥《おい》。片眼鏡《モノクル》をかけた変人。猫猫を可愛がるが、何もかも裏目に出てしまう人。人を見る目は、誰よりも鋭い。大の甘党で、将棋《しょうぎ》と碁《ご》が得意。

羅半《ラハン》……羅漢の甥であり養子。丸眼鏡をかけた小男。羅漢に代わり都で屋敷を守っている。抜け目のない文官。数字が好き。

玉葉后《ギョクヨウきさき》……皇帝の正室。赤毛碧眼《へきがん》の胡姫《こき》。西都出身であるが、異母兄に対しては複雑な思いがある。二十二歳。

皇帝……美髯《びぜん》をたくわえたやり手。ふくよかな女性が好み。三十七歳。

姚《ヤオ》……猫猫《マオマオ》の同僚。身長が高く発育も良いため猫猫より年上に見られる。政略結婚を押し付ける叔父《おじ》が嫌い。医官の技術を手に入れるため、研修中。十六歳。

燕燕《エンエン》……猫猫の同僚。姚の侍女で姚とともに宮廷の医官手伝いになった。姚命だが、最近姚の行動について不安になっている。二十歳。

陸孫《リクソン》……元は羅漢《ラカン》の副官。現在、西都で働いている。人の顔を一度見たら忘れない特技を持つ。優男だが、大規模な蝗害《こうがい》に遭っても理性を失わず、人々を導く。

玉袁《ギョクエン》……玉葉后の実父。西都を治めていたが、娘が皇后になったために都へとやってきた。西都の領主代行を玉鶯に任せたが、その補佐として、中央で働いていた陸孫を西都へ送る。

玉鶯《ギョクオウ》……玉袁の長男。玉葉后の異母兄。現在、西都を父に代わり治めている。西都では絶大な支持を得ているが、何かと壬氏《ジンシ》をないがしろにしている。何か思惑がある模様。

水蓮《スイレン》……壬氏の侍女であり元乳母。年配だが壬氏のために西都に同行する。

馬良《バリョウ》……高順《ガオシュン》の息子、馬閃《バセン》の兄。対人関係が苦手ですぐ胃をやられる。雀《チュエ》とは政略結婚しており、子どももいる。

音操《オンソウ》……羅漢の副官。羅漢のせいで常に胃をきりきりさせているが、有能な人。

楊《ヨウ》医官……宮廷の上級医官。西都出身。明るく気さくな性格。

天祐《ティンユウ》……猫猫の同僚の若い医官。一見、軽薄で軟派な男だが、外科技術はかなりの腕前。

李《リ》医官……宮廷の中級医官。生真面目で融通が利かなそうな男。

魯侍郎《ルーじろう》……礼部《れいぶ》の次官。壬氏と共に西都に行く。

舒鳧《ジョフ》……嘴《くちばし》に黒い点がついた白い家鴨《あひる》。里樹《リーシュ》が孵化《ふか》させていた雛《ひな》だが、馬閃《バセン》を最初に見たためそのまま懐いて西都までついてきた。けっこう賢い。

イラスト／しのとうこ
装丁・本文デザイン／5GAS DESIGN STUDIO
校正／福島典子（東京出版サービスセンター）
DTP／伊大知桂子（主婦の友社）

序話

馬車の音が好きだ。

馬の嘶《いなな》き、車輪の軋《きし》み、御者の掛け声。

市場の音が好きだ。

商人の呼び込み、活気ある雑踏、子どもの笑い声。

乾いた空気と痩せた大地、恵まれぬ土地でも人はたくましく生きる。

とても素晴らしいことだと母に教えてもらった。

少年はいつも母の傍らでその言葉を聞いていた。

母は鳥を操り、机上で世界を俯瞰《ふかん》する。いつかおまえもできるようになるからと、笑いかける。たまにじっと少年の目を見て、何かを考えているようだった。誰かを思い出しているようにも思えた。

「この街を守ってちょうだいね」

母の言葉に少年はこくりと頷《うなず》く。

「大きく豊かに育ててちょうだいね」

わかっているよ、と少年は返事する。

「父さまを目指してちょうだいね」

もちろんだとも、と笑ってみせる。

少年が大きく豊かに育つのは、この街が大きく豊かになるのと同じ。

不作などものともしない豊かさを、外敵に襲われても跳ね返す強さを——。

優しい母のように、大きな背中を持つ父のようになりたい。

この西都がどこよりも美しく豊かな場所であるために、そうなりたかった。

一話　乾燥果実《ドライフルーツ》

蝗害《こうがい》から五日。

猫猫《マオマオ》は竈《かまど》を使って煮炊きをしていた。換気を良くしないと、中毒になりそうだ。大きく息を吸って吐き、顔に手ぬぐいを巻く。

ようやく医務室の周りの飛蝗《バッタ》がほぼ駆除できた。まだ生き残っている個体も見かけるが、そのたびに足で踏みつぶすなりして殺している。

「まだ、毒草が必要なのか？」

大鍋をかき混ぜながら李白《リハク》が猫猫に聞いた。

「ええ。第二波がくるかもしれません」

猫猫は包丁でざくざくと毒草を刻み、鍋の中に入れる。

「李白さま、ちゃんと口元を覆ってください」

「ちっと煙たいけど大丈夫だろ？」

面倒くさそうに李白が顔をしかめる。

「以前、食糧庫の小火《ぼや》のときに油断して頭が焦げたのは誰でしたか？」

「うっ」

李白はおとなしく口を手ぬぐいで覆った。

「猫猫さん、猫猫さーん」

とてとてと独特の足音でやってくるのは雀《チュエ》だ。大きな箱を抱えている。

「補充の薬とさらし持ってきましたよぅ」

「ありがとうございます」

猫猫は中身を確認する。

「……これだけですか？」

「はい、残念ですが」

雀が眉を八の字にする。箱の大きさに中身の量が見合っていない。もちろん、猫猫が注文した数には全く足りない。

「やっぱり物資が足りてないので仕方ないのです」

「そうですよね」

飛蝗《バッタ》がいなくなったからといって安心できない。

人々は不安になっているし、不安は狂暴性を生む。怪我人《けがにん》もいれば体調不良を訴える者も多い。薬の減りが早いのに流通が滞っているので、足りなくなる。

猫猫は雀にも手伝えと、すり鉢とすりこぎを渡す。仕方ないなあと、腕まくりする雀。

（食糧がすぐになくなることはないだろうけど）

倉の穀物まで全部食べられたわけではないらしい。ただ、野菜や果物の流通が滞っているので、しばらく食事は偏ってしまうだろう。

（問題は数か月先だな）

次の作物の収穫まで、食糧を細かく調節しないといけない。

人の心は難しい。大丈夫だから安心しろ、と言ったところで足りないとわかったらかき集めようとする。結果、買い占めが起こり、食えぬ者が出てくる。

「そこのところ領主代行さまはわかってらっしゃるんでしょうねえ」

猫猫が言うと、雀は意味深に答えた。

「なんだかんだで、やり手ですよぅ、玉鶯《ギョクオウ》さまは」

「やり手ですか？」

猫猫は、玉鶯という男についてはいろいろ思うところはあった。だが、それとこれとは別と考えるのが大人だ。

「西都や周辺の町へ、足りない食糧をすぐさま送り込んで、炊き出ししているようです。すぐ動けるのは大きいですね」

初動の早さは、安心につながる。

「へえ、すぐさま備蓄出せるなんて太っ腹だな。権力者とやらは独り占めして溜《た》めこみそうなのに」

李白が感心する。

「ええ。ちゃんと町の人口と被害の大きさも計算して馬車に荷を積んでいましたね」

さすが目ざとい雀だ。自分の目で確認していたらしい。

(それって)

陸孫《リクソン》が前々から準備していたことではないだろうか。陸孫が玉鶯にいろいろ報告したとして、それを利用したのならわかる。

(まあ、陸孫が報告していたとしたら)

変に矜持《プライド》を持たずに、中央から来た者でも使えるものは使っていると考えるべきか。

陸孫に農村からすぐ帰るように指示を出さなかったのも、そういう情報を得るためかもしれない。

壬氏《ジンシ》を名ばかりの皇族として引き立て役のように扱うのを考えると、玉鶯を必ずしも肯定的には受け取れない。だが、地元密着型の政治家としてはかなり有能だと猫猫は思う。

(もう少しあのやり方を見習えばいいのに)

壬氏は玉鶯の自分に対する扱いについてどう思っているのだろうか。

(本人としては、周りほど扱いの杜撰《ずさん》さを気にしていない感じだけど)

壬氏は動きたいのに、客人扱いされて思うように動けないことを歯がゆく感じているように思える。でも、李白を猫猫のいる農村に送ったり、変人軍師を誘導して飛蝗《バッタ》討伐隊を編成させたり、やれることはやっていた。水面下で彼がやっていることは大きい。

壬氏という人物は、あまり権力に固執していない。時によっては権力者として振る舞うことはあるが、壬氏が皇弟《おうてい》として大きくその立場を利用したのは――。

（子《シ》の一族の反乱のときくらいじゃないか）

あの時、壬氏は皇族として動いていた。ある意味、原因は猫猫にあるので、なんともいえないが、皇弟たる姿が一番民衆の目に映ったのは乱の制圧のときだろう。

その後、壬氏が皇弟として働いているのは知っている。宦官《かんがん》時代に劣らず、いやそれ以上に多忙だ。だが、どれも押し付けられた仕事が多く、壬氏が自ら動いているものといえば――。

（蝗害《こうがい》の対策だったんだけどなあ）

周りから杞憂《きゆう》だと言われ、無駄に税を上げていると言われ、民にも官僚にも白い目で見られていたというのに。

（宦官の時のように、もっと表に出てしまえばいいのに）

皇弟に戻ってからは極力、その顔という武器を使っていないように思える。

（求婚者が増えるからやめているのかも）

宦官であるという防波堤がなくなり、皇弟という権威まで備わったならば、妃《きさき》になりたいという女は数多《あまた》いよう。

（求婚か）

猫猫は、陸孫の冗談を思い出す。雀あたりが壬氏に報告しているだろうな、面倒だなと考えたりする。

「雀さん、報告しましたか？」

何の報告かはあえて説明せず聞く。具体的には、農村で陸孫が言った求婚してもいいですか、という冗談についてだ。

「何の報告かわかりませんが、ご安心を。軍師さまには極秘事項です」

「……」

つまり壬氏には話したということだ。李白が何のことかと首を傾《かし》げていたが、そのまま鍋をかき混ぜている。

「冗談なら別にいいんじゃないですかねえ」

「冗談ですもんねえ」

「冗談にしない人はいますけどねえ」

雀は確信犯だ。

猫猫は面倒くさい壬氏の姿を想像した。次に会う時にねちねちしていそうだが、大丈夫だろうか。

「お嬢ちゃん、できたよ」

やぶ医者が大きな平笊《ひらざる》に丸薬を並べて見せる。丸薬は粒ごとの大きさを揃《そろ》えるため、木型でまとめて作製する。最初、やぶ医者が手で丸めて大雑把《おおざっぱ》に作っていたのを見てびっくりした思い出がよみがえる。

「ありがとうございます。次はこちらをお願いします」

「よーし、がんばるよ！」

やぶ医者は張り切っているが、これではどっちが助手かわからない。

なお、天祐《ティンユウ》はいつの間にか消えている。手伝わせようと探しに行くと、食堂で家畜の解体をしているところだった。戌西州《いせいしゅう》では、家畜をばらすことは成人の嗜《たしな》みみたいなところがあるらしく、医官が器用に切り分けていても変だと思われなかった。

正直、天祐は解体が好きで医官になったのでは、と猫猫は思う。

「これは練習だから。腕が鈍るといけないもんねぇ」

天祐は猫猫を挑発するように家畜の足をぶらぶらさせる。相変わらず食えない男だ。

楊《ヨウ》医官たちは、街で怪我人《けがにん》や病人の手当をしているらしく大忙しである。

本邸と公所《やくば》にいる人員は蝗害《こうがい》の後始末で大変だ。特に、変人軍師の配下は手が足りないので、応援として別邸に配属された部下たちを連れていく。結果、別邸はいつもより人が少ない。

猫猫は医務室に戻りながら、別邸の中を確認した。

それでも壬氏の警護など、最低限の人員は残されている。

やぶ医者や雀がいるので騒がしく思えるが、人の声も少ない。賑《にぎ》やかな市場の呼び込みや遊ぶ子どもの声が聞こえない。たまに、小競り合いの声が聞こえてくるくらいだ。

（街を見回りたいけど）

今は、外に出られる状況ではない。窓の外はからりといい天気だというのに。

やぶ医者も、ぎゅっぎゅっと木の型を押しながら窓の外を見る。太陽の位置を確認しているようだ。

「……そろそろ点心《おやつ》の時間なんだけどねえ」

普段なら、点心の時間になるとやぶ医者は厨房《ちゅうぼう》に行って、どこからともなく食べ物を得てくる。

「んー、今日も無理じゃないですかねえ」

雀が鼻をくんくんさせる。

「食糧庫の補充、主食を中心にしてますから、嗜好品《しこうひん》の類《たぐい》は後回しですよう」

「だよねえ」

ここ数日、点心なしの生活に参っているやぶ医者。

（おやつなしぐらいで済んでいるなら）

まだいい方だろうと考えながら、猫猫は薬を混ぜ合わせる。

ひたすら薬を作るうちに夕刻になっていた。

猫猫が道具を片づけていると、医務室の扉を大きく叩《たた》く者がいる。

「誰だ？」

李白が扉を開けると、真っ青な顔の女が立っていた。どこかの侍女だろうか。

「い、医者は？」

「医者？　私のことかい？」

きょとんとした顔でやぶ医者が前に出て、走ってきて苦しそうな女に水を差し出す。

「い、一緒に来てください。お、お嬢さまが！」

（お嬢さま？）

どこのお嬢さまだよ、と思うが、玉袁《ギョクエン》の別邸なのでその身内に違いない。いくら警備が薄くなっても、身元がはっきりしない者を別邸に入れるとは思えない。

女の慌てぶりを見るに緊急事態だろう。しかし、やぶ医者を連れて行ったとしても何もできない。玉袁の身内を蔑《ないがし》ろにはできないので、仕方なく猫猫が手を挙げる。

「申し訳ありません。医官さまは月の君の主治医です。おいそれとこの場を離れるわけにはいきません。他にお医者さまはいらっしゃらないのでしょうか？」

遠まわしに断る猫猫。

「皆、留守にしているの！　このままだとお嬢さまが、お嬢さまが！」

（だよねー）

皇族が滞在しているので、この別邸だけ特別扱いされているのだ。楊医官たちですら民の治療のために街へと駆り出されているのなら、現地の医者たちも忙しいはずだ。

「とりあえずお嬢さまの状態を教えていただけないでしょうか？」

猫猫はやぶ医者が差し出した水を女に飲ませて落ち着かせる。女は一口水を飲むと、ゆっくり息を吐いた。

「まずお嬢さまとはどなたでしょうか？」

猫猫は回りくどいが一つずつ聞いていく。

「……玉鶯さまの孫にあたるかたです」

「年齢は？」

「八つです」

「症状は？」

「元々、食が細い人なのですが、先日の蝗害《こうがい》以来、さらに食事をとらなくなりました。ここ数日果物しか食べていません。そして今日、腹痛を訴え、嘔吐《おうと》を繰り返したのです」

腹痛に嘔吐、たいして珍しくもない症状だ。

「今日食べたのは、どんな果物ですか？」

果物が傷んでいたら食中毒だが、緊急事態とはいえ、お嬢さまが腐った物を食べるとは考えにくい。

「奥さまが、乾燥果実《ドライフルーツ》を食べさせていらっしゃいました」

「干し葡萄《ぶどう》ですか？」

女は首を振る。

「違います。都から持ってこられた物で、私には馴染《なじ》みがない果実でした」

「都から……」

猫猫は首を傾《かし》げる。乾燥果実なら戌西州産の物のほうが多い。戌西州になくて華央州《かおうしゅう》にある果実となると――。

「赤褐色で、白い粉を吹きかけたような物でした」

「!?」

猫猫は目を見開いた。侍女のいう乾燥果実とは、干し柿のことだろう。

「わかりました。すぐ行きます！　そのお嬢さまはどちらに？」

猫猫は慌てて医務室の棚から道具や薬を取り出し、袋に突っ込んでいく。

「お、お嬢ちゃん！　勝手に行くのは駄目だよ！」

「しかし、このままだと最悪死んでしまう可能性もあります」

「し、死んじゃうの!?」

やぶ医者が体を小刻みに震わせる。

李白は猫猫が用意した荷物を抱え、雀はいつの間にか消えていた。

「で、でも、わ、私はここを離れるわけには」

「私が行きます」

おそらくというか十中八九やぶ医者では処置できない。ならば猫猫が行くしかないと思ったが――。

「娘娘《ニャンニャン》だけじゃ駄目でしょ。医官でもないのに」

誰かと思えば軽薄な笑みを浮かべた男がいる。天祐が医務室の柱に寄りかかっていた。手には医療道具を詰めた袋を持っている。

「俺も行くよ。一応、医官の肩書がついているからね」

いつになく乗り気な天祐だが、猫猫は逆に不安になる。

「ついてくるんですか?」

「違うよ。俺じゃなくて、娘娘がついてくるほう」

「……」

確かに立場上、猫猫が手伝いだ。事実天祐はやぶ医者よりは頼りになる。

「猫猫さん、猫猫さん」

いつの間にか消えていた雀が現れた。

「月の君に報告してきました」

さすが雀は素早い。

「……それでなんと？」

ここで猫猫と天祐が患者を診《み》るといっても、壬氏の許可がなければ行けない。侍女も雀を睨《にら》むように見る。

「とりあえず行っていいようですよぅ。ただ、治療法は相手方とよぅく相談するようにですってー」

と、雀は説明する。李白もついてくるようで、やぶ医者のことを他の護衛に頼んでいた。

「どこへ行けばよろしいですか？」

猫猫は不安そうに眺める侍女に聞いた。

侍女が案内したのは別邸の近くの家だった。

猫猫たちは、患者がいる部屋へ通される。母親らしき二十代半ばくらいの女が、寝台の前で震えていた。彫りが深い顔立ちで、典型的な西都美人だ。寝台には真っ青な顔をした女童《めわらわ》が寝ている。母親に似ているが、臥《ふ》せっているためか妙に貧相に見えた。

護衛の李白を部屋の入口で待たせ、天祐と猫猫のみ部屋に入る。雀も同行したがっていたが、今回は留守番だ。

「む、娘を早く診《み》てちょうだい！」

母親は髪を梳《す》く余裕もないようだ。後れ毛が頬に張り付いている。

「わかりました」

天祐が前に出て、患者の上掛けを剝《は》ごうとする。

「何しているの⁉」

「何してって、ちゃんと身体を見ないとわからないでしょう」

あくまで天祐の言葉は正しい。だが、いい所のお嬢さんほど、貞操《ていそう》観念に煩《うるさ》い。たとえ八つの子どもとはいえ、男に体を見させたくないのだろう。

天祐は「こんな餓鬼《がき》は興味ねえ」と顔に出ていたが、それがわかる母親ではない。医者が万能と思う人間は、手で脈をとるだけで何の病気か判明すると信じていることもある。

猫猫は天祐に目配せする。

「では、手伝いの官女《かんじょ》に触らせるのなら問題ないでしょうか？」

「……そ、それなら」

猫猫は会釈をすると、患者の上掛けをめくった。道具袋から匙《さじ》を取り出し、娘の口の中を確認する。瞼《まぶた》を開かせて、目を見る。

「着物もめくりますがいいですか？」

　猫猫は母親に確認しつつ、天祐を睨《にら》む。天祐は両手を上げながら、背中を向けた。

　着物の合わせを解《と》き、患者の腹を確認した。腹が奇妙に膨張している。猫猫は指を滑らせて腹の上を撫《な》でる。何か塊《かたまり》のようなものがある箇所に行きつくと、軽く押した。娘は苦しそうにうめく。

「こ、これは？」

「腹に失気《ガス》が溜《た》まっています。腸に異物が溜まってせき止めているようです」

（やっぱり）

　猫猫が想像した通りだ。干し柿を食べたと聞いてぴんときた。

「異物ですか？」

　母親は目を丸くする。何か変な物を食べただろうかと記憶を探っているようだ。

「ここ数日、果実ばかり食べていたと聞きます。そして、今日は乾燥果実《ドライフルーツ》、干し柿ですよね？」

　猫猫は母親に確認するように訊《たず》ねる。

「そうですけど。食欲がない時でも、甘い物だけは食べるので。あの忌《い》まわしい飛蝗《バッタ》のせいで、蜂蜜も新鮮な果実も手に入らなかったから、いただき物の干し柿を与えました。もしかして、それに毒が!?」

「毒ではありません」

猫猫は詰め寄ろうとする母親を抑える。

「柿を食べすぎると、腹に胃石（いせき）ができることがあります。干し柿をいくつ食べましたか？」

「……三つほどです」

「三つ」

子どもにしてはよく食べた方だろう。ただ、胃石を作るには量が少ない気がする。

（三つでもできるだろうか？　他の果物の繊維に絡まったとか？）

猫猫は何か見落としていないか確認する。患者が額にうっすら汗をかいているので、手ぬぐいで拭いてやった。

（ん!?）

猫猫は患者がやけに貧相に見えた理由に気がついた。母親は髪が多いのに対して、娘はずいぶん薄い。それから根元が白っぽくなっている。

（白髪か？）

とてつもない恐怖体験をすると、白髪になるという話を聞いたことがある。まだ八歳の娘があれだけの飛蝗《バッタ》の大群を見てしまえば、衝撃《ショック》を受けるのは無理もないはずだ。

今は、考えるより手を動かしたほうがよさそうだ。

しかし、母親にはどう説明しようか。勝手な治療はできない。

「腹に異物が詰まった場合、治療方法は三つあります」

「み、三つ？」

猫猫は天祐を見る。後ろ姿だが、頷《うなず》いているところを見ると猫猫の見解に任せてくれるようだ。

「一つ目は、水などを飲んで内臓から流し、排泄《はいせつ》させること」

母親が頷く。

「二つ目は反対に下から薬液を注入し、排泄を促すこと」

下から、つまり肛門《こうもん》だ。

「水を、水を持ってきてちょうだい！」

焦った母親は三つ目を聞かずに使いの女に水を頼む。

「でも、お嬢さまの場合、水を飲ませたところで吐《は》き出す可能性が高いので使えません」

「じゃあ、二つ目の方法をやるの……？」

母親は、尻の穴から薬液を入れることに抵抗があるようだ。だが、それで済めばまだいい。

「いえ、触診したところ、排泄を促しても異物は取れないでしょう」

「二つ目も無理なら、三つ目というのは何？」

母親は猫猫を睨《にら》むように見る。桃美《タオメイ》ほどではないが、迫力がある。

「腹を切り開き、直接腸から異物を取り除きます」

母親の顔が一瞬で強張《こわば》り、近くにあった卓《テーブル》を思い切り叩《たた》いた。

「じょ、冗談じゃないわ！　腹を切るですって！　できるわけないでしょ！」

母親は案の定、却下する。眦《まなじり》を決して、猫猫を威嚇《いかく》する。

(予想通りだが)

「では、一つ目と二つ目を繰り返して、異物を取れということでしょうか？」

「そうよ、早くしなさい」

「しろと言われましても、おそらく患者が死ぬようなことはできません。どうしてもというのなら、ご自身でやってください」

猫猫は落ち着いた声で返す。猫猫とて苦しそうな娘を見ていると、かわいそうになる。けれど、ここで下手に処置するわけにいかない。もし死なせたら、大問題だ。

それに母親を無視して強硬手段に出たところでつまみだされるのがおちだろう。

だから、猫猫ができるのはいかに母親を説得するかだ。

「ただ、他の医者に診《み》せる時間はないと思います。今すぐ、この場で手術を行いたいです」

猫猫は断言しつつ、母親を見る。母親は視線を天祐にずらす。

「あなたはちゃんとした医者なのよね？　この手伝いなんかの方法が正しいわけないわよね？」

「私も同意見です」

真面目な声で天祐が答える。

「単なる胃石《いせき》なら、助手が言った二つの方法でも治療ができます。しかし、こうして腹部が膨張している時点で腸閉塞《ちょうへいそく》を起こしています。すぐさま処置が必要な状況です」

普段とは違う雰囲気で答える天祐だが、猫猫は同時にはらはらする。途中でいつものふざけた調子がひょいと出るのではないかと不安だ。

「……腹を裂くって、それはもう子を産めなくなるのではなくて？」

「子宮は傷つけません。胃石が詰まっている箇所は、生殖器官と離れていました」

猫猫が触診の結果を伝える。異物が詰まっている場所が触診でもわかる箇所で助かった。落ち着いてやればそう難しくない手術のはずだ。

（少なくとも劉《リュウ》医官たちなら）

病巣を摘出するわけではない。砕けた骨を取り除くわけでもない。

猫猫は、母親を不安にさせぬよう、できる限り平静を装う。

「それでもどのくらい傷をつけるの？　小さなものではないでしょう？」

母親は不安な顔で猫猫を見つめる。

「皮膚を三寸《九センチ》ほど切り開きます。それから腸に切れ目を入れて異物を取り除いて、糸で縫い合わせます。傷痕は残りますが、成長とともに目立たなくなるはずです」

さすがに傷痕がなくなるとは言いきれない。良家のお嬢さまにとって酷な話だろう。

「三寸……」

母親は戸惑う。しかし、娘の命のほうが大切なはずだ。

「三寸です、私がやるとすれば」

「どういうこと？」

猫猫は視線を天祐に移動させる。

「こちらの医官にお任せすれば、半分以下の大きさで処置できます」

（悔しいけど）

天祐の技術は大したものだ。家畜の解体、遺体の腑分《ふわ》け、横で見ていたからわかる。猫猫がこれから修練を積んだところで、あと何年かかるかわからない。

（変な矜持《プライド》は持つな）

腑分けの途中、劉医官が何度も言った。

本番は死体を相手にするんじゃない、生きた人間を相手にするんだ、と。

失敗は許されない、常により良い方法で施術するのだ、と。

変な自惚《うぬぼ》れで人を殺すようなことがあってはいけない。なら、自尊心を捨てて、できる人間に頼るべきなのだ。

　なので猫猫は母親を説得する。

「医者は医者です。より確実にお嬢さまを救いたいのであれば、私などのような手伝いの官女《かんじょ》ではなく、この医官にやってもらうほうが安全です」

「……」

　母親は迷っている。苦しむ娘を見て目を細め、ぎゅっと拳を握った。

「……わかりました。お願いします」

　猫猫はほっと息を吐く。

「では、お湯と清潔なさらし、それから火を用意していただけますか？」

「はい」

「あと、氷、なければできるだけ冷たく体を冷やせるものをください」

　母親は使用人を呼びつけ、手術に必要な物を用意させる。猫猫と天祐は持ってきた道具袋を開き、術衣と白い前掛けを着用する。

　準備しながら猫猫は、天祐に患者の様子を伝える。異物が何なのか、猫猫の予測も教える。

「えっ、そんなもんが？」

「おそらくですが」

解体では負けるが、患者を診《み》てきた経験と症例の数は猫猫のほうが上のつもりだ。驚く天祐にほんの少しだけ優越感を持つ。

「娘娘、執刀は俺がするけど」

「麻酔は私がやります。適材適所でいきましょう。執刀用の小刀はお持ちですよね？」

「もちろん」

綺麗《きれい》に研《と》がれた小刀を出す天祐。猫猫も持ってきた生薬を並べる。

（子ども、八歳、痩せている）

開腹手術を行うにあたって、痛みはできるだけ取り除いてやりたい。鎮痛剤はいくつかある。

芥子《ケシ》、曼陀羅華《マンダラケ》、菲沃斯《ヒヨス》が有名だが、鎮痛の薬は、同時に毒でもある。どれも量を間違えると副作用が大きい生薬だ。

猫猫が持ってきたのは曼陀羅華だ。ほかの二つに比べて使い慣れている。

（酒に溶かして使うことが多いけど）

薬の師匠である羅門《ルオメン》は、酒と併用することをよしとしなかった。酒も痛みを鈍くする作用があるが、同時に体調の変化も出てくる。血の巡りがよくなり、出血が止まりにくくなるのだ。酒に慣れぬ子どもへの使用はやめておいたほうがいい。

なお猫猫は、ろくな麻酔も道具もないまま火傷《やけど》を処置したことがあるが、あれは患者の痛覚が一部快感につながっている特殊な例だと思っている。普通なら絶対しない。二度としない。

猫猫は天秤《てんびん》で薬を量る。

（体重は大人の半分）

与えすぎて副作用が出てはいけない。慎重に用意する。

猫猫は患者の上体をゆっくり起こす。

「……痛い」

眠っているかのように静かだった患者が声を出す。猫猫は目を細めて、患者の顎を持ち上げる。

「大丈夫です、これを飲めばおさまります」

唇を濡らすように麻酔薬を飲ませる。四半時《さんじゅっぷん》ほど、効き目が出るのを待つ。

その間に他の物を用意する。

「氷をお持ちしました」

使用人が藁《わら》に包まれた氷を持ってきた。猫猫は氷を受け取り、砕くと革袋に入れて患者の腹部に当てる。

（腹は冷やすなというけど）

麻酔薬はできるだけ少ない方がいい。壬氏にやった処置と同じように、冷やして麻痺《まひ》させる方法も併用している。

天祐は愛用の小刀を磨き、火で炙《あぶ》っていた。切開した箇所を開く道具や、鋏《はさみ》も用意している。

「糸はどうしますか？」

「外側だけ絹。内側は全部腸線で」

腸線。そのまま動物の腸を使った糸だ。猫猫は、丁寧に布に包まれた糸を取り出すと、一本一本確認する。できるだけ幅が均等でほつれていない糸を用意する。

母親は猫猫と天祐が道具を取り出すたびにはらはらしていた。これから、娘の腹を切るために使う物なので気が気でないだろう。

その母親に猫猫は酷なことを頼まなくてはいけない。

「手術中、二人では手が足りないことがあります。血を見ても平気な使用人を貸していただけないでしょうか？」

「何を……、すればいいの？」

「麻酔は使いますが、完全に効くとは限りません。副作用が出ないように少なめに使います。なので、途中お嬢さまが痛さのあまり暴れるようなことがないよう、手足を押さえる必要があるかもしれません」

「私では駄目なの？」

「苦しむお嬢さまを見て、平静でいられますか？　手術は始まったら途中でやめられません」

猫猫は母親を睨《にら》む。いくら娘を想う気持ちがあっても、邪魔になるなら排除するしかない。

「……わかったわ。二人くらいいればいい？」

母親は意外にもすんなり引いた。

（もっと駄々をこねるかと思ったのに）

母親の顔色は真っ青で、もう限界に近いのだろう。使用人が母親に水を差し出している。

母親が呼び出した使用人たちに、手を洗わせる。ついでに酒精《アルコール》を手に塗った。どちらも中年女性だが腕っぷしが強そうであり、血を見てひるむようには見えなかった。

「じゃあ、始めようか」

天祐は頭と口を布で覆っている。

使用人たちは、長卓を並べて作った即席の手術台に患者を寝かせる。

患者は麻酔薬が効いているのか、呼吸がだいぶ静かになっていた。一応舌を噛《か》まないよう、手ぬぐいを噛ませる。

使用人にはそれぞれ手足を押さえてもらう。猫猫は上掛けを切って、患部のみ見えるようにした。

もう外は暗いので、切る場所がよく見えるように灯《あか》りをいくつも置く。揺らめく炎が、まるで患者の吐息と呼応するように猫猫は思えた。

生きているのと死んでいるのではやはり違う。いくら患部を冷やしていても血は出る。天祐の小刀は、剃刀《かみそり》のように刃が薄い。

(道具も大切だな)

いくら矜持《プライド》を捨てろと言われても、天祐と技術差があるのは悔しいので、差を縮められる道具があれば揃《そろ》えておきたい。

患者は薬でだいぶ朦朧《もうろう》としているが、ちゃんと知覚は麻痺《まひ》しているようだ。猫猫はほっとしつつ、あふれ出る血を拭き取りながら、天祐の補佐をする。

「ここだな」

天祐は膨れた小腸に触れる。小刀でゆっくりと切り開くと、鑷子《ピンセット》を差し込んだ。

「!?」

傷口が開かれていくのを見ても落ち着いていた使用人たちが、たじろいだ。

「やっぱり詰まってましたか」

「娘娘の予想通りだねえ」

天祐が鑷子でつまみだしたのは消化しきれなかった果実の繊維の塊《かたまり》と、大量の毛髪だった。やたら長く内臓からずるずると引きずり出されるさまは、恐怖《ホラー》としか言えない。

猫猫が差し出した皿に、天祐は繊維の塊と毛髪をのせる。毛髪がまだ残っているのか、天祐はもう一度鑷子を腸内に突っ込む。

口と鼻を布で覆っているが、それでも気持ち悪くなる。血と酒精《アルコール》と胃液の混じった臭い。使用人たちは顔を背けていたが、手足を押さえたままでいるので優秀なほうだ。

「柿でできる胃石《いせき》なんて、腸閉塞《ちょうへいそく》の原因としては足りないと思ったんですよね」

元々、食欲がなかったのは患者が毛髪を食べる癖があったからだろう。心的負荷《ストレス》がたまると食品以外の物を食べてしまう人間がいる。今回、蝗害《こうがい》が起きたことでいつもよりたくさん髪を食べてしまい、さらに繊維質の果物、極めつけに干し柿ときた。腸に物が詰まるわけだ。

天祐は、腹に詰まった髪の毛をもう取れないと思ったのか鑷子を置く。まだ腸内の各所に残っているだろうが、全部は取れそうにない。あとは、水で流すなり、下剤を使うなりして排泄《はいせつ》させていこう。

猫猫は針と糸を天祐に渡す。猫猫は手術箇所が見やすいように鉤《かぎ》で患部を広げつつ、あふれる血を拭う。天祐がひと針縫い終わるごとに、鋏《はさみ》に持ち替えて糸を切る。姿勢は中腰のままで、汗がにじむ。

最後のひと針を無事縫い終えたのを確認すると、猫猫はどっと疲れを覚えた。このまま患者の寝台に突っ伏してしまいたいが、まだ終わっていない。患部を綺麗《きれい》に拭き、締め付けないように布で巻いて保護する。

手術は天祐が主役だったが、術後の処置は猫猫のほうが役に立つ。

（鎮痛剤は必須。解熱剤も用意しておかなくては。化膿《かのう》止めも必要。食事の指示と術後の処置も説明しないと）

猫猫がやらなくてはいけないことはたくさんある。同時に、患者の母親に確認することもあった。

手足を押さえていた使用人たちもくたくただ。患者が暴れなかったので良かったが、それと疲弊は別だ。

「ねー、娘娘」

天祐がさっさと血がついた術衣を脱いでいた。手に鑷子《ピンセット》を持ち、出てきた異物を摘《つ》まんでいた。

「髪って、胃液で色変わるの？」

天祐が摘まんだ髪の塊《かたまり》はところどころ色が抜けて、亜麻《あま》色をしていた。

「柑橘《かんきつ》の汁で髪の色が変わりますから、多少は落ちると思いますけど」

猫猫は患者の髪の根元を見る。髪が薄かったのは、髪を自分で引き抜いて食べていたためだ。根元が白っぽくなっている。

猫猫は異物が入った皿を持ち、扉を開ける。

「お、終わったの!?」

顔面蒼白《そうはく》の母親がいた。ずっと扉の前で待っていたらしい。待つことに慣れている李白は、落ち着いた様子で椅子に座っていた。

「はい、手術は無事に終わりました。中で説明をしてもいいでしょうか？」

「わかりました」

母親はお付《つき》を一人つれて中に入る。お付は猫猫たちを連れてきた侍女だ。入れ替わるように手足を押さえていた使用人たちが出ていく。

「説明どうしますか？」

猫猫は天祐に聞いた。

「んー、面倒だから任せるわ。適材適所。あと、俺がぴんとこないところまで何か気づいているでしょ？」

いくら手術の腕が良くても天祐は天祐だった。

猫猫は、母親たちが入り、扉を閉めたのを確認すると持っていた皿を見せる。

「こちらが、お嬢さまの腹に詰まっていた異物です」

消化しきれていない果物と髪の毛の塊を見て、ぎょっとする母親と侍女。

「お嬢さまが髪の毛を食べる癖があると、なぜ最初に話してくれなかったのでしょうか？」

　母親は気まずそうに目をそらす。

「……良家の娘にそんな癖があると知られたくなかったと言われたら、それまでですね」

　猫猫は、もう少しちくちくと厭味《いやみ》を言いたいところだが、これくらいにしておかなくてはいけない。ただ、今後同じようなことがあったら困る。

「髪の毛を食べるという異常行動は、心的負荷《ストレス》が原因と聞きます。何かお嬢さまにとって、原因となることはされていませんか？」

「……別に普通の、普通の教育をしたまでです」

（嘘《うそ》だ）

　猫猫は鑷子《ピンセット》で髪の塊《かたまり》をつまんだ。黒と亜麻《あま》色、まだら模様になっている。

「お嬢さまの本来の髪は亜麻色ですよね？　それを染めていることが原因ではありませんか？」

「!?」

　母親は唇を歪《ゆが》め、片目をひくひくさせる。侍女はそっと顔を伏せた。

「原因を解決しないと、また同じことを繰り返します。お嬢さまの腹を何度も切り刻みますか？」

「……好きでやってるんじゃないのよ」

ぼそっと母親が言った。

「でも、あの子の髪は薄茶で、私もあの子の父親も、髪は黒なのよ……」

「親が黒髪同士でも髪色の違う子が生まれてくることはあります。異国の血が混じることが多い戌西州では、よくあることではないでしょうか？」

「……お父さまはそう思わないのよ」

（お父さま？）

玉鶯のことだ。なぜ、ここで玉鶯が出てくる。

「お父さまは異国の血を嫌うの。戌西州は茘《リー》の土地だから、黒髪の茘人が治めるべきだって。私もずっとそう思っていた」

しかし、自分の娘が淡い髪色の孫を生んだ。

「お父さまは生まれた孫に難色を示したのよ。だけど、赤子の髪色はだんだん黒くなるって聞いていて、そのうち黒くなりますと言ったの。でも全然黒くならなくて」

「玉鶯さまから隠すために、髪をずっと染め続けていたわけですね」

根元が白っぽかったのは、白髪になったわけではなく、蝗害《こうがい》騒ぎで髪を染めることができなかったからだろう。

使用人が黙っているところを見ると、患者の髪を染めるのを手伝っていたのかもしれない。

るのだろうか。

（異国人が嫌い、ねえ）

交易が盛んな土地でそんなことが許されるのか。それとも、近いからこそ嫌うものがあ

猫猫は赤髪の后《きさき》を思い出す。玉葉后《ギョクヨウきさき》と異母兄は同じ玉袁の子どもでも一枚岩ではないようだったが、この話を聞くと納得できる。

「髪を食べる癖がなくならないのであれば、落ち着くまで髪を剃《そ》ることをお勧めします」

猫猫は一番手っ取り早い処置を教える。

「剃るって、尼ではないのよ！」

「このまま伸ばしたところで、ところどころ薄くなった頭髪のままでは一層かわいそうです。このまま毛根を傷め続ければ、そのうち生えなくなってしまいます」

猫猫は話しながら袋から薬を取り出す。化膿《かのう》止め、解熱剤、痛み止めを置く。

「今は術後の経過のほうが大切ですので、細かく説明します。わからないようでしたら、要点を書き留めます。一応、術後の経過も診《み》るつもりですが、私たちが気に食わないようでしたら、他の医者を当たってください。ただ、いくら手術が成功したとしても、その後の処置で容体が悪化することもあります」

これで傷口が開いた、化膿したなどと言われたら困る。

「今は麻酔が効いて落ち着いていますが、麻酔が切れたら痛みだします。傷口には触れぬ

ようにしてください。痛みで眠れず、熱を出すこともあります。それぞれの症状に合わせた薬を用意しますので、用途に合わせて飲ませてください」

「……わかりました」

母親は唇を震わせつつ、寝台で眠る娘に近づく。薄くなった髪を撫《な》で、ほんの少し安心した顔をする。

「切り口は半分の大きさにしときましたよー」

天祐が口を開く。本当に半分しか切らずに処置してしまった。さらに、切り口も縫い方も丁寧で、これから何もなければ痕はほとんど目立たなくなるだろう。

猫猫は腹が立つと思いながら、さらさらと注意事項を書き連ねる。

（ちゃんとやってくれるだろうか）

不安だが、早く終わらせて帰りたいとつくづく思った。

二話　軍師襲来

手術の後、別邸に戻るなり、猫猫《マオマオ》は壬氏《ジンシ》の部屋へと呼ばれた。

（別に明日でいいのに）

もう夜遅く、見張りの護衛以外寝息を立てている時間だ。空気が冷たく、夕飯も食べていないので早く終わりたいと心底思う。

壬氏の部屋は、書き損じた文が机から落ちて乱雑になっていた。水蓮《スイレン》や桃美《タオメイ》がいたら拾ってくれそうなのに、そのままだということは侍女たちも手が離せないのだろう。夜遅くまで仕事をしているのはなにも猫猫だけではない。

部屋には誰もいない――かと思いきや、偶然帳《カーテン》から顔を出した馬良《バリョウ》と目が合った。一瞬、野良猫同士が突然鉢合わせしたかのような空気が流れたが、何も言わず馬良が帳に引っ込んだ。

代わりに、嘴《くちばし》に黒点がついた家鴨《あひる》が帳から顔を出す。馬閃《バセン》がいない間、馬良が世話をしているようだ。人間は苦手でも家鴨なら問題ないのだろうか。

（雀《チュエ》さんに、食べられないのか？）

さすがに旦那が保護している間は、家鴨も包丁でさばかれることはないらしい。

「あら、猫猫来ていたのね」

奥から水蓮がやってくる。猫猫は何事もなかったかのように水蓮の方を向いた。

「雀さんから話があったと思いますが、玉鶯《ギョクオウ》さまの孫娘の容態を診《み》てまいりました。一緒に診た医官の天祐《ティンユウ》は、先に医務室に戻っています」

猫猫は、簡潔に説明する。天祐は、適材適所とか言って、壬氏への報告を丸投げした。今頃、遅い夕食を先に取っていると思うと、また千振茶《せんぶりちゃ》を飲ませてやろうと心に誓う。

「すぐ月の君を呼んでくるわ」

水蓮は落ちていた書き損じの紙を拾うと、籠《かご》の中に入れた。

「すごい数の反古《ほご》ですね？」

「頼れそうな相手に文をあらかた書き終わったところよ。百、いや二百近い数、書いたかしら？」

「に、二百!?」

反古にした紙を見たが、皇族らしい季節の挨拶から始まる面倒くさい文面だった。ある程度、鋳型文《テンプレ》であるとしても、一枚一枚手書きとなれば、腱鞘炎《けんしょうえん》になりそうだ。

（湿布《しっぷ》準備しとくか）

あいにく、いつもの軟膏《なんこう》とさらしくらいしか持ってきていない。

数からして、主要な高官はもとより地方の領主にも連絡したのだろう。

「頑張っているのはわかるのですが、そんなにたくさん支援のお願いをされては権威が落ちませんか？」

猫猫の疑問に水蓮もため息をつく。やはり天上人がおいそれと下々の者に文を送るべきではないという見解は同じらしい。

「気にする性格だと思う、月の君が？」

「あんまりしませんよねえ」

元々、蔑《さげす》まれる宦官《かんがん》の真似事を六年以上やっていた男だ。西都での雑な扱いについて一番気にしていないのは当の壬氏だろう。

「だから猫猫からやんわり言ってもらいたいのだけど」

「だけど？」

「猫猫、がんばりなさいね」

なぜか水蓮は微笑《ほほえ》みながら猫猫の肩を叩《たた》く。理由はすぐわかった。寝室から壬氏がやってくる。壬氏と共に、雀と高順《ガオシュン》も出てくる。雀がにやにやし、高順が頭を押さえている時点で嫌な予感しかしない。

やってきた壬氏は機嫌が悪そうだった。

「雀から聞いたぞ、農村では楽しくやっていたようだな？」

（なーんか久しぶりな感じがする、この嫌味）

告げ口をした雀を少し恨む。

「陸孫《リクソン》という男とは、ずいぶん親しいのだな？」

猫猫の予想通りの質問だった。

「別に親しいというほどではありません」

「本当にそうか？」

（いや、本当だって）

じとっと猫猫を見る壬氏。

雀はぺろっと舌を出し、右手で自分の額をこつんと叩いた。高順が息子嫁をなんとも言えない表情で見ている。

（うん、腹立つよ、何言いつけてる）

猫猫だって、雀も仕事だからとわかっている、わかっているのだが。

「わざわざ農村に同行したのは？」

「馬車に一緒に乗って行くほうが安くつくと知っているからです。あと何かしら情報を共有したほうが、便利だと思ったからです」

「うむ」

壬氏はどうにも納得いかないという顔だ。

「では帰ってもよろしいですか？　手術の件の報告かと思って伺いましたが、時間も時間ですし明日にしたほうがいいかもしれないですね」

　壬氏の傷も診《み》るつもりだったが、ここはさっさと帰った方がいい。玉鶯の孫娘の件も後回しだ。

　しかし、猫猫の前にずん、と高い壁が現れる。座っていた壬氏が目の前に立っていた。

「なにか？」

　壬氏は、案の定、お気に召さぬ様子だ。

「別に親しい仲でもないのに、最近は求婚などされるのだな」

　壬氏にしては単刀直入に来た。

「冗談だそうですよ」

「冗談で言うことか？」

「園遊会の時の李白《リハク》さまの簪《かんざし》と同じ、社交辞令かと思われます」

　李白のときも何かしつこかったのを思い出す。堂々とはっきりと言っておけば問題ないと信じる猫猫。

「……」

　壬氏は黙る。すごくなにか言いたそうな顔をしているが、これでもやることがいっぱいある多忙な人物だ。

猫猫は話題を変えるため、本来の報告をすることにした。

「玉鶯さまの孫娘の手術は成功しました。しばし、術後の経過を診《み》させていただきたいのですが、問題ありませんか？」

「……そうか。玉鶯殿には連絡している。好きにしてくれ、だそうだ」

「そうですか」

普通、孫娘とくれば可愛いものではないだろうか。なのに、素っ気なく思えるのは壬氏を通しているからなのか。

（異国の者を嫌う、か）

猫猫は、玉鶯の娘が言ったことを思い出す。

「それで、どのような症状だったのだ？」

壬氏が椅子に座った。

猫猫は心の中でふうっと息を吐く。今後、陸孫関係の話題は避けておこうと猫猫は肝に銘じる。

「腸閉塞《ちょうへいそく》でした。内臓に異物が詰まっており、切開手術によって取り除きました。執刀は天祐、あの新人医官です。私は助手を務めました」

「ほう。てっきり猫猫が手ずからやると思っていたが？」

「やっても良かったんですけど」

猫猫とて滅多にない機会だ。比較的安全な手術から執刀を経験したかった。

「天祐のほうが技術的に私の数段上なので仕方ありません」

「意外だな」

壬氏は少し残念そうな顔をする。まるで猫猫がやればよかったという表情だ。

(外科処置を文句言われても)

猫猫は散々毒見もやっているし、怪我人《けがにん》の処置で腕を切り落としたことがあるのも知っているので、壬氏としては今更かもしれない。

「異物とは何が詰まっていたんだ？」

「聞くと引きますけど」

「まさか飛蝗《バッタ》じゃないよな？」

壬氏がのけぞるのを、猫猫は首を振って否定する。

「飛蝗じゃありません。詰まっていたのは、果物と髪の毛です」

「髪の毛？」

壬氏は首を傾《かし》げる。雀と高順も気になるらしく、ちらちらと猫猫を見る。

猫猫はかいつまんで説明する。その中で、玉鶯が異国人を嫌っているということも話した。

壬氏は特段驚いた様子ではなかった。

「異国人を嫌うか……」

「心当たりがあるんですか？」

「ああ」

壬氏は指を組み、目を細める。

「玉葉后と玉鶯《ギョクヨウきさき》殿の関係については知っているか？」

「……なんとなく」

以前、玉葉后の簪《かんざし》が紛失した騒ぎの時だった。后と親しい侍女白羽《ハクウ》の言っていたことを思い出す。

「……玉葉后の侍女の件ですね」

「そうだ。中央にいたときは、玉葉后は兄弟と仲が良いように見えた」

「仲が良いように見えたんですか？」

猫猫は不思議そうに首を傾《かし》げる。

「後宮《こうきゅう》にいた頃、よく兄弟から文が届いていたからな。よく考えれば、兄が玉鶯一人ではなかったから、嘘《うそ》ではない」

「あっ」

玉葉后と玉鶯は親子ほど年齢が離れている。間に他の兄弟がいてもおかしくない。

「言われてみれば、後宮を管理しているときからおかしな点はいくつもあった。侍女の数が少なかったことなどからもわかるだろう？」

確かに、后の侍女は他の上級妃に比べて少なかった。単なる洗濯下女だった猫猫が翡翠《ひすい》宮《きゅう》に入れられたのも、壬氏の計らいだった。毒見によって侍女の数が減ったこと、実家が遠い西の地であることも理由にあるが、そんなものは言い訳にすぎなかったようだ。

「玉鶯さまは玉葉后を敵視なさっているのでしょうか？　異国の血が混じっていることが気に食わないとか」

「わからん。その割には、玉葉后似の養女を後宮に送りこもうとするがな」

「そこのところは割り切っているのかもしれませんねえ」

昔、異国人関係で嫌なことでもあったのだろうか。好き嫌いはよくないが、猫猫も嫌いな人は嫌いなので仕方ないのかもしれない。

「しかし、本当に異国人が嫌いとしたら難儀ですね。茘《リー》のどこよりも異国の人の流入が多いでしょうに」

「だからかもしれんなあ。それだけ摩擦《まさつ》も多くなる」

とりあえずこの話題も、考えたところであまり意味がないように思えてきた。

（そろそろずらかるか）

猫猫が周りをそっと見ながら部屋を出る機会を窺《うかが》っていると、扉を勢いよく開ける音がした。

「月の君！」

入ってきたのは家鴨《あひる》を頭に乗せた御仁だ。そんな男、西都中で一人しかいない。

「騒がしいぞ、馬閃」

壬氏は頭の家鴨を注意せずに、違うところを窘《たしな》める。

「すみません、急用だったもので」

「急用？　要件を言え」

「漢太尉《カンたいい》がこちらにやってきました」

「こんな時間にか？」

猫猫の毛が逆立った。尻尾があればぼわんぼわんに膨らんでいただろう。西都に来てから幾度となくやってきて、猫猫はその度にすかさず身を隠していた。またはやぶ医者に任せていた。

「来ちゃった……」

おぞましい声が聞こえた。

馬閃の後ろに足が臭そうな小汚いおっさんの顔がある。家鴨が巣材と勘違いしているのか、馬閃の頭の上からおっさんの頭を嘴《くちばし》で突《つつ》く。

「馬閃」

壬氏が睨《にら》む。

「すみません。すでに、こちらにやってきていました」

馬閃は訂正した。

「猫猫や！　大丈夫だったかい！」

片眼鏡《モノクル》のおっさんは馬閃を押しのけようとしたが、馬閃がびくともしないので、仕方なく隙間をにゅるりと潜り抜けた。

高順はすかさず壬氏を護衛する位置に、雀は猫猫の前に「まかせてください」と言わんばかりに立って片目を瞑《つぶ》り、親指を立てる。

（今頃仲間ぶっても、売ったことには違いないからね）

とりあえずにじりよってくるおっさんと距離を取る。

「猫猫、虫がいっぱいで怖かっただろう？　爸爸《パパ》が駆除部隊を編制して、退治しているから安心しておくれ」

（こういう時だけ動きが速い）

雀を挟んで、猫猫と変人軍師は右へ左へと動いては止まる。壬氏はその様子に、咳払《せきばら》いして注意を自分に向けさせた。

「羅漢《ラカン》殿、こちらへやってくるときは連絡を挟んでほしいと何度も言っているのだが。しかし、何の用ですか？」

壬氏が青筋を立てつつ、わかりきった質問をする。

変人軍師も一応、壬氏のほうを向く。

「いやいや。可愛い娘に会いに来るのに理由などいらんでしょう。夕方会いに来たら留守だったんで出直してきただけですぞ」

にぃっと底意地の悪い笑みを見せる変人軍師。

短気な馬閃が耐えているところ申し訳ないが、猫猫が代わりに蹴りを入れても問題ないだろうか。

「とまあ、それが一番の理由なのですが、もう一つ野暮用がありました」

変人軍師は猫猫を見ながらまたにやあっと笑い、真顔に戻る。

「棋聖《きせい》を保護していただきたくやってきました」

「棋聖？　棋聖が西都に来ているのか？」

壬氏が信じられないと首を傾《かし》げる。

（棋聖ね）

猫猫の記憶にある限りでは、碁《ご》大会のときに壬氏と変人軍師の対局を見ていた男だったと思う。帝《みかど》の指南役をやっている人だ。

「いや、その人とは違う。西の棋聖というべきか、碁ではなく将棋《しょうぎ》の棋聖だ」

「将棋？」

変人軍師は、碁も将棋も得意としている。将棋の腕のほうがさらに上と聞いたが、その棋聖という男が来ているのか。

「この蝗害《こうがい》のせいで、家がなくなったらしい。古い知人である私を頼ってきたわけです」

(古い知人ねえ)

変人軍師は若い頃、地方にも行ったと聞く。遠い西の地も訪れていたのかもしれない。

「そうか。各地で騒動が起きているからな」

壬氏がふむ、と納得する。

「はいはーい」

雀が相変わらず空気を読まずに挙手した。今日は、姑《しゅうとめ》がいないので遠慮がない。

「失礼ですが、騙《かた》りの可能性はありませんかぁ?」

失礼だがもっともな意見だと猫猫は思う。ただでさえ人の顔を覚えられない変人軍師だ。誰かが過去の知人を騙ったとして見分けがつくわけがない。

「多分、間違いないと思う。そうそう金将《きんしょう》はいないが、念のため確認を取りたい」

(金将ね)

猫猫は羅門《ルオメン》から、変人軍師が他人を将棋の駒に例えることを聞いているが、知らない者にとっては、何を言っているのかさっぱりわからないだろう。

「なので、こちらでひとつ、将棋を指して確かめてもよいか?」

「……」

なぜそういう結論に至るのかわからないが、後ろに従う副官が立派な将棋盤《しょうぎばん》を捧《ささ》げており、変人軍師の中では決定事項になっている。

「だからといってこんな時間に」

「なあに、本物であれば、月の君もまた有益な情報を得られるやもしれませんぞ」

胡散臭《うさんくさ》い笑みを浮かべる変人軍師。

壬氏が猫猫をちらりと見る。猫猫は手で拒否の意を表したが、変人軍師に見つかった時点で逃げられない。ならば、変人軍師に将棋を指させて時間を潰させたほうがいいし、意味深な言葉も気になる。

壬氏が猫猫の考えを読み取ったのか、諦めたのかは知らないが、大きく息を吐く。

「わかった。では、将棋を指す場所を用意しよう。ただし、対局は明日にしてもらおう」

「それはそれは、ありがとうございます」

本当に感謝しているのかどうかわからない礼を言う変人軍師。猫猫はにかにかと笑う変人軍師を横目に、鳴る腹を撫《な》でながら早く夕飯食べたいと思った。

三話　林大人《リンたいじん》

　翌日、猫猫《マオマオ》は雀《チュエ》に引っ張られるように別邸の大広間に連れて行かれた。蚊帳《かや》が張られた部屋の奥に、毛足が長い絨毯《じゅうたん》が敷き詰められている。

（亜南《アナン》っぽいな）

　猫猫は率直に思った。卓《テーブル》はなく、低い籐椅子《とういす》が置いてあった。絨毯の上には、菓子や茶が並べられている。蝗害《こうがい》のせいで多少質素だが、贅沢《ぜいたく》は言えない。

　中心には将棋盤が置かれ、小汚いおっさんと、これまた小汚い見知らぬ爺《じい》さんが盤上を睨《にら》んでいた。おっさんはいうまでもなく変人軍師、もう一人は――。

（あれが将棋の相手か）

　八十を超えていると聞いた。昔はそれなりに威厳があったであろう男は、現在腰は曲がり、全身もふるふる震えている。右手側には丈夫そうな杖《つえ》が置いてあり、その背後では介護者らしき中年の男が心配そうに見ていた。

「連れてきましたー」

雀が元気よく手を上げる。猫猫は行きたくないと駄々をこねたが手を引っ張られ、ここに来る羽目になっている。李白《リハク》も護衛役としてついてきた。

雀の声に、将棋盤《しょうぎばん》から顔を上げたのは、変人軍師だ。

「ま、まおま——」

変人軍師が言いかけた。しかし、途中で遮られる。

布団を大きく叩《たた》くような音が響いた。杖《つえ》が絨毯《じゅうたん》に打ち付けられている。分厚い絨毯がなければ杖が折れていたのではないかという勢いだった。

「対局中！」

よぼよぼの老人が出した声とは思えないくらい芯があった。老人は駒を持ち、気持ちよい音を立てて指す。

片眼鏡《モノクル》の変人も目を細めつつ、将棋盤に視線を戻す。猫猫に手だけ振りつつ盤面に集中した。

「なかなかいい一手ですね」

きりっとした顔でかっこつける雀。

「俺にはさっぱり意味がわからんが、雀さんにはわかるのか？」

ははは、と好漢らしく笑う李白。

「なんとなく空気を読む的に言ってみただけです」

雀は意味もわからず、言ってみたいことを言っただけだった。いつも通りの雀だ。

「さあさあ、猫猫さんもお茶しましょう。でなくては、雀さんが点心《おやつ》を食べられません」

猫猫たちは絨毯の上に座る。西都の夏は中央に比べて気温が高いが、湿気がない分過ごしやすい。まだ飛蝗《バッタ》が残っているので、蚊帳《かや》を天井からぶら下げている。

(しかし金持ちだよなあ)

猫猫は絨毯を撫《な》でる。さらりとした質感は、絹のようでありながら、羊毛のように柔らかい。表面には微細な模様が織り込まれ、さらに刺繍《ししゅう》が施されている。蚊帳も紗《しゃ》を使ったもので、風に揺れると光沢が美しい。

猫猫は籐椅子《とういす》に座り、置いてある饅頭《まんじゅう》をつまむ。花巻《はなまき》を揚げたもので、練乳が添えてあった。

(どんなに立派な絨毯でも、どうせ食べこぼしで汚れるんだろうなあ)

将棋を指しながら、変人軍師が饅頭を食べている。ものすごい勢いで消えていくので、菓子を補充するのが大変そうだ。気苦労が多そうな副官がせっせと置いている。

「音操《オンソウ》さーん、がんばってぇ」

雀が副官を応援した。

(音操というのか)

いつもながら猫猫は名前を知らないし、聞いていたとしても忘れていた。さすがに今後も顔を合わせそうなので名前を覚えなくてはいけない。

「あはは、いつも大変そうだな、音操の旦那は」

他人事《ひとごと》として扱う李白。同じ武官なので顔見知りらしい。

音操は猫猫に気づくと、近くにいた使用人に足りない点心《おやつ》を用意させる。手慣れたものだ。変人軍師の前に大量の甘味を置くと、猫猫のほうへとやってきた。

「申し訳ありません。いつも突然やってきてしまい」

猫猫に頭を下げる音操。謝り慣れているのか、きれいな角度で頭を下げる。

(これはいい人材)

やり手婆《ばばあ》が欲しがりそうな謝り方をする。若造というほど若くなく、でも腰が低く、だからといって無能には見えなそうで、不慣れな妓女《ぎじょ》が客を怒らせたときに使える。

なお、本物の苦情客《クレーマー》であれば、男衆が有無を言わさず店の外に投げ捨てる。

(転職する気があるなら、紹介しよう)

妓楼《ぎろう》の謝罪役は大抵胃を患《わずら》うが、変人軍師の下《もと》にいるより気楽なはずだ。

この席にはまだ壬氏《ジンシ》は来ていない。もしくは来ないのかもしれない。

(変に集まっていたら、またやっかみを買いそうだ)

この大変な時期に将棋《しょうぎ》や宴《うたげ》などする余裕はない。主催が変人軍師だからこそ許されているのだ。

「あの様子だと、騙《かた》りとかではないようですね」

変人軍師があれだけ真剣に対局している相手なら、かなりの腕前の棋士《きし》だ。

「はい、本物の林大人《リンたいじん》ですね」

「林大人？　有名なかたでしょうか？」

「昔は将棋が強くて、中央から対局しに来る将棋指しも多かったそうです。この通り落ちぶれていなければ、もっと有名だったでしょうに」

「落ちぶれるとは？」

気になることを音操は言った。

「あっ、はい。どうせ説明することになるので、話しておきますね。羅漢《ラカン》さまがおっしゃる有益な情報に繋《つな》がりますから」

音操は老人を気にしつつ、小声で話す。

「林大人は元々西都の歴史に詳しく、名のある役人だったのですよ」

「そんな感じはします」

今は年齢のせいか多少耄碌《もうろく》しているようだが、さっきの凛《りん》とした声を聞くと納得してしまう。

「けちがついたのは十七年前と言えば察しがつきますか？」

「戌《イ》の一族の件ですね？」

猫猫は目を見開く。

「はい。その通りです。林大人は戌の一族の信頼も厚く、役人を辞めた後も、歴史書の編《へん》纂《さん》をしておりました。しかし、戌の一族の族滅《ぞくめつ》の際、多くの役人、特に重鎮が巻き込まれ、犠牲になりました。林大人は一命をとりとめたものの、いろいろと衝撃《ショック》が重なって、一気に耄碌《もうろく》して呆《ぼ》けたようになってしまったそうです」

「すごく有益な情報じゃないですか？」

ならば、まさに猫猫や壬氏が知りたかったことを知っているかもしれない。同時に、猫猫は「む？」と唸《うな》る。

「なんか妙に戌の一族に関して、音操さんは詳しくありませんか？　高順《ガオシュン》さまでさえよく知らないそうですけど」

猫猫は目を細めて音操を見る。

「あっ、知りませんでしたか？　ちょうど羅漢さまが西都に滞在しているときに、族滅が行われたんですよ。私はそれをちょこちょこ耳にしていたんで」

「……」

猫猫は将棋《しょうぎ》を指す変人軍師を睨《にら》む。

（聞いてないんですけど）

聞かれなかったから、と言われるとそれまでだが、なんだか甚《はなは》だしく腹立たしい。

「もちろん、羅漢さまなのでせいぜい碁会所《ごかいしょ》や将棋道場の思い出くらいしか語りません し、興味がないことは覚えていないので月の君が期待なさるような話はできません。今回、相手が記憶に残る林大人だったからこそ、覚えていたようです」

「でしょうね」

変人軍師に聞いたところで無駄だろう。わかりきったことだ。

「でも、林大人の頭さえはっきりしていれば当時の話は詳しく聞けるでしょう。話によると、たまに意識がはっきりするそうです」

「たまに？」

確かに、耄碌してもふとした瞬間、正気に戻る時があるそうだ。それを狙えということだろうか。

「ええ。えっと、羅漢さまが呼んでいるので、失礼します。詳しくは後ほど」

音操は、また変人軍師の元に向かう。今度は、果実水《ジュース》が空になったようだ。

猫猫は大広間全体を見る。変人軍師、音操に林大人、そのお付《つき》。猫猫、雀に李白。壬氏たちはまだ来ていない。

（しゃーないなあ）

来なかったら猫猫たちで情報収集をしなくてはいけない。

ともかく将棋が終わるまで何もできなそうなので、点心《おやつ》をいただくことにした。

「猫猫さん、この焼き菓子最高ですよ」

「いくつめですか、雀さん？」

「毒味です」

雀は、きりっとした顔で言った。

「毒見なら自分でやりますよ」

たしかに貰《もら》った焼き菓子は美味しいが、悲しきかな酒の類《たぐい》は一切ない。食糧が不足しているのだ、食べられるだけ贅沢《ぜいたく》なので我慢しよう。

ちびちびと果実水《ジュース》を飲んでいると、また音操がやってきた。

「よかったらこれをどうぞ」

「なんでしょうか？」

音操が持ってきたのは書物だ。羊皮紙で作られたもので、中身は短い物語集だった。できれば薬草図鑑や、医学書がよかったが趣味は悪くない。

「他に必要な本があれば持ってきます。それとも、盤遊戯や紙牌《カード》のほうがいいでしょうか？」

音操が妙に猫猫たちを気遣うので猫猫は変に思う。

「お気遣いいただかなくとも、大丈夫ですけど」

「いえ、その……」

音操は、妙に歯切れが悪い。

「羅漢さまと林大人は一時《にじかん》ほど前から将棋《しょうぎ》を指し始めたのですが」

「ですが？」

「お二人が指す時間は少なくともあと二時《よじかん》はかかると思われます」

「二時……」

「なお、月の君は猫猫さまの少し前に来られて、帰られました。仕事がお忙しいので、対局が終わったらお呼びする手はずになっています」

壬氏に暇な時間はない。妥当な話だと思うが、ならばなぜ猫猫も帰らせてくれないのだろうか。猫猫も楊《ヨウ》医官に薬を頼まれている。

「今から帰っていいですか？　終わったら呼んでください」

お持ち帰りにと果物と饅頭《まんじゅう》の皿を持つ。最近、おやつが乏しいことを嘆いているやぶ医者が喜ぶだろう。

「だめです。ここで帰ったら、羅漢さまの集中力が切れます。変な将棋を指せば、林大人も疲れて寝てしまいます」

（いや、面倒くせえ）

たしかに八十にもなってあと二時も将棋を指し続けていたら、そのまま倒れるんじゃないだろうかと猫猫は心配する。

（別の意味で帰れなくなってきたなあ）

猫猫は老人が倒れるといけないので、見守ることにした。しかたなく薬研《やげん》やすり鉢、生薬を持ってきてもらい、雀と李白と共にごりごりやっている。

（大丈夫なんだろうか、この爺《じい》さん）

猫猫はすりこぎで薬草を潰しつつ、震えながら将棋《しょうぎ》を指す林大人を見た。時折、お付《つき》の男が水を含ませた綿で林大人の唇を濡らしている。また、抱えて立ち上がらせたかと思うと、厠《かわや》へ連れて行くこともあった。

（介護慣れしてる）

介護の男は、四十は過ぎているように見える。年齢からして子、いや孫くらいだ。

今、まだ林大人が生きているのはあのかいがいしい男のおかげだろうか。

猫猫は、ちょいちょい様子を見にくる音操を呼び止める。

「あの林大人の付き添いのかたは誰ですか？」

「親戚だそうですよ、近しい身内はもういないそうです。羅漢さまは林小人《リンしょうじん》と呼んでいました」

「林小人って」

『小人』。子どもという意味もあるが、小悪党とかそういう意味合いが強い。林大人に合わせたとしても、普通に失礼なことを言うのが変人軍師だ。

こうして無駄な時間が過ぎていく。

半時《いちじかん》も過ぎたら、笊《ざる》にずらっと丸薬が並んだ。音操は変人軍師の近くよりもこちらのほうが落ち着くようで、せっせと丸薬作りを手伝っている。

猫猫が平べったい笊を振り、丸薬を均《なら》して並べていると、がくっと林大人の体が崩れた。びっくりして、試合中の二人に駆け寄る。

「おや、猫猫」

にへらっと笑う変人軍師。

猫猫は邪魔だ、と変人軍師を押しのけて老人に触れようとした。

するとーー。

「問題ない！」

大きな声を上げたのは林小人だった。林小人は、林大人の体を支え、耳を老人の口に近づける。

林大人は何か言っているようだ。

「……」

「うん……。うん」

猫猫の耳までは届かない。林小人は、小さな林大人の声を聞き取り、書き付けている。

猫猫はのぞき見て、林小人が書く意味不明な単語の羅列にこれまた首を傾《かし》げる。

林大人のつぶやきが終わったのだろうか。林小人は老人の背をさすりつつ、水を含ませた布で唇を濡らしてやっている。

「終わったかな、林小人?」

猫猫をちらちら見つつ、変人軍師が言った。

「疲れたので少し休ませます」

林小人は気にする様子もなく、老人をゆっくり寝かせる。そして、盤上を見て棋譜《きふ》をつけ始めた。

「介護も大変ですねえ」

今度は、軍師の器から饅頭《まんじゅう》を取って頬張りながら他人事《ひとごと》のように言う雀。高順、桃美《タオメイ》の老後はどうなるのか。

「猫猫～」

ぬるい声が聞こえて猫猫は顔を歪《ゆが》める。

「これ以上近づかないでください。雨に濡れた犬の匂いがします」

猫猫は、近づいてきた変人軍師を拒否する。

「普通に聞いていてひどいな」

李白が突っ込む。

しかし、どんなことを言っても聞く耳を持つ御仁ではない。

「しょっぱいものが好きだって言うから、塩気のある点心《おやつ》たくさん用意したぞ。酒はどうする？　飲むか？　用意させようか？」

「酒……」

猫猫はちょっと心惹《ひ》かれつつ、だめだめだめだと首を振る。

しかし、猫猫の顔の歪みがさすがにひどかったのか、間に雀が入ってきた。

「お酒なら雀さんには特産の果実酒をいただきたいです。あと、一応仕事もしないといけないので、あのお爺《じい》さんついて詳しく教えてください」

自分の要望をしっかり言った上で、仕事もついでにしてくれる雀。横で「酒はあとでなー」と李白が断る。

変人軍師といえば、雀を見て首を傾《かし》げる。

「桂馬《けいま》か？」

碁石《ごいし》ではなく駒に例えられた。なんとなく変則的な動きをする人物ととられたようだ。人を見る目だけは相変わらず確かだ。

「大伯父《おおおじ》については私が説明いたします」

林小人がやってきた。林大人はくうくうと寝息を立てている。

皆は、なんとなく点心を取り囲むように輪になって座った。雀がお茶を用意して、皆に配る。猫猫は取り皿をそれぞれの前に置いた。生薬や調合道具は端に寄せる。

「大伯父《おおおじ》について、皆さまはどのような説明を受けていますか?」

林小人は落ち着いた声で猫猫たちの顔を見ながら聞いてくる。粗末な格好をしているが、礼儀はしっかりしていた。音操は落ちぶれたと言っていたが、林小人を見る限りしっかり教育を受けた人に見える。

(大伯父かあ)

林小人の年齢は四十代くらいだろうか。髪は黒いが、癖のある髪質で色素の薄い目をしている。

(林大人も、ちょっと異国人っぽい風貌だものなあ)

異国人によくある鷲鼻《わしばな》をしている。薄い髪や眉毛は真っ白で元は何色かわからない。結ぶのを嫌がるのか、蓬髪《ほうはつ》のままだ。

この年齢の男が、かいがいしく大伯父の介護をするのは、珍しい。他に親戚がいないのだろうか。

林小人は、猫猫や雀に対しても丁寧な口調だ。

「西都の歴史に詳しい生《い》き字引《じびき》だと聞きました」

音操が答える。

変人軍師が猫猫に菓子を押し付けようとするので、雀を間に置く。雀はまだまだ余裕らしく、しゅるんしゅるんと菓子が消えていく。

「昔はそう呼ばれていたのですが、今はこの通りです。十七年前のあの事件まではしっかりした記憶を持っていました」

「戌の一族の粛清《しゅくせい》ですね？」

音操は、猫猫たちにわかるように確認する。前もって教えてくれて助かったと猫猫は思った。

（ほんと、できる人だな）

目立つわけではないが、物事が円滑に進むように調整している。だてに、順序や道理をぶっ壊すことしかできない上司に長年仕えていない。

「はい。事件の際、襲われて打ちどころが悪かったそうです」

林小人は寝ている林大人の薄い髪をかき上げた。くっきりと傷痕が見える。

「当時、大伯父は西都の歴史書を編纂《へんさん》する役割を担《にな》っていました。しかし、戌の一族の粛清の際、大伯父もまた反逆者とみられたようです。家族にまで類が及ばなかったのが幸いでしょうか」

語り出す林小人。思い出すのも苦しいのか、眉間にしわが寄っている。

「あれは粛清という大義名分を得た暴徒でした。大伯父は捕らえられ、編纂していた書物だけでなく、元とした書物、書類はすべて焼かれました。そして、数か月後、家族の元に戻ってきたときはこのありさまです。近しい身内は大伯父を捨て、私の父が引き取ることになりました」

林大人の症状は、天職《ライフワーク》を奪われたことか、それともひどい暴力を受けた結果か。家族にまで見捨てられ、どちらにしてもいたたまれないものがある。

「過去の歴史書には貴重なものが多く、今なお、焼かれてしまったことが悔やまれます」

林小人は悔しそうに絨毯《じゅうたん》を叩《たた》く。

(焼くのは簡単、戻すのは大変)

しかし、先ほど林大人のつぶやきを聞き取って何かを書いていたのは意味があるのだろうか。さすがに老人のつぶやきの羅列から、歴史書を再編修することは難しかろう。

音操は猫猫を見る。これから先は任せた、という視線だった。

「では、私たちは何をして林大人の記憶をたどればいいのでしょうか?」

猫猫は林小人に尋ねる。

なお、変人軍師といえば、顔を真っ赤にして舟をこぎ始めている。変人軍師の手には玻《は》璃《り》製の瓶があった。話に集中したいところだが、どうしても目に入る。

(果実水《ジュース》と果実酒間違えたな)

猫猫は、雀に準備された酒を変人軍師が飲んでしまったと理解した。雀は変人軍師から果実酒を取ると、ぺろっと舌を出して飲み始めた。

(私のも、とっておいてくれ)

雀に念を送るが、届きそうにない。仕方なく、林小人の話に戻る。

「大伯父《おおおじ》は慎重な性格でした。燃えやすい書物を一か所にまとめておくような真似はしないはずです。もし、資料を手にしたかったら、そこを調べるとよろしいです」

「というと、燃やされた書庫以外に、別の書庫があったということですね？」

「はい」

写本が別の場所に保管されていたら、記録は残る。しかし――。

「見つかっていないということは、書庫の場所は誰も知らないということですね？」

「その通りです。まだ誰にも見つからずに蔵書がすべて残っているかもしれない、あくまで可能性の話ですけど」

雲を掴《つか》むような話だが、別の書庫というのは現実的だ。

猫猫は寝息を立てているおっさんを見る。変人軍師は、本当にただ厄介なおっさんだが、たまには役に立つ。

「それで、時折正気に戻った時に書庫の在処《ありか》を聞き出そうとしているわけですか」

ずいぶん気の長い話だ。

「本当にそんなんで見つかるんですかね？」

猫猫が言いたいことを、ずばっと言ってくれる雀。

林小人は困りつつも茶をすする。

「実は見つかったことがあるんです」

猫猫は目を丸くした。

「本当ですか？」

「ええ。ふと大伯父《おおおじ》が思い出したことを元に、昔使っていた家を探してみたことがあるそうです。そしたら――」

「そしたら――」

「あったんですよ。大伯父が昔ため込んでいた棋譜《きふ》が。納屋の床板の下から出てきました」

「棋譜……」

正直あんまり価値がなさそうなものだ。

「皆さん、がっかりしたんじゃないでしょうか？　そんなに大がかりに隠していたのに」

親戚が林大人を引き取ったのは、何かしら遺産があると信じていたからかもしれない。

「ええ。竈《かまど》の焚《た》き付《つ》けにしたそうです」

林大人にとっては宝だっただろうに。価値観の違いとは酷なことをする。

「なんかもったいないですねえ。今なら価値があるかもしれないじゃないですかー」

雀が果実酒を舐《な》めつつ言った。本当に一杯でも残しておいてほしい。

「そうなんです。今になって、大伯父が将棋《しょうぎ》を得意としていることを聞きつけて、棋譜があれば売ってほしいという手合いがやってきまして」

「棋譜を売ってほしい……」

猫猫にも聞き覚えがある気がする。

「なんでも華央州《かおうしゅう》では、囲碁《いご》が流行《はや》っていて、棋譜を集めた本が売れているとか。じゃあ、将棋もいけるのではという申し出があったんです」

猫猫はちらりといびきをかいているおっさんを見る。また変なところで世間に影響を与え続けるおっさんだ。

「金になると聞いて、家族が躍起になっている最中《さなか》に蝗害《こうがい》が起きてしまい……、恥ずかしながら、羅漢さまが旧知の仲という話を聞き及んだ家族が、こうして支援を願うように言ったわけです」

耳を真っ赤にするほど、林小人にとって恥ずかしい話だ。猫猫も、ひどい家族もいるものだと思うが、貧すれば鈍する。落ちぶれることさえなければちゃんとした家族だったのかもしれない。

むしろ、かいがいしく世話をする林小人のほうが異常に見えてくるのは、ひねくれた猫猫の主観からだろうか。

「大伯父がいつもより元気なのは羅漢さまと久しぶりに将棋を指せたおかげかと思います。不躾《ぶしつけ》なお願いなのですが、今回の対局が終わったら、棋譜を私どもにお譲りいただけないでしょうか？」

「いいんじゃないでしょうか」

猫猫が答える。変人軍師はさほど気にしないだろう。

「では、もし大伯父《おおおじ》のつぶやきで、隠していた書類や昔の棋譜《きふ》が見つかったとしたら？」

「棋譜はすべてお譲りします」

「猫猫さま……」

猫猫が答えると、音操が心配そうに見る。

「変人軍師は別に過去の棋譜なんて興味ないでしょう」

「ですが、もし何か言われたら――」

「私が勝手にやったとでも言ってください」

「そうします！」

音操は語尾を強めて言った。つまり猫猫に責任転嫁できる言質《げんち》を取りたかっただけらしい。抜け目がない。

そうなると、肝心の書物や文書があるかもしれないという場所についてだ。

「先ほど書き留めていたものはお持ちですか？　私どもにも見せてもらってもよろしいでしょうか？」

「こちらです。今まで溜《た》めていた記帳《メモ》もあります」

紙でも木簡《もっかん》でもなく、羊皮紙の端切《はぎ》れに書いてあるものを出してきた。

「……これこそ棋譜じゃないんでしょうか？」

猫猫は首を傾《かし》げる。「5九銀」や「8三馬」など書かれている。将棋《しょうぎ》に興味がない猫猫でも、駒の動きを表すものだとわかる。華央州ではまず使われることがない異国の数字が書いてあるのは、読みやすさのためだろうか。

（これ、本当に何か意味あるのか？）

猫猫は唸《うな》りたくなった。

「将棋盤と駒はありますか？」

猫猫は音操から将棋盤と駒を受け取る。とりあえず意味がわからない時は、実行してみるのが一番だ。

猫猫は、ぱちんと音を鳴らして、将棋の駒を並べる。

「ええっと5九銀と」

記帳書き通りに並べるが、やはり無意味なのだろうか。歩《ふ》を並べようとして、手が止まる。

「……おかしいですねえ」

将棋盤をのぞき込み、雀がつっこんだ。

「『二歩《にふ》』ですよう」

「あー、それ俺にもわかるぞ。やっちゃだめな手だよな」

李白も参加する。

「龍《りゅう》も三つありますねえ。同じ譜面について言ったわけじゃないかもしれないですよ」

音操ものぞき見る。

「こういうとき、もう少し将棋《しょうぎ》に詳しかったらわかるんでしょうか？」

首を傾《かし》げる音操。

「将棋よくわからないんですか？」

「指せないわけじゃないですけど、私の配属先を思い出してください。趣味まで仕事にする気はなくなりますよ」

遠い目をする音操。

「それ、俺もわかるわー」

李白も同意する。

「李白さまはどうしてです？　軍師の直属でもないですし、あまり関わりないと思いますけど」

李白は武官だが、音操ほど変人軍師に関わりはない。

「ほら、この形。都の地図を思い出さねえか？」

「都の地図？」

「きれいに区切られた街に、上には玉座。まんまだな」

「そういうことね」

要は碁盤目《ごばんめ》が街に見えて仕方ないということだ。

（将棋盤だから厳密には違うけど）

李白が言おうとしていることはわからなくもない。武官として都を警護することが多いので、似たような地図をいつも見ているはずだ。

「とりあえず記帳分《メモ》はすべて並べてみますね」

ぱちぱちと置いていくと、駒の配置にずいぶん偏りが出てきた。

「将棋の棋譜《きふ》としてどうでしょう？」

「全くわかりませんね」

林小人も話に加わる。

林大人と変人軍師、この二人が寝ている今、一番将棋に詳しそうなのはこの林小人だ。雀の意見は、どこまで正しいか正直わからないので無視しておく。

「棋譜じゃないとすると、何を意味しているんでしょうか？」

さっぱりだ、と猫猫は手を上げる。

「そうだよなあ、王様の駒がすげー動いてるからなあ」

「雀さんも思いました。ずいぶん出しゃばりな玉将《ぎょくしょう》ですねえ」

李白と雀の意見には、猫猫も同意する。玉将《ぎょくしょう》が真ん中のあたりまで出張っていた。

「……玉」

猫猫はじっと盤面を見る。もう一つの王将の位置は、北側の真ん中。他にところどころ偏りがある駒の位置。

「李白さま」

「なんだい？」

「この将棋盤《しょうぎばん》を都に見立てるとどんな感じに見えます？」

猫猫は将棋盤を李白に向ける。

「ふーん。そりゃ、この王将は玉座に当たるよなあ。ってことを考えると——」

李白は、つつっと指を伸ばす。

「この駒が固まっているあたりは繁華街とか商店街、もしくは住宅街ってところか」

「じゃあ、この玉将は？」

「うーん、敵っつうか、政敵？　もしくは、力が強い高官の家ってところ？」

李白はあまり自信がない言い方をした。

（そうか、そういうことか！）

猫猫は雀を見た。

「雀さん、西都の地図はお持ちですか？」

「ははっ、いきなり何を言うんだよ。そんなもん持っているわけ……」

「はい、お持ちです」

李白の笑いを無視して、雀は懐からささっと地図を出す。厚めの羊皮紙に描かれた地図だ。

「なんで持ってるんだよ！」

本来、羅半兄《ラハンあに》がやるべき突っ込みだが、不在のため李白が頑張る。

「それは雀さんだからです」

きりっとする雀。

そんな雀だから猫猫も聞いてみたわけだが、本当に持っていた。

猫猫は受け取った地図を開き、将棋盤と見比べる。

「この玉将の位置なんですけど、西都の配置に合わせると、ちょうどこの別邸の位置になりませんか？」

『!?』

皆が将棋盤と地図を見比べる。

西都もまた、碁盤《ごばん》目《め》状の区画に沿って作られた都市だ。都ほどしっかり分けられていないので気づかなかった。

「じゃあ、この王将って」

「公所《やくば》か玉袁《ギョクエン》さまの本邸かと。たぶん、公所です。十七年前なら戌の一族が住んでいた屋敷の位置に当たります」

林小人が教えてくれる。

現地の人間がいると、昔のこともすぐわかるので心強い。

「そうなると、龍《りゅう》が多い意味もわかります。たしか龍がついた名前の店がありました」

龍の意匠《デザイン》は本来、皇族しか使えないが、店の名前に『龍』の字を入れることがある。縁起がいいからだ。

「じゃあ、歩《ふ》はどうなるんでしょう？」

雀が二つ並んだ歩を指す。

「位置からして大通り沿いですね」

「書店や紙屋じゃないでしょうか？　行きつけの小物を買う店という意味で」

「……うーん、なんかそれらしい店はないなあ」

李白がうなる。

猫猫は違う駒がどの場所を示しているのか、確認する。

「雀さん思ったんですけど、今の時代の地図ではだめなんじゃないですかねえ」

その通りだ。十七年もたてば、店は潰れることもあろうし、新しく開店していることもある。

「すみませんが、私、古い地図を取ってきます！　大伯父《おおおじ》をしばらくお願いできますか？」

林小人が立ち上がった。林大人はまだ眠っている。

「では、私は月の君を呼んでまいります。猫猫さまは羅漢さまをお願いします」

音操も立ち上がる。

「林大人だけ、わかりました」

「いや、羅漢さまも見ていてくださいよ！」

音操は慌てつつ、蚊帳《かや》の外に出ていく。

猫猫たちは、将棋盤《しょうぎばん》と現代の地図を照らし合わせるのに夢中だ。上手くいっているように見えた。

だから、誰も気がつかなかった。

四話　林小人《リンしょうじん》

猫猫《マオマオ》は、書き込みを加えた地図を広げる。

「大体、わかるところは埋めましたね」

駒の意味が半分はわかっただろうか。こうして見ると街並みがずいぶん変わっているのだとわかる。

「月の君は来客中で来られないようです。礼部《れいぶ》の魯侍郎《ルーじろう》が来ていました」

音操《オンソウ》も戻ってきた。戻るのが遅かったのは、他に仕事があったらしく右手には分厚い書類を抱えていた。変人軍師のものと推測される。

「じろう？」

猫猫は役職の名に疎《うと》い。官女《かんじょ》の採用試験で出たような気がするが、忘れてしまった。名前は楊《ヨウ》医官が言っていたような気がする。

「簡単に言うと、礼部で二番目に偉い人です。こっちで月の君が祭事を行う時、位が高い人が必要なのです」

雀《チュエ》が耳打ちする。

「わかりました」

何の用で魯侍郎が来たのかわからないが、壬氏《ジンシ》がいなくても大丈夫だろう。

「しかし、遅いなあ」

李白《リハク》が蚊帳《かや》をめくり、外を見る。日の落ち方を見ているのだろう。

「もう四半時《さんじゅっぷん》以上たっているぞ。俺が一緒に行けばよかったかもな」

「そういえば林小人は客でしたもんね。あの身なりからして、衛兵にでも足止めを食らっているのかもしれませんね」

李白や雀なら、屋敷内で顔が知られているから問題ない。もしかしたら、屋敷から出たのかもしれない。

「替わってやればよかったかな」

そう思っていたが――、猫猫は自分の判断が間違っていると気づくことになる。

「ふあああ」

間違って酒を飲んで居眠りしていた片眼鏡《モノクル》のおっさんが起きてきた。

「おはよう。まだ夢かねえ。猫猫が見える」

ぽやぽやと寝ぼけている変人軍師。音操が目覚めの一杯を差し出す。たぶん、中身は大好きな果実水《ジュース》だ。

「……ん！　やっぱり猫猫だ！」

「あぁ、うるさい」

　思わず声に出してしまう猫猫。

　無視したいところだが、話が進まないので変人軍師との間に点心《おやつ》の皿を一直線に並べる。

「ここから先には入らないでください」

「わーお。麻美《マーメイ》の姉貴のような手ひどい仕打ち」

　雀の義姉も父の高順《ガオシュン》に対して似たようなことをしているらしい。

　将棋盤《しょうぎばん》を変人軍師の前に置いてもらう。

「一応、聞いても答えてもらえるかどうかわかりませんが質問します。十七年前の西都についてお尋ねします。ここが元戌《イ》の一族の屋敷、その斜め下が玉袁《ギョクエン》さまの屋敷だとして、他の駒の位置は何を指しているかわかりますか？　そうですね、わかりませんね」

「嬢ちゃん、おっさんまだ答え言ってない」

　李白は変人軍師本人の前でもおっさん呼ばわりしている。

　おっさんは気にする様子もなく、狐目をさらに細める。独特な胼胝《たこ》ができた指先を将棋盤に向ける。

「この歩《ふ》は、将棋道場。その下の歩は、将棋や碁《ご》を売っている店だ」

「羅漢《ラカン》さまは自分の趣味のことだけはしっかり覚えているんです」

　音操が解説に入る。

「へえ、そーなんですねえ」

音操の説明を心底興味なさそうに返す猫猫。

「この龍《りゅう》は飯屋だ。将棋を指して店主に勝つと無料にしてもらえる。でも三回目からなしになった」

すらすらと答えていく変人軍師。将棋関連の施設なら、林大人の示した場所と重なるのもわかる。

（こいつが最初からしっかりしていたら）

などと猫猫は身勝手なことを考える。

「この桂馬《けいま》はよくわからん。あと成金《なりきん》も」

二か所だけ覚えがないという変人軍師。

「一つは廟《びょう》のようですね。もう一か所は住宅街に入っているようですから、最初に棋譜《きふ》を見つけた場所かもしれないですね」

雀が地図に丸をつける。

「じゃあ、残った廟が怪しいわけか」

答えにたどり着きそうだったとき、急に変人軍師がきょろきょろと周りを見はじめた。

「どうしましたか？」

音操が聞く。

「林小人は？」

「古い地図を取りに行っています」

「ふーん」

変人軍師が他人に興味を持つのは珍しい。

（林大人ならともかく小人のほう……）

猫猫はもう一度、心の中で反芻《はんすう》する。

（小人のほうって）

猫猫は大きく将棋盤《しょうぎばん》を叩《たた》く。皆がびっくりして猫猫に注目した。

「どうしたんだ？」

李白が恐る恐る聞く。

猫猫は立ち上がり、歪《ゆが》んだ顔で変人軍師を見た。

世の中には類《たぐ》い稀《まれ》な才能を持ちつつ、無駄にしている者がいる。

「林小人の『小人《しょうじん》』とは──」

猫猫は変人軍師を睨《にら》みつけたままだ。

「『悪人』という意味でよろしいでしょうか？　それでそう呼んでいたのでしょうか？」

「そうだね。猫猫。善いか悪いか儂《わし》には違いがわからんが、なんか嘘《うそ》つきっぽかったね」

「……」

猫猫は顔を歪めたまま、その場に膝をついた。

「なんでそれを黙っていたんですか？」

「だって、儂らには関係ないだろう？」

あっけらかんと言い放つ。そうだ、変人軍師はそういう奴だ。

唖然《あぜん》とする皆。

「あの、お取り込み中申し訳ありません」

おずおずと広間の入口に立つ男がいる。格好からして変人軍師の部下のようだ。

「どうした？」

変人軍師に代わり、音操が対応する。

「いえ、公所《やくば》に行方不明になった家族を探してほしいと訴えてきた者がいまして」

部下は、広間の隅で眠る林大人をそっと見る。

「どうにも昨日、羅漢さまが連れて来られたご老人と条件が一致するのですが……」

『……』

皆が呆然《ぼうぜん》とする中で、さらにまた部下がやってくる。

「羅漢さま。西の廟《びょう》で火事が起きたので、消化活動に人員を割きました」

変人軍師の部下は本当に有能な人たちばかりだ。上司の指示を仰がずとも的確な処置をしてくれる。

行方不明になった家族というのは、林大人。

燃えた廟《びょう》は、怪しいと狙いをつけた場所。

こうも見事に出し抜かれると、気持ちよささえ感じてしまいそうになる。

とりあえず今言えるのは、誰の差し金かわからないが、完全に後手《ごて》に回った、ということだけだ。


場所を変え、壬氏の部屋にて、神妙な顔をする猫猫、雀、李白。

変人軍師もついてくるかと思いきや、林大人が起きたので将棋《しょうぎ》の続きを指している。

「申し訳ございません」

猫猫らは壬氏に深々と頭を下げて謝るしかなかった。雀に至っては、白装束を着て自刃《じじん》する真似までしている。

「あー、雀。ここではそこまでしなくていい」

雀がほっとした顔で、早着替えをする。

結論として、林小人という男は存在しなかった。林大人の親類と名乗る男はいたが、似ても似つかぬ別人だった。

（蝗害《こうがい》の騒動の最中《さなか》に林大人を誘拐し、耄碌《もうろく》しているのをいいことに親戚を名乗って変人軍師の懐に入った）

猫猫たちはすっかり騙《だま》された。あれだけしっかり介護していたら、普段から面倒を見ていると思ってしまう。

なにより、嘘《うそ》を簡単に見破る変人軍師の性質をよく知っている。たとえ林小人が嘘つきであろうとも、手ごたえのある将棋仲間がいればそっちに気を取られる。

あの生き物の性質を知らずして踏み込んだとすれば幸運、知っていたとすれば策士だ。

今は本物の親類が林大人に付き添っている。もっとも、介護に近いことはもう一人一緒に来た女性がやっていた。親類の男の嫁か、それとも娘かどちらかだろう。

林小人が言っていたほど、雑に扱われていなくてよかったが、身なりから察するに落ちぶれていることは間違いない。

今は将棋を指す林大人を見守っているらしい。

猫猫は、呆《あき》れるほかない。変人軍師が下手に加わっても、脱線してまともな話にならない。一度、壬氏に詳しく説明してから、変人軍師からも話を聞く予定だ。

（そもそもあのおっさんが最初から——）

などと考えたりもしたが、あのおっさんのやることなど想定できない。大体、あのおっさんがなぜ『小人《あくとう》』と認識したのか、それを説明させることすら難しい。

それほど、林小人は無害な男に見えた。

（あんなにかいがいしく世話できるってことは、介護の経験者か？）

でなくては、こうも見事に騙《だま》されない。演技だとしても大したものだ。

猫猫や李白はともかく、まさか雀まで騙されるとは思わなかった。

壬氏もそのことは想定外だったようだ。

「よもや雀もか？」

「面目ございません。実家では、折檻《せっかん》されるくらいでは終わらない失態です」

よよよっと、泣き真似をする雀。

（雀の実家は厳しいのか？）

あの性格を作り上げたのだから、放任主義で育てられたと猫猫は勝手に思っていた。

「いや、終わったことは仕方ない。しかし、どんな人物だったのだ？」

壬氏が尋ねる。

「壬氏さまは見ていませんでしたか？」

「客が来たのですぐさま部屋に戻ったからな。ちらりと顔を見た程度だ」

確かに、いきなり皇弟《おうてい》に一般人が直接話すことはあるまい。

「客人はもうよろしいのですか？」

「ああ。羅漢殿がいると言ったら、微妙な顔をして帰っていった。魯侍郎はどうにも苦手としているらしい。本来、西都でやるはずだった祭祀《さいし》についてどうするかの相談だった」

（いや、おっさんを得意としている人いないから）

あの片眼鏡《モノクル》のおっさんと上手くやれる人などいるだろうか。

「どういう男だったか端的に説明を頼む」

壬氏は、猫猫ではなく雀に聞いてきた。

「はい、全く普通の男性でした。やや異国の血を感じさせる顔立ちでしたが、他はこれといった特徴はありませんでした。雰囲気としては、羅半兄《ラハンあに》に似た感じの、わかりますか？」

（あー）

猫猫は納得する。道理でするっと溶け込めたわけだ。羅半兄のように騒ぎ立てることはないが、そつなく目立つことなく行動する雰囲気がよく似ていたし、苦労人気質なところがそっくりだった。

「何よりあれですね」

「あれですねぇ」

猫猫と雀が顔を見合わせる。

『顔が記憶に残らない感じが』

猫猫と雀の声が重なった。

「とりあえず思い出せるだけ思い出して、似顔絵描きます」

さっと筆と紙を取り出して描く雀。あまりない特徴を捉えた似顔絵ができあがる。あとで、林大人の親族にも見せるはずだ。

「私見でいいから言ってくれ。どういう人物だと思う？」

今度は、猫猫と李白を交互に見ながら、壬氏が言った。

猫猫と李白が目を合わせ、李白が軽く手を挙げる。

「じゃあ、俺から言います。ほぼ雀さんと同意見です。至って普通の男でした。ただ、林大人の世話に対してかなり手慣れている感じはしました」

「手慣れている？　それほど、演技が上手かったのか？」

「いや、なんていうか。普通、よその爺《じい》さん相手にあそこまで丁寧に介護できるもんかなって思いまして。男って基本は、年老いた両親の世話は自分ではなく嫁や姉妹がするもんだと考えるでしょう？」

李白の言ったことに猫猫は頷《うなず》く。茘《リー》という国は、男が女よりも上に立つのが基本だ。戌《い》西州《せいしゅう》ではその空気がさらに顕著で、女や嫁は道具としか見られないことも多い。現に、今林大人の世話は親戚を名乗る男ではなく、一緒に来ている女がやっている。

「猫猫はどうだ？」

「ほぼ同意見です。ただ、こちらと同じく、古い文書や書物の在処《ありか》を探していたとすれば、前々から探っていたと考えるべきかと思います」

林小人本人か、それとも仲間が林大人を見張っていた。

「そう考えるのが妥当だろうな」

（積極的に探すというより、見つからないか監視しているような）

そんな遠まわしなやり方にも思える。見つからなければそれでいい。でも見つかってはいけない。

「見つかってはまずいものがあったから、あえて危険を冒しても取り去ったと考えてよろしいでしょうか？」

「あえて羅漢殿に接触を図ってまでか？」

「何するかわからない人は、しでかしたときの爆発力がすごいですから」

「あー」

壬氏はしみじみと頷く。

羅漢には立ててはいけない旗《フラグ》を立てる才能がある。

（見つかってはまずいもの、裏帳簿とかそういうものだろうか？）

いや、歴史の編纂《へんさん》に帳簿は関係あるだろうか、と悩む猫猫。

「どんなやばいもんがあったんだろうなあ？」

「戌《イ》の一族の謀反《むほん》について関係していることですかねえ」

李白と雀が言う。

「見つかってはまずい。つまり知りたい内容ではなく、知っている内容と見て問題ないですよね」

（ご丁寧に書庫を燃やすってことは、本当に見つかったら困るものがあったんだろうなあ）

ふと、猫猫はわざわざ火をつけた理由を考える。猫猫たちがすぐさまやってくることを考えると、燃え残る可能性は考えなかったのだろうか。

（燃やしたのが偽装だとすれば）

燃えてしまえば、何もないと諦める。もしくは、燃え残った書物を必死に解読しようとするだろう。火をつけられた、燃やされたからといって全部消失したとは限らない。

（もし、必要な物だけ持ち去られたとしたら？）

林小人にとって必要なものとは何だろうか。

猫猫は、考えているうちに頭がぐらぐらしてきた。

そんな中、無遠慮に部屋の扉が開かれた。

「猫猫、勝ったよー」

「あー、はいはい」

元はといえばこの男がちゃんと林小人のことを注意していれば――、後悔しても仕方ない。悪人かどうか、聞かれなかったから言わなかったと変人軍師は言った。ならば、聞くだけ聞いてやろうではないか。

「どうして、あの男が偽物だとわかりましたか？」

「面白い演劇を見る感じがした」

「……」

やはり意味がわからない。なにより劇など見たところで、この男にとっては碁石《ごいし》が並んでいるようにしか見えないはずだ。

「役者の中にはたまに嘘《うそ》が上手いやつがいる。舞台では皆嘘をついているが、その嘘が自然なほど劇は面白い」

「嘘が自然、面白い……」

つまり、演劇という嘘をついている役者は嘘が上手い。嘘が上手いとは演劇が上手い。演劇が上手いから劇が面白いにつながるのか、と猫猫なりに噛《か》み砕く。

面白い劇を見ている感じがするから嘘つきで小人《あくとう》とは、変人軍師しかたどり着けない。

「あー、なんとなくわかりましたー」

雀のほうが理解できたらしい。変人軍師と同じく、感覚で生きているからだろうか。

「雀さん、説明お願いします」

「はいはい、雀さん、説明しますよ。演技しているのではなくなりきる人だったんでしょうね。たまにいますよ、詐欺師とか間諜《スパイ》なんかに」

「間諜？」

「ええ、他国に入るときとか、怪しまれないように現地の人と結婚しちゃうんですよう。でもって、旦那、もしくは奥さんには当たり前に接するんです。相手に対しては本当の夫婦として接します。もちろん、本物の夫婦です。ただ一つ違うとすれば、伴侶より大切なものがあるだけで——。時に子どもが生まれることもあるでしょうね。間諜《スパイ》とばれない限り、その夫婦関係は変わらず、伴侶も子どもも何も知らずに生きていきます」

知らぬが仏というやつだ。

しかし、ずいぶん具体的に雀は話す。

わかったような、わからないような。ともかく、林小人が林大人の身内になりきっていたということで終わらせておこう。

「ところで猫猫や、夕食を一緒に食べないかい？」

ゆるんだ顔で聞く変人軍師。全く空気が読めていない。

その後ろでは林大人の親戚が、こちらを窺《うかが》っていた。林小人は、その正体以外はほぼ事実しか話していないので、生活が苦しいのは本当だろう。音操が上司に代わって金を渡し、変人軍師に言った。

「羅漢さま。今日は、すでに玉鶯《ギョクオウ》さまとお食事の約束がありますのでやめてください。それまでにたまった仕事一段落《いちだんらく》させせないと」

やはり音操は、働き者だ。

「えー、やだよう」

渋るおっさんは大変鬱陶しい。引っ張る音操に対して、柱にしがみついて動こうとしない。子どもの駄々と寸分変わりない。

「猫猫さん、ここは一言『いってらっしゃい』とでも言ってあげてくださいよ」

「嫌ですよ、雀さん」

「猫猫さん、居座られるほうが嫌じゃないですか？」

猫猫は顔をしかめつつ小さな声で「いってらっしゃい」と言った。変人軍師の顔がぱあっと晴れる。

「いってくるよ！」

猫猫は音操に連れて行かれる変人軍師を見る。

「もう一つだけ質問を」

猫猫はこれだけは聞いておかなければならないと思うことがあった。

「なんだい、爸爸《パパ》になんでも聞いてごらん？」

本当に眼鏡をかち割りたくなるが、我慢する猫猫。

「玉鶯さまはどのように見えますか？」

この答え一つで何もかもわかる気がした。

壬氏も固唾《かたず》を呑《の》んでいる。

しかし――。

「ぎょくおう？」

「だから、今日会食するかたです！　いつも果実水《ジュース》もらっているじゃないですか！」

「ああ、あいつなあ」

ぽんと手を叩《たた》く変人軍師。

「役者になりたかったんだろうな、って人だね。武生《ヒーロー》を目指している最中《さなか》って感じだ」

「はあ？」

猫猫は聞くだけ無駄だった気がした。武生とは、劇の男役で武将や侠客《きょうかく》のことをいう。疑問だけが増え、猫猫は消化不良で気持ち悪くなった。さらにとどめを刺すように雀が猫猫を突《つつ》く。

「猫猫さん、そろそろ羅漢さまとの距離詰めたらどうです。打算ありき、懐柔するつもりでいいんですよ？」

「懐柔も何も一度距離を近づけたら、四六時中離れなくなって、どっちの仕事も捗《はかど》らなくなりますけどいいんですか？」

「あー、なるほど」

ぽんとわざとらしく手を打つ雀。猫猫はお気楽な侍女を半眼で見るしかなかった。

五話　兄帰る

蝗害《こうがい》第一波が来てから十日目。

また空に黒い影が見えた。

（来たか）

猫猫《マオマオ》は切開手術をしたお嬢さまを往診した帰りだった。お嬢さまの容態は安定していたのに、残念だ。慌てて別邸へと戻り、医務室の施錠をする。

別邸にいる者は、すでに伝令から飛蝗《バッタ》の大群らしきものが見えていると報告を受けていた。以前より心構えはできている。

「ひぃぃ。また虫だよ」

やぶ医者が部屋の隅で丸くなるので、猫猫は上着を投げる。

「医官さま。虫は待ってくれないので、準備してください」

「な、何をすればいいんだい？」

「とりあえず齧《かじ》られても大丈夫なように厚着して、窓という窓を施錠。建物の隙間から虫が入らないように、泥や粘土で埋めてください」

猫猫は外を指す。時間がない。やぶ医者の手も借りたいほど忙しい。

「泥って、建物を汚しても大丈夫かね？　油紙ならたくさんあるからこちらを使おうよ」

「もったいないです。どうせ虫が来たら汚れるも何もないので気にするだけ損です」

やぶ医者はしぶしぶ外に出て庭の土を桶《おけ》にかき集める。家鴨《あひる》もどこからかやってきて、空に向かってがあがあと威嚇《いかく》している。

「俺は何しようか？」

李白《リハク》はすでに顔を布で覆っていた。猫猫は医務室の裏を見る。

「まだ、倉庫に種芋が残っていると思います。虫が入らぬようにして、周りにこの薬を撒《ま》いていただけますか？」

羅半兄《ラハンあに》が戻ってこないので、猫猫が芋を守らなければならない。虫如きに食糧を絶対与えてなるものかと、拳を握りしめる。

「おっ、話題の毒薬だな」

「殺虫剤です！」

猫猫はすかさず訂正する。誤解は一度広まるとなかなかおさまらないから困る。

第二波の蝗害《こうがい》は、第一波に比べて微々たるものだった。数時間で飛蝗《バッタ》は去り、しっかり施錠した医務室や倉庫に虫が入り込むことはなかった。

だが、ただでさえぎりぎりで生きている西都の人にとって、心の落ち着きを乱されるのに十分である。

日に日に、人々のなけなしの余裕が削られていく――。

十三日目。

新たに不審火が起きる。食糧強奪のため。火付け犯はすぐに捕まるが商家一軒が全焼。

十四日目。

医者の数が足りない。天祐《ティンユウ》が楊《ヨウ》医官に連れて行かれて帰ってこない。清々《すがすが》しい。

十五日目。

食糧問題。随所で買い占めが起きている。住民の小競り合いも各所で起きている。金持ちの家を襲う者が増える。

十六日目。

被害に遭った者たちが、他の地方から西都へとやって来る。その中には、皇弟《おうてい》を出せという者もいるという。

十八日目。

役人から呼び出される。何事だろう――。

「生きていたんですね」

猫猫はぼんやりと、その宿無しのような男を見た。宿無しという言い方は悪いが、どう見てもそれにしか見えない格好だった。

「生きてるよ！　生きてるからね！」

髭《ひげ》を生やし、ぼさぼさの髪、ところどころ食いちぎられた着物の男。だいぶ印象は変わっているが、遠い地に旅立った羅半兄だった。

難民らしい男が皇弟《おうてい》を呼べと言った。だが、誰も取り合わなかったら、今度は猫猫の名前を出したという。

猫猫は役人に呼びつけられて何事かと思っていた。

そして、雀《チュエ》と李白と共に来てみれば、ぼろぼろの羅半兄がいたわけだ。少し暴れたらしく、牢屋《ろうや》とは言わないまでも、狭い個室に閉じ込められていた。ひどい扱いだが、このところ暴徒が多く、役人もぴりぴりしている。役人を責めることはできない。

「ばっちい格好ですねえ」

「好きでこんなになったんじゃないから！」

「仕方ない。優しい雀さんがささっと服を調達してきます」

「お願いします」

雀を待っている間、羅半兄にどういう状況だったのか聞くことにした。

「しかし無事でよかったです。皆心配しておりました」

「あー、うん、心配してた、してたぞ？」

猫猫と李白は、社交辞令を言っておく。なんとなくしぶとそうな感じがするので、羅半兄のことは皆はそれほど心配していなかった、などとは言えない。むしろねたにされていたとは、口が裂けても言えない。

「なんだよ、畜生。予想よりずっと早いじゃねえか！　蝗害《こうがい》の発生はよ。こちとら急いで報告したんだぞ！」

羅半兄は怒っているが、全然怖くない。きっと弟の羅半も羅半兄が怒るたびに「はいはい」と流してきたのだろうな、と猫猫は想像する。

「はい。その後は順調だと月の君も話していました。さすが玄人《プロ》だと」

「玄人とかいいから！　あー、本当に死ぬかと思ったし、実際死にかけたし、実は死んでるかもしれない……」

よほど苦労したのか、遠い目をする羅半兄。

「生きてます、大丈夫です」

猫猫はぺしぺしと羅半兄を触る。実体はちゃんとあった。

「頭もだいぶ齧《かじ》られてんな」

李白はぼろぼろの頭に、櫛《くし》を入れてやっている。護衛の武官がすることではないが、羅半兄に対する申し訳なさの表れだろうか。ただ、大男の仕事だけに少し杜撰《ずさん》で力が強く、羅半兄の顔は引きつっている。このままでは頭髪まで不毛地帯になってしまう。

「いてえよ、いてえ」

普段は長男気質だが、今日は少し駄々っ子のように思える。

猫猫が羅半兄の服の埃《ほこり》を払っていると、背中に手ごたえがあった。

「なんですかこれ？」

「あっ、これはな」

羅半兄がぼろ布みたいな上着を脱ぐ。背中に密着して、手ぬぐいの包みがあった。中を開けると袋がいくつかあった。

猫猫は袋の一つを開ける。

「麦ですね？」

「麦だな」

猫猫と李白はのぞき込む。何の変哲もない麦粒だ。

「そうだ」

「後生大事になぜ麦を？」

いくら飛蝗《バッタ》から麦を守るためとはいえ、たったこれだけの麦を肌身離さず持ち帰った理由は思いつかない。

「それがな――」

羅半兄は、過去の回想を始める。とても趣《おもむき》深く道中を一から細かく話し始めようとした。

「要所だけでお願いします」

「要所だけ？」

「要所だけ」

あいにく、羅半兄の芋麦英雄譚《いもむぎえいゆうたん》を聞いている暇はない。

「わあーったよ、わあーった。蝗害《こうがい》が起こる直前な」

ある村の話を始める。小麦を多く作る村だが、村長が羅半兄に相談をしてきたという。

「とある家の小麦がな、いつも他の家よりも収量が多いんだとよ」

「ほう」

「それでその家の麦の育て方とか、畑とか見てまわって調べてくれって頼まれたんだ。家の住人は何もやっていないから教えることはないとかでさ。だから、中央とつながりがある俺を使って吐かせようとしたんだ」

だがその家の住人はこれといって特別な育て方はしていないし、畑の土も日当たりも他の家と変わらないものだったという。

ただ違ったのは——。

「小麦は一つ前に作った小麦を種として残して作るんだが、その家の小麦は変わった特徴がある小麦だったんだ」

「特徴？」

猫猫は小麦をよく観察する。特に変わったところはない気がした。

「戻りましたー」

雀が着替えを持って戻ってきたので、羅半兄はそのままぼろぼろの上着を脱ぎ捨てて着替え始める。

「おっ、いい身体してますねえ」

雀が茶々を入れる。

「まじまじ見られるとやりにくいから」

しっしと雀を追い払う羅半兄。

「いや、いい肉付きしてるぞ。武官にでもなれそうだ」

「武官？　そうか？」

武官と言われて満更でもなさそうな羅半兄。普段、農民扱いしかされていないので新鮮なのだろう。

「すみません、話を続けてください」

正直、そんな余裕はないので遠慮なく水を差す猫猫。

「……わかったよ」

ちょっと残念そうに羅半兄は話を続ける。

「その小麦は他の小麦に比べて背丈がかなり低かったんだ。たぶん、畑で何度も作っているうちに、低く育つ小麦ができて、そればかり増えるようになったんだろうな。収穫時期に立ち会ってなかったら、俺もわからなかった」

「低いとどう違うんですか？」

猫猫が質問する。雀は、戻ってきたばかりで何の話かわからないので、李白に説明してもらう。

「麦に限らず稲もだけど、背が高いと風にあおられたりして倒れやすくなる。倒れてそのまま茎が折れたり、腐ったりしたら終わりだ。背が低い方が安定して穂をたくさん付けられる」

「ほう」

だから偶然背の低い小麦ができて、そのまま何年もかけて増えていったということか。

「あともう一つ、仮定なんだけど」

羅半兄は着替えて少しはまともな姿になった。髪紐《かみひも》を貰《もら》い、ぼろぼろの頭をくくる。

「他の小麦に比べて、粒が穂にしっかりくっ付いているみたいだった」

「くっ付いている？」

「収穫の際、小麦の穂にどれだけ粒が残っているか。これはかなり収量に影響するんだ。収穫する前に穂から小麦の粒が落ちたらどうなる？　農民は忙しくて、地面に落ちた粒まで拾えないだろ。収穫前に一割落ちれば一割減り、二割落ちれば二割減る」

確かに、収穫量に直接影響を与える要素だ。

「持って帰ってきた理由は、もしこの種を育てて、低い丈でなおかつ粒が落ちにくい小麦が育てば、収量増が期待できる。さらに、収穫した小麦を種子として配れば、一つの畑に留《とど》まらず収量増が期待できる。もちろん土地の気候に合うかって問題もあるけどな」

「それでわざわざ持ってきたと」

『ほぉ～』

猫猫だけでなく雀も李白も感心する。

（生粋《きっすい》の農家だ。しかも、未来を見据えてる）

きっと二人とも猫猫と同じことを考えているに違いない。普通なら、自分だけ利益を上げるために他人に秘密を話そうとしないはずだ。食糧は豊作になればなるほど安くなる。

（この人、商人とかなるの無理だわ）

欲がなさすぎるとつくづく思う。おまけに騙《だま》されやすいので、都にいたらすぐ詐欺に遭いそうだ。

そういえば、蝗害《こうがい》の発生を最初に知らせたのは羅半兄の手紙だ。戌西州に来てなにげに一番活躍しているのは羅半兄じゃないだろうか。

（功労者としてちゃんと労《ねぎら》わないとなあ）

食糧が少なくなっているが、今日はちょっとご馳走を作ってもらわねばと猫猫は思うのだった。

とはいえ、久しぶりの明るい話題にほっとしていた。

六話　都より

西都で大きな蝗害が起こったと連絡があったのは、十日と二時前《よじかん》だった。慌てた伝令の報告を聞きながら、羅半《ラハン》は予測より半月早いと、誤差について考えていた。

通常の業務に加え、戌西州《いせいしゅう》への支援物資の割り当てを考える必要ができた。結果、仕事は四割五分増しになったと言っていい。

「西の民は大げさだなあ」

終わらない仕事に、やってられるかと言う同僚その一。同年代の平均身長より二寸《六センチ》高いが、がさつだという理由で宮中の官女《かんじょ》に振られること三連敗中の男だ。下品な笑いを横に、羅半は頭の中の算盤《そろばん》を弾《はじ》く。あらかじめ予測していた対策と数字に、現実の数字を当てはめ、誤差がどの程度か確認して発注しないといけない。その際、上司から無理だとはね除《の》けられる確率は六割だ。

目の前には、書簡。西都への救援物資をひねり出せとある。簡単に書いてくれるがそうそう出せる物はない。でも出せと言われたらひねり出すのが仕事だ。

「虫如きでお上から施しを得ようなどと、情けないにもほどがある」

同僚その一の声をよそに、羅半は食糧庫の在庫を調べる。昨年、月の君は年貢《ねんぐ》を上げて備蓄を増やしていた。まず、こちらから使うのが道理だ。

「羅半殿、あやつを殴ってよろしいか？」

同僚その二が羅半に話しかける。同僚その一は、その二が戌西州《いせいしゅう》出身であると知らないのだろうか。髪と目は黒く、標準的華央州《かおうしゅう》成人男子の体格をしているが、鼻が平均より二分《六ミリ》高く、顔の彫りは一分《三ミリ》深い。

「やめておこう。君がいなくなると僕の仕事が二割増えてしまうよ」

羅半は人の悪口は言わない。言ったとしても義父のことくらいだ。

壁に耳ありというが、同僚その一はまだ西都批判を続けている。羅半は書類をまとめつつ、その一の肩を笑顔で叩《たた》く。

「じゃあ、蝗害《こうがい》関連の書類は僕が全て受け持つよ。こちらの仕事をかわりに引き受けてくれないか？」

「はあ？」

怪訝《けげん》な顔をした同僚その一だが、羅半が渡した仕事は、その一が仲良くなりたい高官に繋《つな》がるものだ。次こそ、と狙っている。官女《かんじょ》の祖父に当たる。酒の席で三連敗を散々からかわれたので、今、躍起になっている。

「仕方ない。貸しは一《いち》だぞ」

貸してもらった覚えはないので無言、ただ笑みだけを貼り付ける羅半。どちらかといえば、同僚その一の杜撰《ずさん》な書類を過去四十九回修正して出してやっているので、貸しは負の方向で四十八だろう。

意気揚々と出ていく同僚その一は知らない。かの高官はいびり癖があり、担当文官を三か月みっちりいびることを。その一には、三か月も我慢できるほどこらえ性がないことも把握していた。羅半の予想では六日で音《ね》を上げるはずである。なぜ六日かといえば、六日目が同僚その一の休み明けだからだ。

羅半も以前はいびられていたが、高官の顔はどうにも本当に怒っている数値を示していなかった。大きな声で叱りつけてくるが、声調は一定で感情的な揺らぎは少ない。何より、羅半は自分の仕事に非がないと確信している。怒っているとすれば、その高官自身が原因なので気にすることもなく、三か月を過ごした。今では、一枚二銀もする演劇の券をくれる太っ腹な人だ。

「い、いいんでしょうか？　羅半さん。あれでも羅半さんの次にお仕事が早いかたですよ？」

同僚その三であり直属の部下が提言する。部下といっても年齢は羅半より二つ上だ。言葉遣いは丁寧だが、同僚その一を嫌っていることはよくわかった。

「仕事が早いことと正確さは別物だよ。雑な計算をして修正をさせられる側からすればいないほうがいい。それに、仕事とやる気が直結している性格は面倒だ。これから西都関連の仕事ばかり増えるだろう。やる気をなくして三割効率が落ちる人がいると、周りの士気も下がるというものだ」

羅半は、資料を同僚その二の前に置く。

「すまないが、僕には仕事があるので西都行きの支援物資の算出は任せてもいいだろうか？　あと、船の積み荷は食糧だけじゃないからそこのところも考えてくれよ。必要な資料はこれで足りるはずだ」

「ああ」

その二は早速計算を始める。同僚その一よりも早さで一割二分劣るが、丁寧で間違いが少ない。あと、故郷を想う気持ちがあれば、仕事の効率も三割上がるだろうし喜んで残業もしてくれるはずだ。

「さてと」

羅半は、蝗害《こうがい》はこれで終わりではないと考える。第二段、第三段の支援物資を要求してくるとして、中央の面目と懐具合、西都の被害を天秤《てんびん》にかける。

「本当に蝗害が起こるなんて、困ったな、困ったよ」

「困っているようには聞こえませんよ。羅半さん」

部下が八の字眉で言った。

「困っているよ。でも困るほど面白いと思ってしまうだけなのさ」

「性格悪いですねえ」

「そうかなあ」

羅半は笑う。むしろ面白いと思える性格で良かったと思っている。やるべき時に何もできないのは美しくない。ごちゃごちゃに崩れた数字の中、絶望するよりも並べ直すことに意義を感じるのは悪くない。

「さあ、仕事をすすめようか」

羅半は、かき集めた西都関連の過去の資料に手をつけた。


夕刻になり、同僚その二は案の定自発残業をしている。だが、羅半は帰る。義父である羅漢《ラカン》がいない以上、羅の家を守らねばならない。そのためには十分な休息をとる必要がある。羅半は、睡眠時間が三時半《しちじかん》を切ると、反応速度が一割低下する。

しかし、家に帰ったら帰ったで、羅半を悩ますことがあった。

「羅半さま！」

家の門前で待っていたのは、義妹の同僚たちだった。

羅半は眼鏡がずり落ちそうなのを直しつつ、笑顔で二人の美女に向かう。

「姚《ヤオ》さん、燕燕《エンエン》さん、どうされましたか？」

姚、齢《よわい》十六。上からの数値は……、言わないでおいたほうがいいだろう。

もう一人は、燕燕、齢二十《はたち》。義妹である猫猫《マオマオ》と同い年だ。羅半が姚に対して何かよからぬことを考えたら、すぐさま動いて始末すると顔に書いてある。

「どうされたもなにもないです。西都のことがわかったら教えてくださいと頼みました。ですが、何も連絡がありません！」

「確かに教えると言いましたね」

言ったが、まだ続報が来ていないので何も言えない。何より、他部署の官女《かんじょ》に細かいことまで伝える義理はなかった。宮中の文官の不祥事第一位は横領で、第二位は女性関係による情報漏洩《ろうえい》だ。

たとえどんな相手でも、公私混同するのは美しくない。

とはいえ、家の門前に女性が二人、しかも羅半に向かって怒鳴っているとなれば体裁が悪い。羅半は、表向き女性関係が清潔だ。義父も数年前に妓女《ぎじょ》を身請けした以外は浮いた話がない。

なにより羅半よりも、姚や燕燕のほうが変な噂《うわさ》を立てられかねない。

「すみませんが、中でお話をしましょうか？」

「……お嬢さま」

燕燕になだめられる姚。

「わかりました」

「では」

　羅半は屋敷に入ると、離れへと向かう。途中、義父が拾ってきた子ども三人を見つけた。一人が動きを止めて頭を下げる。あとの二人も真似をする。

「ちょうどよかった。四《スウ》、五《ウー》、六《リウ》。台所からお湯と茶器を貰《もら》って、離れまで持ってきてくれないか？　お湯は、薬缶《やかん》から湯気がもくもくと出てきてから十数えたものを。火傷《やけど》をするといけないので、台車《ワゴン》に乗せてくるように」

「わかりました」

　四が返事する。他の二人はぼんやり頷《うなず》くだけだ。なんでこんな名前かといえば、義父が名前を覚えきれないので、歴代の子どもたちは数字で呼ばれている。羅半は名前で呼ぶようにしているが、この三人の場合、本来の名前より数字で呼ばれたほうがまだ良いという環境で生きてきた。故に、名前で呼んでいない。

　四よりも前の一《イー》と二《アー》は武官になり、羅漢の部下として働いている。三《サン》は数字に強いため、補佐として屋敷に残っている。交易品の買い付けや、市場調査などをやってもらっており、将来的には、羅半の右腕となる存在だ。今、羅漢が不在で、蝗害《こうがい》により仕事が増えても、三のおかげで上手く回っている。

　羅半は、二人を離れに案内する。燕燕が何か手伝えることはないかと聞くが丁重に断り、本でも読んでいてくれと座らせる。

あくまで客人として扱うのと、主導権を渡したくないからだ。

「羅半さま。持ってきました」

四《スウ》たちに礼を言う。ちゃんと茶菓子まで持ってきた。羅半はその焼き菓子を三つ、子どもたちに持たせる。

「ありがとう」

屋敷には必要最低限の使用人しか置いていないので、羅半自ら茶を入れる。

「……美味しいですね」

姚は素直に茶を褒めてくれた。燕燕は物足りないという顔をしている。羅半が入れる茶は、分量、時間、温度はしっかり計算しているが、燕燕のような玄人《プロ》には、もう一つというところなのだろう。

「では本題に入ります」

羅半は湯飲みを置く。

「率直に申し上げますと、僕は西都の蝗害《こうがい》について姚さんたちに正確に話せることはありません」

「本当ですか？」

「はい。どれだけひどい被害なのか、要求される物資の量を見てもわかります。短期的なことではなく何度も支援しないと餓死者が多数出るような状況です」

何もしなければ数万人が餓死するだろうし、それ以上に内乱が起きればその何倍も死傷者が出よう。

餓死という言葉は、都でぬくぬくと育ったお嬢さまには理解しがたい。羅半とて、借金で首が回らないことはあっても餓えることはなかった。

餓えるというのは美しくない。どんな美男美女であろうとも、本来あるべき肉や脂肪を飢えでそぎ落としたらただの干物だ。干物を愛《め》でる趣味はなく、美しい肉体に宿っていた崇高な魂でさえ、醜い餓鬼《がき》になる。

貧しくとも心は美しい者もいるといわれるが、その人は狂っているだけだろう。

羅半は世の中が美しいものであふれかえってほしいし、何より美しいものに囲まれて生きていきたい。そのための努力は惜しまないつもりだ。

「質問ですが、猫猫は無事なのでしょうか？」

「猫猫からは連絡が来ていません」

猫猫から連絡がない。だが、養父の羅漢からの手紙にさらっと今の状況が書かれていた。書いたのは字からして羅漢の部下だとわかるが、猫猫については何も書かれていない。書かれていないということは無事だとわかる。

なにより猫猫が羅半に手紙をよこすとすれば、どうせ買い物の指図くらいだ。

それより、陸孫《リクソン》から手紙が届いていないのが気になった。蝗害《こうがい》が発生してからならわかるが、その数か月前から手紙が途絶えている。

何かありそうだな、と思いつつ、素知らぬふりをして姚たちとの話を続ける。

「混乱の状況下で、文を出す余裕がないのでしょう。たとえ書けたとしても、優先される荷は他にあります。末端の者の手紙などは後回しにされているのでしょう」

羅半は蝗害が発生して何日経《た》ったか数える。

「二十日前に起きた大災害。逆に言えば、まだ二十日しか経っていません。都から西都まで、普通なら半月はかかります。まだ文が届かなくてもおかしくないでしょう？」

「でも、蝗害があったとの伝令が十日以上前に来ているじゃないですか！」

「皇族や高官の伝達網を一介の官女《かんじょ》に使わせるわけがないでしょう。官女一人の文のために、早馬をとばせと？　何事にも優先順位があります」

姚は黙る。

少しきつい言い方になってしまっただろうか。羅半はそう思いつつも、態度を変えるつもりはない。できれば、友人の優しいお兄さんの位置にいたかったが、公私混同するつもりはないのだ。

まだ燕燕なら、ここで羅半から何か情報を得たとしても何もできないことをわかっている。燕燕だけなら羅半が知っていることを全て話したかもしれない。だが、燕燕と違い、姚の精神は未熟だ。下手に状況を詳しく説明して、よからぬことをされても困る。余計なことを話さないほうが姚のためでもある。

姚は拳をぎゅっと握っている。頭では理解しているが、感情が追い付いていないのだ。

羅半は意地悪をしているつもりはない。ただ真っ当なことを言っているつもりだが、それは同時に理屈責めにして相手を追いやることでもある。

なので、燕燕には「お嬢さまをいじめるな」と睨《にら》まれている。燕燕の右頬が一分《三ミリ》上がり、ぴくぴく痙攣《けいれん》していた。

これだから若い娘は面倒だと羅半は思う。だから、年上の寡婦《かふ》としか付き合わない。寡婦たちは良くも悪くも世間というものを知っている。

そんな訳知りという意味で、義妹の猫猫は大変付き合いやすいが、会うたびにつま先が痛い。なので、最近鉄板をつま先に入れた履《くつ》を特注してみた。材木など重い物を運ぶ職人にぴったりなので、商品化も視野に入れている。

姚をぐずらせたままだと時間がもったいない。羅半は姚の好物を思い出す。

「土産に雪蛤《ハスモ》を持っていってくれないかい？　知り合いから貰《もら》ったのだが、食べきれないので手伝ってほしいんだ。暗くなったし馬車も呼ぼう」

羅半は、体《てい》よく帰ってくれるように促す。少し口調もくだけさせる。

「……泊めてください」

『えっ？』

声が重なった。羅半と燕燕の声だ。共に困惑の色がにじみ出ている。

「お、お嬢さま、どういう意味でしょうか？」

「聞いての通りよ。前にも泊まったことがあるじゃない？」

「いや、前の時は長期休暇ということもあって……」

冷静な従者が右眉を二分《六ミリ》下げて、慌てている。

「私、まだこの部屋にある医学書を全部読んでいないの。読み終えるまで帰れないわ」

「いや、借りていけばいいことじゃないですか？」

燕燕は狼狽《ろうばい》している。

羅半とて焦っていた。なぜ、姚は急に泊まると言い出したのか。情報を出し渋る羅半に対する嫌がらせか。いや、嫌がらせの声調ではない。嫌がらせならもっと濁りが混じる。

「前は特殊な事情があったから泊めたんだよ。猫猫の手前もあるからね。だけど、今回は違うだろう。僕は女性には親切でありたいけど、便利な道具であるつもりはないよ」

女性には真摯《しんし》でありたいが利用されるだけのつもりはない。対価を求めるわけではないが、一方的に貪《むさぼ》る者は大層醜い。

「……私がただ我《わ》が儘《まま》で、駄々をこねていると言いたいのですね？」

「……」

羅半は、否定も肯定もしない。だが、浮かべる笑みで理解できるはずだ。可愛げのない我が儘は実母だけで精一杯だ。癇癪《かんしゃく》は祖父だけで十分だ。

「羅半さまは私を見くびってらっしゃるようですね。女は媚《こ》びと我が儘で男に言うことを聞かせるのだと」

「違うのですか？」

思わず聞き返す羅半。

「はい。違います。私とて交渉材料は持っています」

「交渉材料？」

羅半は目を三回瞬きする。

「私の叔父《おじ》をご存じでしょうか？」

「ええ、知っていますとも、魯侍郎《ルーじろう》ですね」

姚と燕燕については、前回泊めた時にある程度調べている。身内に礼部《れいぶ》の次官がいることも。若い頃からいろんな部署を渡り歩いている切れ者と聞いたことがある。

「今は西都にいるそうですね」

礼部は、祭事と外交を司《つかさど》る。

月の君が西都にいる以上、祭事を担当する部署の誰かも同行せねばならない。半端な位の者では祭事を執り行えないので、どうしても高官が同行することになる。

「叔父《おじ》が西都へ行くことになった理由を知っていますか？」

「月の君が現地で祭事を行うためでしょう？　また、他国に近い戌西州では、外交に詳しい者が同席したほうがいいでしょうから」

「それもありますけど、楊《ヨウ》医官と同じ理由で――、と言ったらどうです？」

「同じ理由？」

楊医官と面識がないので、魯侍郎との接点はわからない。ただ、その医官が西都行きの中に入っていたことは知っている。

「叔父は昔、西都にいた経歴があるんです。父が死んだことで、家督を継ぐために戻ってきました」

羅半は表情を変えない。興味を持たせる話としては悪くない。叔父の伝手《つて》で羅半が知らない重要な話を姚が知っている、そう言いたいのだろう。

羅半は羅漢の養子であり、表向きどこの派閥にも属していない。しかし、将来的に考えると皇弟《おうてい》派となる可能性が高い。

月の君に有益な情報は、できる限り得ておきたいところだが――。

「君と魯侍郎が血縁関係なのはわかるけど、だから何になるんだい？　魯侍郎ほどのかたが、いくら姪《めい》っ子だからって不用意に重要なことを話したりするとは思えないね」

「お嬢さま、もう諦めてください」

燕燕も困った顔をしている。いくらお嬢さま贔屓《びいき》とはいえ、羅半のほうが正しいとわかっているのだ。

姚は燕燕の言葉も無視して、口を開く。

「せきたん」

「……せきたん？」

羅半はどういう意味か、変換する。咳痰《せきたん》、尺短《せきたん》、いや違う。

「石炭ですか？」

羅半は目を見開く。

姚が笑った。燕燕が困惑している。有能な侍女にも知らないことがあったらしい。

「石炭です。西都で採れるそうですね」

「採掘できるとは聞いていますが、利用価値がないということで現在、採掘されて……」

羅半は話を止める。

石炭、そのまま石の炭。石なのによく燃えるが、煤《すす》が多く、採掘する手間を考えると薪《まき》や木炭《もくたん》を使ったほうがいい——はずだ。

「叔父は当時、西都の石炭について調べていたようです。有能な叔父でも一度くらい気を抜くことがありました。兄が死んで泣きわめくその娘をなだめて寝かせつけたあとなど。私が起きていることに気付かず、話をしているのを耳にしました」

ふふん、と勝ち誇った顔をする姚。

「つまり寝ぼけて記憶が曖昧《あいまい》、信憑性《しんぴょうせい》がない話ということだね」

「……」

姚が考えている。

「羅半さま」

燕燕が手を挙げる。顎が一寸《三センチ》下がっており、くるくると移動する視線が迷いを見せていた。

「……魯さまは『女帝』と言われた前皇太后《こうたいごう》及び先帝が崩御する前に、西都へ向かいました。当時からの流れで、何かしら調査をしていた可能性は考えられます」

羅半は平均より二割細い目を見開く。

燕燕は何か知っていたとしても、黙っているだろうと思っていた。しかし、羅半の態度に萎縮する姚には勝てなかった。燕燕のほうが姚より何枚も上手だが、結局愛するお嬢さまには負けてしまい、口を添える。

「魯侍郎がですか？」

魯侍郎の年齢は四十前。先帝の時代から仕えているとはいえ、賢い男であれば、老い先短い『女帝』の傀儡《かいらい》である帝《みかど》につくか、東宮《とうぐう》につくか考えたはずだ。

羅半と同じように、東宮にとって動きやすい宮廷にするにはどうしたらよいか。

長く女帝の傀儡政治が続いたあと、代替わりになって何が起こるかなんて計算する必要もない。権力を持ちすぎた臣下《しんか》は、時に上下関係すら忘れた振る舞いをする。

当時、東宮だった主上がそれを見越して、いろいろやっていた。噂《うわさ》ではなく、やっていた、となぜ断言できるかと言えば、義父である羅漢もまた主上に加担していたからだ。

権力を手に入れるために実父と異母弟を追い出した男、羅漢。その最中《さなか》、幾人もの敵対した官僚たちを左遷に追いやっている。

羅漢にとって主上もまた王将《おうしょう》という駒に見えるのだろう。

羅半も片棒を担《かつ》いでいたはずだ。ただ、当時は与えられた暗号《パズル》を解くことに夢中になって、何の意味があるのか考えていなかった。今思えば、ちゃんと日記にでも付けていれば、照らし合わせができたのにと残念に思う。

「……んっ」

羅半は悩む。珍しく悩んでいた。

情報に十割の信憑性を求めるわけじゃない。もしかしたら、有効かもしれないというだけでも確保しておくほうがいい。たとえ、一割一分未満であったとしても。

信憑性はどうであれ、『石炭』という示唆《ヒント》を与えられた以上、調べる必要があった。ただ調べる以上、このまま姚と燕燕を追い返すと、借りを作る形になる。

姚が今求めているのは、この家に泊まること。別に、西都の情報を逐一報告しろと言っているわけじゃない。

それくらい別にいいじゃないかと思う一方で、言い知れぬ不安があった。

まだ数字にするには微妙なかすかな気配だった。

しかし、羅半はその感覚を無視することにした。

「わかりました。この離れでよろしければ泊まってください。ただ、あくまでそれだけです。職務違反になるような情報提供はいたしません」

「ほ、本当ですか？」

姚の顔が三割増しに明るくなる。対して燕燕は、安堵《あんど》が五割五分、不安が四割、残り五分が羅半に対する睨《にら》みだった。

なぜ睨むのだろうか。羅半は、貰《もら》い事故に遭った気分だった。

後ほど燕燕の表情の意味を知り、さらに姚の宿泊を許可したことを悔いるのだが、今の段階では知る由もなかった。

七話　届いた文

二十日目。

盗賊が戌西州《いせいしゅう》の各所に現れている。農村に配置された武官たちが忙しいようだ。

二十一日目。

羅半兄《ラハンあに》が、物置を改造している。何か作っているらしい。

二十五日目。

中央から支援物資が届く。予想よりずっと早い。食糧の他、生薬も多少入ってきたがまだ足りない。

二十七日目。

店がちらほら開いている。ただ、品薄が続き、粗悪品が多い。

二十八日目。

歯茎からの出血を訴える患者が増える。野菜や果物の流通が少ないための栄養不足と考えられる。


三十二日目。

厨房《ちゅうぼう》の料理人たちが飛蝗《バッタ》料理に挑戦していたが、上手くいかない。なお、家鴨《あひる》の卵は珍味としてありがたがられている。貴重な栄養源。


三十七日目。

羅半兄が物置小屋の前で家鴨と戯《たわむ》れていた。物置に入りたがる家鴨と、入るなと追い出す羅半兄。家畜と人間なのに、不思議と会話が成立しているように見える。

「なに、家鴨と戯れているんですか？」

「遊んでねえよ！　ほら、舒鳧《ジョフ》捕まえておいてくれ。たのむから、たのむから」

馬閃《バセン》以外から家鴨の名前を聞いたのは初めてだ。農村ではあまり話していなかったが、羅半兄と馬閃は家鴨を接点に、会話しているのだろうか。

とりあえず猫猫《マオマオ》は言われた通りに家鴨を後ろから抱き上げる。人間は食糧不足なのに、家鴨は羽根の艶も良く、丸々としている。屋敷の外に出ようものなら、すぐさま捕まえられて食卓に並ぶだろう。

猫猫も家鴨が卵を産むので、縊《くび》るのを我慢している。

「やたら、物置に入りたがってますね。何かあるんですか？」

「これを作っていたんだよ」

羅半兄は物置の戸を開ける。一画に黒い帳《とばり》が張られていて、めくると皿が大量に置かれていた。皿の中には水が張られており、それを何かの種子が吸い上げて芽を出していた。

「もやしですか？」

「そうだ。この屋敷だったら池もあるし、作れると思ってな。本当はもっと綺麗《きれい》な湧き水を使いたいけど、西都じゃ水は貴重だからな」

「何の種子ですか？　緑豆《りょくとう》でも大豆でもないですけど」

緑豆はもやしの他、生薬や春雨の材料にも使われる。大豆は言わずと知れていよう。

「苜蓿《うまごやし》だよ。名前の通り馬の餌だが、新芽は人間が食べられるって聞いて、作ってみようかなって。小麦の種子と一緒に持ってきた」

「ああ、あれですか！」

そういえば、羅半兄が体に括《くく》り付けていた袋はいくつかあった。小麦の印象が強く、残りを忘れていた。基本、種を見ると育てずにはいられない性格らしい。

「そうだよ。舒鳧は目ざといんで、種の頃から食べようとずっと狙ってた。おい、こら、この野郎。馬閃さんと馬良《バリョウ》さんから、飯分けてもらってるだろ？　まだ食うのか？　食うのか？」

つんつんと家鴨《あひる》の頭を突《つつ》く羅半兄。まるで絵巻物に出てくる恋人同士のふるまいだが、保護者の馬閃は交際を許しているのだろうか。

「馬良さまと面識があるなんて意外ですね」

猫猫ですら、野良猫同士の顔合わせみたいな反応しかされたことがないのに。

「ああ。西都に帰ってきたあと、一度呼び出されたときにな。帳《カーテン》の隙間から手紙で労《ねぎら》いの言葉いただいた。たぶん、あれが西に来て一番優しくされた瞬間だったと思う」

「いや、私だって、羅半兄のこと気遣っていましたよ」

ちょっと他が忙しくて後回しにしていただけだ。

「嘘《うそ》くせえ。んでもって、雀《チュエ》さんに返事の手紙を渡したら、また手紙が来るようになっていろいろ話している」

「伝書雀《でんしょすずめ》」

雀ならのりのりで手紙を運ぶだろう。

「たまに舒鳧も持って行ってくれる」

「家鴨が？」

猫猫は疑う目で、腕に抱えた家鴨を見る。家鴨は、そろそろ放してくれないか、とつぶらな目で見つめてくる。羅半兄が物置を閉め切ったので、ようやく放してやった。家鴨はお尻をふりふり、どこかへ行った。

「なんか羅半兄は目立たないところですごいですね」

「褒められてるんだろうけど、褒められている気がしない」

「褒めてます。何より、このもやしはあとどれくらい生産できますか？」

大量に作れたら、野菜不足が多少改善される。

「今、物置にある種子だけでおしまいだ。けど、珍しい種子でもないんで、近くの農村をまわって苜蓿《うまごやし》がないか聞くのもありだな。もやしを作るのは雨季だけだっていうし、今の時期なら余っているかも」

「もらえるだけもらえませんかね？　もやしは炊き出しの汁物にでも入れたいんですけど」

もちろん、猫猫が勝手に炊き出しの内容に口を出すことはできないので、壬氏《ジンシ》に話をつけてもらうつもりだ。

「種の問題もあるけど、水はどうする？　まあ、池の水が干上がるほど、種子が見つかればの話だけど」

「それは後で考えましょうか。どうせなら大豆や緑豆《りょくとう》も欲しいですね」

「そうだな。気休め程度にでもなればいいが」

羅半兄はもやし作り以外にも、いろいろやっているようだ。別邸の庭の一画が畑になりつつあるが、許可を取ったのだと信じたい。あと雀が山羊《やぎ》小屋も作っていたので、玉袁《ギョクエン》が西都に戻ってきたとき、驚かないか心配になる。

「ところで羅半妹」

「なんですか、その呼び方？」

猫猫は唾でも吐き捨てそうな顔をする。

「いや、おまえにだけは言われたくないわ！　医務室のほうに誰か行った気がしたけど、対応しなくていいのか？　医官のおっさんだけで大丈夫か？」

「そうですね。心配なので戻ります」

猫猫は羅半兄に手を振って医務室へ向かう。

「誰が来たかと思えば」

医務室に天祐《ティンユウ》がいた。

「薬の在庫が切れた」

「切れましたか」

「うん、切れたんだけど」

何か言いたいのか、天祐はじっと猫猫を見る。飄々《ひょうひょう》とした雰囲気の軟派な男は、西都の太陽を浴びて日に焼けていた。楊《ヨウ》医官にこき使われているらしい。

「何が切れました？」

猫猫は薬棚を見る。

「血止め、化膿《かのう》止め、傷薬に風邪《かぜ》薬、解熱剤に下痢《げり》止めに頭痛薬」

「全部ないんですか？」

猫猫はいぶかしむ。ほとんど昨日補充したものだ。

「ないね。ろくでもない飯屋がいるのか、腹下す奴らが多くてね。んでもって頭痛薬は、頭が痛そうな上官さまに差し上げようかとね」

上官というと楊医官かもう一人の医官しかいない。なんとなく後者のほうだろう。

「胃薬のほうがいいかもしれないですね。在庫ないですけど」

猫猫は、冗談めかしているが、正直冗談じゃない状況になりつつある。

「これで薬は最後です」

「追加作っといてくれよ」

「材料がないんですよ」

猫猫たちだって、作れるものは作っている。李白《リハク》や雀の手も借りているくらいだ。

「代用品は？」

「その代用品を使って、終わりなんですよ」

「えー、じゃあ、質落ちてんじゃない？」

「……そこは諦めてください」

猫猫とて、もっとまともな薬を出したいがないものは仕方ない。違う生薬で、似た効能の物を作っている。

「西都では、中央ほどいい薬草が採れないんですよ」

気候が違うことが大きい。西都には西都の植生があり、それを踏まえた薬草もあるのだが、中央育ちの猫猫にはなじみが薄い。それでも、他国との流通が多い西都には手に入らない物はないと言われていたが——。

（薬類はもう少し優先して支援物資に入れてくれてもいいのにな）

まず食糧が先で後回しにされているのだろうか。それとも、供給が猫猫のところまでまわってきていないだけだろうか。

「ふーん。この様子だといつ中央に帰れるかわかんねえな」

「ですねえ」

「羅門《ルオメン》さん、大丈夫かねえ？」

いつのまにかやぶ医者が話に交じっていた。

（おやじかあ）

やぶ医者に代わって後宮《こうきゅう》に入っているらしいので特に問題ないと信じよう。それより、やぶ医者は自分のことを心配したほうがいいと猫猫は思う。

西都にいる期間は長くなると聞いたが、この様子だとまだまだ帰れそうにない。

壬氏だけでも都に戻るべきだが、戻るような雰囲気は全くない。

（当人が拒んでいる可能性もあるな）

西都の今の状況は正直まずいと思う。いくらか予測がついていたので対応は多少ましなはずだが、それでも相手は天災だ。

（蝗害《こうがい》は、国を滅ぼすって言われるもんな）

小さな蝗害はあったかもしれないが、これだけ大きな蝗害は何十年ぶりなのだろうか。それこそ五十年前の再来ではなかろうか。

壬氏は中央に支援を要請していた。少なくとも壬氏がいることで、いくらか融通してもらいやすくなっている。彼が西都に残っていれば、余分に送ってくれるかもしれない。

猫猫の所見では、帝《みかど》と壬氏は不仲には見えない。

（西都へと行かせた件については、いくらか疑問は残るけど）

そこは代わりがいなかったのだろうと考える。

「しかし、皇弟《おうてい》さまは今日もお部屋でお仕事ですかね？」

かなり嫌味っぽく天祐が口にする。

「仕方ないよ。月の君が外に出たら危ないよ」

やぶ医者が擁護《ようご》する。

「そりゃわかるけど、あんまり印象よくないぜ」

「どういうことだい？」

「武官たちは右に左に、地方にやられてる。それなのに、あのかたは命令するだけで、安全なところで飯をたんまり食らってらっしゃると」

「らっしゃると？」

「芋粥《いもがゆ》食らいながら下級武官が言ってた」

「わー」

やぶ医者が両手を口元にあてて眉を下げる。

「んだけど」

否定に入る天祐。

「『じゃあ、その芋は誰が持ってきた？』って他の武官が言い返してたな」

「ふーん」

つまり、壬氏の今の行動に不信感を抱く奴もいれば、どういう立場かわかっている武官もいるということだ。

全員ではないにしろ、武官の中にさえ不信感を持つ者がいるとしたら、民衆はどうだろうか。

その答えを天祐はくれる。

「しかし、人気取りがうまいねえ、ここの領主さまは」

玉鶯《ギョクオウ》のことだ。正しくは領主代行である。

「人気取りというと、玉鶯さまは自ら配給の手伝いをしてらっしゃるのでしょうか？」

「そういうわけじゃないけど人気だったなあ。飯を配るのが西都の武官だから、自動的に領主さまの手柄になるわけよ。あと、暴徒の制圧には隠れることなく率先して出て行くしさ。まっ、西都内限定だけどー」

「おー、それはすごいねえ」

やぶ医者はいつのまにか茶の準備を始めている。茶葉もなくなったので、乾燥させた蒲公英《たんぽぽ》の葉っぱを茶にした。

「すごいねえ。まるで劇役者みたいに見えたけどね」

わざとらしく玉鶯を持ち上げる天祐。

（また役者）

変人軍師も言っていたことを思い出す。

「すみません。質問ですが、お二方は、玉鶯さまがどのように見えますか？」

聞くのは天祐だけでもいいが、やぶ医者も仲間に入れてほしそうにこちらをうかがっていたので会話に加える。

「玉鶯さまはかっこいいよねえ。男前だし、はきはきしているよ。私はちらっと見ただけだけどね」

やぶ医者の意見はなんとなく予想がついていた。猫猫も人伝《ひとづて》に聞くことが多く、実際目にしたわけじゃないので、はっきりとはいえない。だが、見た目だけならそんな印象を持ったかもしれない。

「俺はねえ」

天祐は用意された蒲公英茶《たんぽぽちゃ》を飲みつつ、出された薬を箱に詰めていた。

「生まれる時代間違えた人だって思ったなあ」

「生まれる時代?」

「うん、生まれる時代。変わり者の軍師さまと一緒」

かなり不穏なことを言う天祐。

「どういう意味です、それ?」

「日常じゃ生きづらいってことだよ。日常っていうか、平穏な日々だろうなあ。ちらっと街中で見たけど、こんな騒動の中、なんか生き生きしていたからな」

「天祐さんもなんか問題ごとの前では生き生きしているようですけど」

「じゃあ、俺と同類なんじゃないの?　いや、ちょっと違うか」

悩む天祐。

「何が違うんです?」

「なんだろう、認められたくて目立とうとするような。上手く言語化できない」

「つまり承認欲求ですか？」

「よくわかんねー。まっ、いいか」

天祐は残りの茶を飲み干すと、薬を持って出て行ってしまった。おそらく玉鶯の話題に飽きたのだろう。

「同類ねえ」

猫猫には、どちらにしてもあんまりろくなものじゃないように聞こえた。

よくわからないなと思いつつ、猫猫は足りない薬をどうしようかと考えることにした。

考えた結果、玄人《プロ》農家に頼るのが一番ではないかと猫猫は思った。もやしの次は、畑を耕している。

「薬草の栽培ねえ」

羅半兄は、野良着に着替えて鍬《くわ》をふるっている。農民ではないと否定するが、格好といい、腰が入った鍬の振り方といい、どうみても一流農家だった。庭師の小父《おじ》さんがせっせと作った素晴らしい庭も過去のこと、小麦と甘藷《かんしょ》の試験農場になっている。畑のあちこちでは中央から一緒に来た他の農民や、生気を失った庭師が、土を耕していた。

「確かに長丁場を想定したら、薬草畑を作るのはありだと思うけど、ここの土地じゃあ難しいんじゃないのか？　西都の周りは乾燥していて畑には向かねえし、草原まで足を伸ばすと遠いぞ。この畑は駄目だからな！　小麦と芋植えるって決めているから」

「でも羅半兄、よく別邸から出ていろんな場所耕しに行ってません？」

「俺のは、ちゃんとした仕事なの！　いろんな場所に芋植えてこいって言われてるの！」

「誰に？」

また、壬氏にでも頼まれたのだろうか。

「親父に……。意味分かんねえだろ。この非常時に手紙くれたと思ったら『報告書待ってる！』だとよ……。こっちは死にかけたのに！」

羅半兄がまともな農家だとすれば、羅半父《ラハンちち》はいかれた農家だった。

「そうですね。羅半兄は、よく生きていましたね。どうやって帰ってきたんですか？」

護衛ともはぐれていたようだし、戌西州でもかなり西の端っこにいたはずなので、並々ならぬ苦労があっただろう。

「ううっ。途中まで護衛もいたんだけど、馬車の馬は飛蝗《バッタ》の大群にびびって暴れて逃げ出すわ、野盗にも襲われるわではぐれちまうし。行く先々でなんとか、なけなしの干し芋と物々交換して、そしたら干し芋を強奪する奴らも出るし。行く時に芋の生育について立ち寄った村で蝗害《こうがい》が起こるかもって注意してたから、帰りに寄ったら被害が少なかったらしくて、礼だって言われていろいろ世話になったりしたけど、次の村では——」

これは困る。全部聞いたら、一冊本が書けそうだ。

「あーはい、わかりました。わかりました。じゃあ、いい感じに薬草できる場所見つけたら教えてください」

「……最後まで聞けよ。聞いてよ！　わーったよ、仕方ねえな。あんまり大がかりなことはできねえぞ」

文句を言いつつ、ちゃんと仕事をこなしてくれる羅半兄は本当にいい人だろう。なので、使い潰されないことを祈る。

「そういや、おまえさんにも文が来てたみたいだぞ」

「へえ、誰からですかねえ？」

「さっき雀さんが来てたから、入れ違いだろ？」

「はい」

おやじである羅門か、それとも緑青館《ろくしょうかん》か。

猫猫は医務室に戻って手紙を貰《もら》い、与えられた自室で開く。猫猫の部屋らしく、内装は薬草がぶら下がった簡素なものに改装していた。部屋を飾ってくれたやぶ医者は残念そうだったが、猫猫も譲る気はない。

手紙は三通。それぞれ、羅半《ラハン》、姚《ヤオ》、燕燕《エンエン》からだった。

（そういえば）

旅立つ前に、姚から手紙書いてよ、と言われていたような気がする。

（まったく書いてなかったな）

ここ最近てんてこ舞いで、そんな気力も暇もなかった。どうせ、何かあれば壬氏あたりが医局にでも連絡するだろうと、特に考えていなかった。

猫猫は、三通の文を見る。どうしようかと考え、とりあえず羅半のものは後回しにする。姚と燕燕の文を見て、どちらにしようかと指を振りつつ姚のほうを取り上げる。長旅でも破れにくいように、丈夫な油紙が裏に貼られていてごわごわしている。普段なら、燕燕が香や紙、花を添えてくれるところだろうが、機能性を優先したらしい。

（手紙なんてまともに届くかわからない距離だものなあ）

内容はいつも通りの、つんとしていて途中でれっとしたものだった。

手紙が全然来ないから、どうしているのか。西で蝗害《こうがい》が起きたと聞いたので仕方なく書いている。それで、そっちは問題ないか、などなど。

丁寧で綺麗《きれい》な字で、時々、感情が入ると力強くなる。わかりやすい姚の字だ。

（返事書くから）

問題は、文を出したとしていつ届くのかだが、そこは仕方ない。

次に燕燕の文を開く。姚と同じく、油紙で補強した手紙だ。

「……」

猫猫は一度、燕燕の手紙を裏返して、天井を仰いで大きく息を吐いた。目元を親指と人差し指で押さえる。

もう一度、手紙を見る。紙の大きさは姚の手紙と同じだが、燕燕は米粒大の字で、お経《きょう》のごとく書き連ねていた。内容は九割が姚についてだ。これは手紙ではなく、姚の観察記録では、と思うくらいだ。

もしかしたら、何か大切なことを言いたかったのかもしれない。でも、読めば読むほど、『お嬢さまかわいい』としか読めない。

ただ、姚がまだ医官と同じ仕事をすることを諦めていないことが、燕燕にとって気がかりだとわかる。それと、もう一つ何やら悩みを抱えているようだ。ただ、書いている文が匂わせで終わっているので困る。

（ごめん、察するだけの余裕ないわ）

ということで、燕燕の手紙を横に置く。

（最後はこいつか）

羅半から手紙が来るとは意外だった。壬氏あたりに出したほうがいいのにと思う。猫猫のことだから下手すればそのまま捨てるとは思わなかったのだろうか。

とりあえず無事に届いたので、届けてくれた人たちのために開いてやる。

手紙は油紙に貼り付けられていた。姚と燕燕の手紙と同じ仕様である。二人はともかく、羅半まで同じとなると変に思うが、遠くに手紙を出すために元々そういう仕様の紙もあるのかもしれない。

とりあえず開くと——。

『姚さんたちがまだうちにいるんだが、どうすればいいんだろうか？』

羅半にしては珍しく、戸惑いが文面に表れていた。あとは西都にいる人たちが元気かどうかとかあるが、姚たちの件が主題な気がした。

（いや、知らんて）

猫猫はそっと手紙を閉じる。三通の文は、とりあえず何か入れ物に入れておこう。やぶ医者が饅頭《まんじゅう》を入れていた空箱を貰《もら》っていたので、その箱に入れる。空き箱が捨てられない猫猫はつくづく庶民である。

八話　届かない文

陸孫《リクソン》の執務室にはまた膨大な書類が溜《た》まっていた。連日この有様だが、必要なことなので仕方ない。

ひたすら、地道に中身を確認する。文官が足りないので、その分まで陸孫にまわってきている。

大規模な蝗害《こうがい》が起きてから一月以上経《た》った。何度か、飛蝗《バッタ》の襲来はあったものの、その後落ち着いている。ただ、落ち着いているのは飛蝗だけだ。あの憎い虫たちは、たらふく餌を食らい、次の世代を残そうとしている。

そして、被害のあとだけが人の目に映るから困る。被害にあった農作物の補填《ほてん》にばかり気を遣い、次の蝗害に向けての駆除を怠《おこた》れば、自然とより大きな蝗害が起きる。

陸孫は、頭が痛くなる被害報告書と、食糧支援の嘆願書を前にしている。すべての民を救えるだけの力があればいいが、陸孫は所詮中間管理職だ。できることは限られる。

被害にあった地域と、その周辺の人口に見合った支援をしなくてはいけない。分配を誤れば、強奪や餓死者を増やすことになる。

陸孫は頭をかきむしりたくなった。資料と照らし合わせ、食糧の在庫と分配を考えなくてはいけない。算術はできないわけじゃないが、大量の、しかもやたら重い責任がのしかかってくる。

「羅半《ラハン》殿がいれば楽なのに」

この手の仕事はお手のものだろう。算盤《そろばん》を片手に持ちながらも、暗算で算出してくれるはずだ。数字として見るなら、一番公平な割り振りをやってくれるだろう。

そういえば、羅半から手紙が来ていない。蝗害《こうがい》の二か月前が最後だろうか。

陸孫は蝗害後、羅半に二回ほど文を送った。この手の情報を嫌う男ではない。すぐさま返信をくれるはずだと思っていた。

蝗害のせいで流通が滞っているのはわかるが、二回とも届かなかったのだろうか。もしくは、以前から月の君や羅半に送っていた文書の細工がばれてしまったのだろうか。

陸孫は出て行こうとする文官を呼び止める。

「私宛てに文は来ていないだろうか?」

「陸孫さまには何も来ていません」

素っ気なく言い返す文官。陸孫が西都に配置されてからずっと顔を合わせている男だ。手紙も他の者には何度も持ってきているので、ないと言うなら、ないのだろうが。

おかしいと思うのは陸孫だけだろうか。

羅半のことなので、戌西州《いせいしゅう》の蝗害《こうがい》のことを知らないはずがない。そして、好奇心も人並みにある男だ。この一月の間に陸孫に文で探ってくるはずだ。

中央も忙しいのだろうか。

いや――。

羅半は他の誰かに文を送っていないだろうか。

ふと思った時、羅半曰《いわ》く妹の存在が浮かぶ。

羅半から何か文が届いたのではないか、聞くべきだろうかと思ったがやめておこう。

今後、陸孫は猫猫《マオマオ》には近づかないほうがいい。彼女も近づかない、近づけないだろう。

その方が双方のためだ。陸孫は、そのために冗談めかして求婚などしたのだ。過保護な猫猫の周辺は冗談でも敏感に反応する。

とりあえず確認し終えた書類を提出することにした。廊下に出て文官を呼び止めようとすると、中庭を挟んだ反対側に玉鶯《ギョクオウ》が見えた。周りには幾人もの武官がいる。

なんとなく出づらくなった陸孫は、また執務机に戻って嘆願書を取り上げた。

「……」

農村から領主への嘆願書だった。作物が取れなかったので食糧支援をしてほしい旨とともに、徴兵について書かれていた。本来なら、陸孫の目には入ることなく処理されていたものであろう。文官たちが間違えて大量の書類の中に入れてしまったらしい。

嘆願書には農民なりの誠意の言葉が連ねられていた。過去にも数度、私財を使って補填《ほてん》してくれたことへの感謝の内容もあった。

嘆願書の内容は、良き為政者《いせいしゃ》に甘えた愚民の愚かな願いのようにも読み取れた。

優しき領主が貧しき農民を救ってくれた美談に思える。民衆はそれをどう思うだろうか。愚民は兵を差し出すことは当然と思うだろう。

「徴兵」

武官を連れた玉鶯。一体なにをする気だろうか。

大災害に見舞われたあと、民は荒れる。だが、制圧するために徴兵まで必要なのか。

陸孫は、ふうっと息を吐く。

民衆に人気がある玉鶯。未曾有《みぞう》の蝗害。中央からやってきた皇弟《おうてい》と軍師。

何かしらの因子が集まり、舞台が整えられようとしている。

だが、陸孫はまだ確信を持てずにいた
心の底ではこう思っているからだろう。

玉鶯は、いい領主であってほしいと。

九話　会合

身の安全のためという言葉を、壬氏《ジンシ》は何度聞いただろうか。

壬氏は、軟禁に近い生活をもう一月以上続けていた。行動範囲は、玉袁《ギョクエン》の別邸内のみ。時に本邸や公所《やくば》へと招かれるが、周りには厳重に武官たちがはりつく。動きようがない。移動の際にちらりと馬車の外を見ると、荒れた様子がわかる。しかし、本来ならこの程度の荒れかたではすまなかっただろう。

壬氏はある程度、蝗害《こうがい》が起こることを前提に西都へと来た。過去の蝗害について文献も調べた。作物は食らいつくされ、飢えた人々は共食いさえ厭《いと》わない。

蝗害が起これば国が滅びる、などという言葉は大袈裟《おおげさ》ではないのだ。

そして、不満や怒りの矛先は自然と国の頂点に立つ皇族に向けられる。おとなしく軟禁生活を続けているのはこのためだ。

今、壬氏の行動は玉鶯《ギョクオウ》に握られている。壬氏の周りの者たちは、それを快く思っていない。それどころか、煮え切らない主人だと思っているはずだ。

壬氏には立場がある。

皇弟《おうてい》として、西都の視察に来たという名目だ。視察であり、あくまで客人だ。この形を崩そうものなら、後々弊害が生じてくる。

そう思っていたが。

「月の君は、ちょっと下手《したて》に出すぎだと思いますよう」

馬車の反対側に座った雀《チュエ》が涼しい顔で言う。護衛の他に侍女を一人つけたのだが、水蓮《スイレン》でも桃美《タオメイ》でもない。

不測の事態に備えて、一番動ける者を選んだ。今回、護衛には高順《ガオシュン》が同行している。いつもなら馬閃《バセン》なのだが、向き合う相手との相性が悪い。

西都での壬氏の扱いに最も腹を立てているのは馬閃だ。力が強くとも、心を律するのが上手くなければならない。

「これでは、無能なぼんぼんが玉鶯さまの引き立て役をしに中央からやってきたと思われますよ」

雀は器用に指先を動かして、小さな玉をいくつも指の間に挟んでいる。増えたり消えたり忙しい。

「わかっている」

そのために今壬氏は、公所へと向かっていた。

壬氏は客人という立場であるが、西都ではやれるだけの行動をしてきたつもりだ。事前に用意してきた食糧を使うようにと使いを出し、それはすぐさま使われた。近隣の村々へと使いをやり、被害状況を把握する。被害状況に応じて、必要な食糧を試算する。文官である馬良《バリョウ》を連れてきて良かったと思った。

都の支援が早かったのは、羅半兄《ラハンあに》から連絡が届いた時点ですぐ早馬を走らせたからだ。何も起こらなかったときは、それこそぼんぼん皇族の勘違いで済ませればいい。

主上と幾人かの重鎮、部下には、蝗害《こうがい》の可能性を視野に入れて話していた。そして、西都で起こる可能性も考えていた。

ただ、救援を頼んだのは壬氏の独断である。蝗害が必ず起こるという確証はなかった。故に、支援の船も最悪停泊を断られる可能性も示唆《しさ》した。

結果、壬氏は自分が泥をかぶろうとも、手柄を玉鶯という男に譲ることにした。

蝗害が起きてすぐ壬氏の元に玉鶯の使者が来た。壬氏は、無事であることを伝え、同時に『中央に救援を頼んでいいか？』と確認した。そして、物資の受け取りは、玉鶯にしてもらいたいと伝えた。

結果、元々壬氏が持ち込んでいた食糧も玉鶯が配ることになった。

都から同行した真実を知る部下たちは憤りを覚えていたが、ここは西都だ。壬氏が配給を行うとしても人員が足りない。炊き出しができるような使用人は連れてきていない。迅速《じんそく》に行うには、玉鶯の力を借りるのが一番良い。

天災により人の心が乱れるのは、何より不安が募るからだ。粥《かゆ》一杯、握り飯一つ、手元に配られるだけでいくらかの不安は紛れる。

市井《しせい》の物価も知らないと何度も呆《あき》れられた壬氏だが、ここ数年で少しはまともになったと思っている。

豊かな都でも、腹を空《す》かせた子どもが空の茶碗を置いて物乞《ものご》いする姿、顔を隠して暗闇に客を引き込もうとする夜鷹《よたか》、実の子を娼館《しょうかん》に売りに行く親を見た。

視察といって馬車の中から見下ろすだけでなく、地に足を着けて歩いたほうが嫌というほど見えてくる。

絹の肌着を着せられ、混じりものがない白い粥を食《は》み、澄み切った湯に毎晩浸かる。

今も他の民とは違い、飢えることなく壬氏はいる。その立場は何のためなのか。

くだらない矜持《プライド》があるなら捨ててしまえ。目立つ場面に立ちたいなら立たせてやればいい。意固地に支援を拒むより、利用されたほうがずっと楽だ。いや、利用しているのは壬氏のほうだとさえ思う。

皇弟《おうてい》は無能であればいい。民に莫迦《ばか》にされたとて問題ない。傀儡《かいらい》に仕立て上げる気もなくなるような存在であったほうがいい。

馬閃が知ったらどう思うだろうか。怒り狂いつつも、壬氏に当たることができず、部屋中の物という物を壊すかもしれない。

壬氏は、壬氏という名を気に入っている。たとえ、女の園の数多《あまた》の花たちや宦官《かんがん》たちをだますために作った仮の名だとしても。

誰にも呼ばれることのない『華瑞月《かずいげつ》』より、口に出してもらえる『壬氏』のほうが良い。もっと気安く話しかけてもらえたら、などと思っても無理だとわかっているが。

そうこう考えているうちに、目的の公所《やくば》に着いた。

「着きましたよう」

雀が目を細めて外を見る。

壬氏は、気持ちを切り替える。

気安いことと舐《な》められることは、別物だ。


用意された部屋には円卓があった。

すでに、玉鶯と羅漢《ラカン》が座っている。羅漢は暇だったのか、一人で詰碁《つめご》をしていた。

部屋の隅には、何やら文書を持った官たちが待機している。

高順と雀が目配せをしていた。

雰囲気としては、前回、前々回に会ったときとは違う。何より、羅漢が同席していることが気になった。この天才肌だが気まぐれな男は、どう行動するかつかめないところがある。席に着かせている時点で、どういうことだろうか。

「お呼び立てして申し訳ない」

玉鶯が立ち上がる。

やはり馬閃を連れてこなくて正解だった。皇族が部屋に入ってきた時点で座ったままでいるのは不遜《ふそん》と捉えられる。ちなみに羅漢は詰碁をやめる気配はない。

「何の用だろうか？　蝗害《こうがい》の話についてなら、資料をいくつか持ってきたが」

高順が文書を出す。

壬氏たちなりに試算した食糧の分配について書いている。また、それでも食糧が足りないときのために救荒作物《きゅうこうさくもつ》や、育ててから収穫が早い作物も調べていた。このあたりは、猫《マオ》猫《マオ》や羅半兄の知識を頼っている。また、薬など食糧の次に支援が必要な物資についてもまとめていた。

「蝗害については、月の君のおかげで大変助かりました。中央からの支援がこれほど早く来るなどと思ってもいなかったのでね」

それは早いだろう。壬氏が玉鶯に申告する数日前に、中央に支援を頼んだのだから。どうせ要請が届いても、会議にかけられて数日遅れることを視野に入れた。

「まだ追加の支援が必要だろう？」

壬氏も資料に目を通している。今の食糧事情だと、おそらく二、三か月持ちこたえるだけだ。支援にも限りがある。できるだけ早く収穫できる作物を育てないといけない。

「ええ、支援をお願いしたい。人的支援を」

「人的？　それはどういう意味だろうか？」

確かに人手は足りないが、下手に人を増やしたところで養えない。農民を増やせというのであれば、現地民を教育したほうがいい。

「武官を頼みたい」

「武官？　盗賊の制圧か？」

食糧の有無によって貧富の差は如実に現れる。貧しい者は食うのにも困り、犯罪へと走る。食糧支援を急いだのは、犯罪に走る前に食わせることで、その衝動を押しとどめることができるからだ。

玉鶯がにやりと笑う。あまり玉袁には似ていない顔だ。商人というより武官、優より勇の男である。

後ろにいた官が玉鶯に大きな紙を渡す。

「これを見ていただきたい」

玉鶯が卓の上に地図を広げた。戌西州《いせいしゅう》の地図だが、各所に墨で丸が書かれている。丸は黒と赤とに色分けされており、西側の地域ほど赤丸が多い。

「ふうん」

詰碁《つめご》をしていた羅漢が顔を上げた。

「盗賊か？」

「ご名答」

丸は盗賊が現れたことを示しているようだ。

「位置からして、赤が異民族の襲来か」

「さすがにわかりますな」

玉鶯は満足そうに羅漢を見る。普段はどうしようもない中年だが、人間の動きを読むということでは右に出る者はいない。

つまり、赤丸が異民族と思われる盗賊の仕業ということか。戌西州は国境沿いに位置しているが、それにしても多いなと壬氏は思う。

「増えているのか？」

「ええ、昨年も多かったのですが、やはり今年は特に多く。いくらかではありますが軍備を整えたのですが、まさか蝗害《こうがい》が起こるとは」

徴兵を進めているという話を聞いたことがあるが、ここでこう言われると何も言えなくなる。玉鶯とて莫迦《ばか》ではない。

「蝗害が起きたからこそ、盗賊が茘《リー》までやってきたと考えるのが妥当でしょう」

蝗害は広範囲に及ぶ。何の対策もないほど被害は大きい。他国でも同様、いやそれ以上の被害があると考えてもおかしくない。

「それで、異民族の制圧か？」

数年前にもあったが、あのときは追い返すだけで済んだ。場所は戌西州ではなく、子北《しほく》州《しゅう》の西側だったろうか。

「いえ」

玉鶯は地図をさらに追加して重ねる。今度はさらに広域の地図で、砂欧《シャオウ》と北亜連《ホクアレン》、亜南《アナン》も範囲に入っている。

「ここを狙いましょうか？」

玉鶯が指したのは、砂欧だった。

「……どういう意味だ？」

壬氏は確認するように、玉鶯を見る。

「見ての通りです。今回の被害が大きかったのは戌西州でも西側の地域。各国でも被害が出ているとして、他国から作物を輸入するのは難しくなる。だからといって、食糧を陸路で届けるとどうでしょうか？」

おそらく十分な量は行き渡らないだろう。また、異民族の襲来はもとより、他国からの侵攻も考えられる。せっかく集めた食糧が、賊に奪われる。

「この西の地域に食糧を届けるのに一番早い方法は何でしょうか？　陸路ではなく、海路だと思いますが」

そして、交易を中心とした国である砂欧。海からも、陸からも接続《アクセス》が良い。確かに、食糧の安定供給を考えれば、砂欧の港を自由に使えると楽になる。だが、同時に多額の港使用料を取られる。砂欧も食料不安があるので、国内流通のために大きく吹っ掛けられる可能性が高い。

「そのために戦《いくさ》を仕掛けると？」

壬氏はできるだけ声を抑えた。手柄の横取りくらいいくらでもされてやろうと思っていたが、さすがにこの発言はいただけなかった。

民を飢えさせないためにやることが略奪だと。これでは、盗賊と変わりない。

「おや？　反対でしょうか？　何より、砂欧と戦をする大義名分があるのは、月の君のほうであったと記憶していますが」

玉鶯の言葉は自信にあふれていた。

壬氏は何を言っているのかわかった。砂欧の巫女《みこ》のことを指しているのだ。

昨年、壬氏は砂欧の巫女を死なせてしまい、そのため砂欧には借りがある形になっている。

実際には、巫女は生きており、内密に匿《かくま》っていることを玉鶯は知らないだろうが。

「巫女を殺したのは、砂欧の女。いくら、中級妃として後宮《こうきゅう》入りしていたとはいえ、他国の女がやったことをすべて茘のせいにするのはどうかと思われます」

確かに周りから見たら一方的に損害を被《こうむ》ったことになる。さらには、皇族が恥をかかされたことになろう。

「砂欧は巫女《みこ》を殺すことで、茘を脅迫した。戦《いくさ》の名分には十分ではないでしょうか？　皇弟殿」

戦の名分など、時代によってはなんとでもなる。皇族に恥をかかせた、それだけで一族皆殺しなどあり得るのだから。

「どう思いますか？　羅漢殿」

羅漢に問いかける玉鶯。

羅漢は詰碁《つめご》をやめ、地図をじっと見ている。盤遊戯をする目だった。副官のほうに手を伸ばし、袋を受け取った。袋の中身は将棋《しょうぎ》の駒のようだ。

「儂《わし》は大義名分などよくわからん。ただ、将棋で勝つだけだ」

と、地図に駒を並べ始めた。副官が申し訳なさそうに壬氏を見ている。

羅漢に悪意はない。しかし、善もない。自分と身内に害がなければ何も気にしない。ただ面白い遊戯に参加する機会があれば逃さないだろう。

壬氏は、玉鶯が羅漢を呼んだ理由がわかった。人間という駒を使った将棋、土地を奪い合う碁、どちらも羅漢には遊戯でしかない。

「もし、月の君に旗頭となっていただけたら、西の民はさぞや高揚するでしょう」

そして、玉鶯が壬氏を呼んだ狙いはこちらだ。

「客人としてのあなたではなく、指導者としてのあなたを皆が見たいと思うのでは？」

玉鶯は思い違いをしている。壬氏が自分の立場を表に出したいと思っていると。

皇族としての矜持《プライド》をくすぐろうとしているのだろうか。

「そのときは、私は全身全霊を以《もっ》て、あなたの右腕となりましょう」

ぎらぎらした視線が痛い。本当に玉葉后《ギョクヨウきさき》と血がつながっているのだろうか。彼女にもしたたかさがあるが、全く違う。

玉鶯の目は戦がしたくてたまらないと語っていた。

「……武官を呼んだとしても、戦となれば人がいる」

「ええ。この西の地には、忠義心の強い者は多い。たとえ農民であろうと、有事の場合には力を貸すという者が多くいます。皇弟《おうてい》殿の旗頭、羅漢殿の戦略。そして、微力でありますが楊《ヨウ》一族が補佐します」

「楊一族か」

玉袁は元商人だが、戌西州全域に力がある。今の勢力は、もしかしたら十七年前に滅んだ戌《イ》の一族をも超えるかもしれない。

壬氏は目を細める。

「では、玉袁殿はこのことを知っているのか？」

一瞬だが玉鶯の眉が動いた。

「父は昔から砂欧の地に手が伸びれば、と口にしておりました」

「ほう、では玉袁殿はまだ知らないというわけか。なのに楊一族が補佐をすると？」

壬氏はあくまで冷静に返す。

後宮《こうきゅう》の、女の伏魔殿《ふくまでん》にいた頃を思い出す。しかし、女の嘘《うそ》に比べれば、男の大口などいくらでも粗《あら》を探せる。

「確かに海路の利を考えれば、砂欧の港は喉から手が出るほど欲しい。しかし、弊害が多すぎるぞ。陸路で砂欧に面している国はどうだろうか？　そこからの交易品は来なくなるだろう。また、中立国として成り立っている砂欧を襲うのはいかがなものか。約定を守らぬ野蛮な国と他国に宣伝するようなものだ。玉袁殿であれば、そこをしっかり計算すると思われるが」

玉袁は元商人だ。目先の益だけを見ない。何が障害になるかしっかり確認するはずだ。たとえ息子から文で相談されようと、時期尚早《しょうそう》だと言い聞かせるはずだ。

玉鶯の目は、玉袁の名を出すと揺らいだ気がした。

そして怏怏《おうおう》とした空気を玉鶯がまとっていると感じた。

壬氏は表情を緩めない。玉鶯にとっては、皇弟《おうてい》であろうともまだ己《おのれ》の半分しか生きていない若造だろう。空気で押し込もうとしたのだろうが――。

「私は中央の代表で来ている。同時に、主上の目として来ている。目が勝手に旗頭になるのはおかしかろう」

『主上』という言葉に、後ろに控えていた官たちが動揺する。官たちは皆、西都の者。すなわち、玉鶯に肩入れし、壬氏のことをでくの坊と思っているだろう。

でくが主人に反抗したら、驚いてざわめくのももっともだ。

溜飲《りゅういん》が下がったのか、高順が壬氏を見てかすかに微笑《ほほえ》んだ気がした。雀は親指を立てなくていい。

しかし玉鶯とて、簡単には引かない。

「では、あなたは主上の目であり、自分で判断を下せないというわけですか」

やはり馬閃を置いてきて正解だった。簡単な挑発に乗られては困る。

「判断しているから言っている。砂欧を攻める上で、被害より利益のほうが大きいと算出したか？　商人ならば得意であろう」

壬氏は挑発を返してやる。ここは完全に玉鶯の領内である。壬氏とて負ける喧嘩《けんか》はしたくない。ここで援護が欲しいところだ。

「砂欧を攻めるとしたら北亜連がまず黙っていない」

「北の蛮族の集まりを恐れるというのですか？」

「そうだな。北亜連で取れる赤鹿には世話になっている。鹿の角は、良い精力剤になるのでな。後宮《こうきゅう》では主上と妃《きさき》たちのために毎晩用意していた、良い薬だ」

壬氏は自虐も込めて返す。宦官《かんがん》の真似事をずっとやってきた男だ。挑発を受け流すなどたやすい。

「あと虎《とら》もな。北の地には大きな虎がいて、その骨を酒にする」

虎骨酒《ここつしゅ》という。滋養強壮に良いそうだ。

壬氏が薬に詳しくなったのは言わずもがな。

「薬に詳しい医官に教えてもらったもので、たいそう効き目が強かった」

正しくは医官ではないが、聞かせたい相手には通じただろう。また、効き目も本当のところはどうか知らない。その手の薬膳は後宮の料理人に任せていた。

「薬に、酒か」

つぶやくのは羅漢だ。

「なあ、音操《オンソウ》。戦《いくさ》が始まったら、そういう薬は手に入らなくなるのか？」

羅漢は副官に問う。

「入らないことはないかと思いますが、たいそう高くなるでしょうね。大体、戦が起こるだけで薬は品薄になります。医者や薬師《くすし》はとても困るでしょうね」

「そうか」

羅漢は並べていた将棋《しょうぎ》の駒を袋に戻すと、立ち上がった。

優秀な副官だとわかる。壬氏が羅漢に伝えたいことを自然に補足してくれた。

「羅漢殿、いかがしましたか？」

玉鶯が首を傾《かし》げる。

「すまんが、儂《わし》、帰る」

羅漢はそう言って背を向けた。

「羅漢さま、お待ちください」

音操と呼ばれた副官は、羅漢のあとを追う。

ぽかんとする西都の者たちを見て、壬氏も立ち上がった。

「軍師殿は、戦《いくさ》の気分ではないらしい。私も帰るがよろしいか？」

玉鶯は何も言わない。

壬氏はそのまま立ち去る。

「悔しそうですねえ」

雀が小声で言った。

あいにく羅漢の性格については、壬氏のほうが玉鶯よりもいくらか熟知していた。

十話　黄金比

「どーすっかなあ」

羅半兄《ラハンあに》が悩んでいる。医務室の卓《テーブル》には大きな地図が広げられていた。

「どうするのかねえ」

やぶ医者も悩んでいる。仕事はしてもらわないといけないので、猫猫《マオマオ》はすりこぎと薬草を横に置く。

「なんで羅半兄がここにいるんですか？」

医務室なので部外者がいるのはあまりよくないというのが一般的な考えだろう。しかしここが一番、周りと比べてぎすぎすした空気が少ないので、来るのはわかる。

「いや、小父《おじ》さんはいてもいいって言ったんだけど」

「お嬢ちゃん、羅半兄さんは疲れているんだよ。ちゃんといたわってあげないと」

やぶ医者は、羅半兄の名前を羅半だと間違っているようだが、あんまり訂正するのも面倒だ。

羅半兄といえば、もう連日の疲れで訂正する気もないのか、気づいていないのか、それとも慣れてしまったのか。

（一番の功労者だよなあ）

普通に考えたら、蝗害《こうがい》から何万人の命を救ったかわからないほどの男だが、当人は全く気づいていない。

落ち着いたら褒美をあげられないか、壬氏《ジンシ》に聞いておこう。

「ところで何を見ているんですか？」

猫猫は地図をのぞき込む。よく見るとかなり細かく書き込みがされていた。地方によって異なる土壌の種類や気候が、事細かく書いてある。

「飛蝗《バッタ》退治の旅に出たときに書き込んでいった地図だよ。せっかくだから畑の特徴とか書いたんだけど、半分しか埋まんなかったわ」

（どうしよう、この人使える）

そして使われるだけ使われて、いいところは取られる、損な役回りだ。

せめて今回の件くらい評価してもらえるようにしなきゃ、と思う猫猫。

「地図を見る限り、どこで作物育てようかってところですか？　前もやっていませんでした？」

「今度は具体的に、どの地域にどの作物がいいか相談された。いつまでも中央から飯貰《もら》うわけにいかねえだろ？　備蓄を考えて、できるだけ早く作れるもんを考えている」

「芋は？」

「作れるかどうかわかんねえもんを出すわけにいかねえ。数年は実験だ」

羅半父《ラハンちち》のような真似はしないらしい。

「普通に小麦は？　収穫できなかった畑なんかもさっさと刈り取って植えてしまえば？」

「小麦は作るよ。だけど、それは元々作る予定だった畑だけな。小麦は連作すると収量が減る」

「あっ」

そうだった、と猫猫は頷《うなず》く。

「れんさく？　しゅうりょう？」

やぶ医者はいつもどおりわかっていないけど、とりあえずいる。

「豆ならいけるんだけど、問題は収穫時期が遅いんだよな。そこんとこは仕方ねえとして」

羅半兄の頭の中には、農作物の栽培暦が入っているようだ。

「一番の問題は種子だな」

「しゅし？　種のことですよね？」

「そう。食うもんなくなったら、来年の種なんて残す余裕もねえ。そうなったらもう終わりだろ？　もやしにも使ったからなあ。苜蓿《うまごやし》なんかならまだいいけど、大豆や緑豆《りょくとう》だと根こそぎ持ってったら困るからなあ」

確かに、育てる元すらなくなれば、なんにもできない。

「っつうことで、早めに収穫できる作物と麦の種子を育てる畑をいろいろ考えている」

そして、かなり大がかりな話なのに、当人は近所の畑を改革する勢いで考えているのが恐ろしい。

羅半兄は、猫猫たちに相談するというより、話を聞いてもらうことで頭の中を整理しているようだ。たまに、相談といっても解決策など求めていないことすらある。

「やっぱ収量と人口と土壌の質も頭に入れないといけねえからなあ。計算はあんまり好きじゃねえんだけど」

「羅半がいれば計算早いんですけどねえ」

「あのうざ眼鏡の話をするんじゃない」

素っ気ない羅半兄の返し。要領のいい弟に比べて兄は貧乏くじばかり引かされているので仕方ない。

「弟ですよね？」

「じゃあ、あんたにとって兄か？」

なんだか不毛な言い合いになりそうなので、無言のままなかったことにする。

「そういや、あいつから手紙来てねえな」

「手紙？　羅半からなら、このあいだ来てませんでした？」

「来ていたのは親父からのだけだよ。羅半はけっこう筆まめだから、もっと来ると思っていたんだけど」

猫猫に来るのなら、羅半兄に来てもおかしくない。

ちなみにやぶ医者は羅半兄が羅半ではなく、羅半の兄であることにようやく気づいたようだ。けれど、名前は聞かない。

「……」

「どした？」

「いえ」

ふと、猫猫は数日前に貰《もら》った手紙を思い出す。あのときは深く考えずに流したのだったが——。

「ちょっとお待ちを」

「ん、ああ」

猫猫は二階の自室へと向かう。部屋に入ると、小さな花が生けてあった。娘らしい趣味の家具は全部外したが、たまにやぶ医者がこうして花を置いてくれる。

「これだ」

猫猫は、手紙が入った箱を持ってくる。

「なんだ？」

「羅半から来た手紙ですけど」

「……あいつ、なんかいい紙使ってないか？」

「長距離での移動に耐えられるためと思っていましたけど」

猫猫は羅半の手紙をじっと見る。油紙を裏面に貼って補強した紙だ。一緒に来た姚《ヤオ》と燕《エン》
燕《エン》の手紙も同じ用紙を使っている。

「なあ、この文ってどういうこと？」

羅半兄は、なんか険しい顔をしていた。

『姚さんたちがまだうちにいるんだが、どうすればいいんだろうか？』

という文面を指している。

「かくかくしかじか」

猫猫は端的に、姚たちの話をする。

この時点で、羅半兄はどういう顔をしていたであろうか。まなじりをつり上げ、目を剥《む》き、鼻の穴をひくつかせつつ、獣のように歯をむき出しにしていた。ついでに、髪の毛は天を衝《つ》くほど逆立っていた。

「ひいぃ」

やぶ医者が縮こまる。

猫猫も正直驚いた。普通な羅半兄がここまで怒りの形相をするのかと。そのままの姿を木彫りにすれば鬼神像となりそうだ。

「……あの野郎、俺を、俺を僻地《へきち》に追いやって、自分は若い未婚の娘さん、それも二人と……」

燕燕がいるので、間違いなど起こりようもないが、今の羅半兄に説明したところで聞く耳を持たないだろう。

「昔から、そうだ……。いつも、後からやってきて、おいしいところを……」

やぶ医者がおびえるので、猫猫は近くを通りかかった家鴨《あひる》を捕獲した。羅半兄の顔を家鴨の羽毛にうずめる。

（家鴨療法《セラピー》だぞ）

しばらくして、羅半兄の顔が元に戻った。家鴨は、ただ働きはしたくないと、やぶ医者に餌をねだる。

羅半兄が多少落ち着いたところで、話を戻す。

「でも、この文面なんかおかしいんですよねえ」

「へえー、どこがー」

口調さえ変わっている羅半兄。羅の家の出身の割に、普通にそこそこいい顔立ちだが、今は何も言えないくらいひねくれた顔になっている。家鴨がだめなら猫だが、あいにくここに三毛の毛玉はいない。

「『まだ』じゃなくて『また』ならわかるんですけど。一度、あの二人宿舎に戻りました
し」

「一度？　今回二度目？」

「羅半兄、あんまりその顔で近づかないでください」

「羅半なんて名前口に出すんじゃねえ！」

「あー、はいはい」

どうやら羅半兄にとって、弟の女性関係は逆鱗《げきりん》だったらしい。

仮に、姉たちが姚の叔父《おじ》のあれこれでまた羅半の家に戻ったとする。それは考えられ
る。でも、羅半に限って、『また』と『まだ』を書き間違えるだろうか。

（なんか引っかかる）

猫猫は羅半の手紙をじっと見る。手紙はしっかり油紙がひっついていて、剥《は》がせる様子
はない。いや――。

（誰かが剥がそうとしたあと？）

油紙の四隅に、微《かす》かだがめくれたようなあとがある。

（めくって貼り直したあと？）

猫猫は他の二通の手紙も確認する。

羅半の手紙がなにか手を加えられているなら、他の手紙も同じように処理されている可能性が高い。

文面をよく確認すると、字がにじんでいた。あとから油紙を貼り合わせたから表の文字までにじんでしまったのだろう。

三通の手紙、前にも何かあったのでは。

姚と燕燕が入れ知恵したのなら、関連性があるはずだ。

（あぶり出しとか、いや）

油紙が貼ってあるので火をつけたら燃えてしまう。あえて油紙を貼り付けたのは、手を加えようとする相手に中身を確認させ、手紙の内容は機密情報に関するものではないと油断させるためだろうか。だったら、油紙はただのはったりになる。

猫猫はじっと手紙を見る。

羅半兄も見る。

やぶ医者もとりあえず中に入りたいので考えるふりをする。

「……これ、本当に羅半から来たのか？」

「どうしてです？　羅半の字です。悲しくても現実はちゃんと受け止めてください」

「ちげえよ！　そうじゃなくて、あいつが数字にやたらこだわるの知っているよな？」

「はい」

それは嫌というほどわかる。

「この手紙、不格好じゃね？」

羅半の手紙を広げる羅半兄。

「別に変なところは見られませんけど」

「いや、変だろ。あいつは手紙を書くとき、大体縦五に対して、横八の寸法の紙でしか書かない」

「いや、知りませんよ、そんなの」

羅半曰《いわ》く、美しい比率というのだろうか。

あいにく、猫猫はそれほど羅半の手紙に興味はない。

「紙が足りなかったってことじゃないですか？」

「いや、あいつの異様なほどの数への執着わかってねえ。俺は前髪をちょこっと切り損じたとき、別に気にしてなかったんだけど、寝ている間にあいつに勝手に切りそろえられた。爪の先ほど誤差がでたからってほぼ髪がなくなるまで切り刻まれた俺の気持ちわかるか？　あいつが五つの時だぞ」

「弟関連でろくな目にあってませんねえ」

弟というか、家族もだろうが。

「そんな羅半のことだ、なにか理由があるはずだ」

じっと手紙を見る羅半兄。

猫猫は他の二通の手紙も見る。姚の手紙は羅半より長いが、燕燕に比べるとかなりましだ。燕燕は長い上に米粒のような字で書いているので、もう読みたくない。

羅半と姚の字はちょうどよい大きさで見やすいのだが。

猫猫はふと羅半の手紙と姚の手紙を重ねてみた。縦の長さは合う。横の長さはちょうど三倍だ。

二人とも文字が均一で、重ねると大体そろう。たまに姚の感情がこもったところだけ、いくらか大きさが異なるくらいだ。

「これは」

「どうした？」

花街《はなまち》の緑青館《ろくしょうかん》には科挙《かきょ》の受験生や合格者が来ることも少なくない。彼らが言うには、試験のときに苦労するのが、狭い穴倉のような席で数日におよぶ書き取りだそうだ。手本と同じように均一に美しく書かなくてはいけないという文字を思い出す。

「縦と横」

文字の大きさだけでなく縦の文字数もきっかりそろっている。

姚と羅半の手紙の端っこを合わせ、羅半の『まだ』という文字に当たる姚の手紙の文字を抜き出す。さらに手紙をずらし、『まだ』に当たる文字を抜く。姚の手紙は羅半のちょうど三倍。もう一回同様にして抜き出した文字をつなげる。

「石、炭、さがせ」

「石炭?」

「石炭ですね。燃える石のことです。使い方によっては薬になりますが、害も大きいと聞きます」

猫猫の養父の羅門《ルオメン》は、薬は同時に毒であると知っている。できるだけ害のない薬を使うので、猫猫にはあまりなじみがないものだった。

「その石炭がなんだっていうんだ?」

「私にはちょっと。ただ、念のため報告しておきましょうか?」

単なる偶然であればいいが、と思いつつ猫猫は手紙を箱に入れた。

十一話　炭鉱

「猫猫《マオマオ》さん、猫猫さん」

「なんですか、雀《チュエ》さん？」

二人の間で、このやりとりはもう定番になってしまった。しかし、雀が一日の仕事を終えて、猫猫の就寝前に来るのは珍しい。

「どうしたんです、こんな時間に？」

「はいはい、羅半《ラハン》さんの石炭云々《うんぬん》についての報告でございますよぅ」

猫猫は、壬氏《ジンシ》に羅半の手紙について報告していた。

ただ、こんな時間に雀がやってきた時点で、なんとなく結果は予想がつく。

「実は、羅半さんからのお手紙、あんまり月の君宛てには来てないんですよぅ」

「やっぱり」

「たぶん、二回に一回くらいは来ていたと思うんですけど、いくら遠くても月の君宛ての手紙が半分の割合で郵便事故っておかしいですよねえ？」

「ほうほう」

つまり誰かが羅半からの手紙を処分している可能性があるということだ。

そして、羅半としても何かを伝えたくて、猫猫に謎解きのような手紙を送ったとすれば納得がいく。あくまで壬氏に届かない文の予備として、誰にも気づかれないように、猫猫たちにしかわからない形で送ったとする。

「気づいてもらえたら幸運、って感じですかね」

「そうですねぇ。猫猫さんと羅半兄《ラハンあに》がそろわなくては解けませんでしたし、猫猫さんがまず羅半さんのお手紙食べちゃったら意味ありませんもの」

「さすがに手紙は食べないですね」

猫猫は雀の冗談がたまによくわからない。

「はい、でも雀さんの山羊《やぎ》さんはたまに食べちゃいます」

「まだ飼ってますよね？」

「はい、いつでも新鮮な生臭い乳が飲めますよ」

「あんまり美味しくなさそうに聞こえますよ。夕餉《ゆうげ》に山羊肉が出るたびに、潰したのかと思っていました」

「お母さん山羊は子どもを産んで乳を提供してくれております。子どもは雄だったので、もう一頭のヤギさんのお婿《むこ》さんです。お父さんは遠いところへ行きました。増えて減って、変わらず三頭です。お父さん山羊は、雀さんの心とお腹《なか》の中にずっと生きています」

つまり一頭は食べたらしい。この間、天祐《ティンユウ》が解体していた家畜がそうだろうか。

「さて、話を戻しましょうか」

「そうしてください」

雀の与太話に付き合うと朝になってしまいそうだ。

「石炭についてですけど、実は戌西州《いせいしゅう》では少量ですが石炭が採掘されていたみたいです」

「ほうほう」

「はい。ただ、それが二十年近く前の話らしくて、近年では採掘された記録がないみたいです」

なんだか引っかかる話だ。

「二十年前となったら、もしかして記録残っていないという落ちですか？」

戌《イ》の一族の粛清《しゅくせい》があったのは十七年前。当時の資料などもその最中《さなか》に焼かれている。

「そーなんですよ。たぶん、粛清された側に炭鉱を管理していた人とかいたんじゃないかって」

「それは困りますねえ。でも、直接石炭掘っていた人たちもいたんじゃないですか？」

「そこのところが、戦後のうやむやというやつだと思います。石炭もさほど採掘量が見込めなかったと、破棄されたのでは――」

「それなら」

「――ということにしておけば、おいしいでしょうし」

おやおやという発言をする雀。

「猫猫さん、玉鶯《ギョクオウ》さまが壬氏さまと軍師のおっさんを呼んで話し合いをしたって知っていますか？」

「知りません。知りたくもありません」

猫猫はきっぱり拒否しておく。

「どうやら玉鶯さまは、他国に戦《いくさ》をしかけたかったみたいですよ」

「結局、私の意見無視で話すんですね、雀さん」

「はい、情報は共有すべき相手には伝える雀さんですよ」

猫猫にとって、かなり聞きたくなかった内容だ。

あえて夜に猫猫の部屋に来たわけだ。やぶ医者が聞いたら大騒ぎするだろう。

「さて、どこに戦を仕掛けるでしょうか？」

「はい、聞こえないですねー」

猫猫が耳を押さえると、雀は目を細めてくすぐってくる。

「っあ、それは」

くすぐられて、猫猫はたまらず寝台によりかかる。雀がのしっと押し倒してきた。

猫猫は、耳を押さえることができない。雀が耳元でささやく。

「狙いは北亜連《ホクアレン》ではなく、砂欧《シャオウ》だそうです」

（聞きたくなかった）

聞きたくなかったが、聞いた以上質問したい。

「なんで砂欧なのでしょうか？　普通、あの国を襲うとなれば、弊害のほうが大きいかと思いますけど。もちろん、他の国を襲うのも莫迦《ばか》としか言いようがないですけど」

「そーですねえ、利点としては、一番近い都市を落とせば港がついてくる。海路を思うように牛耳《ぎゅうじ》れるとなれば大きい。作物の搬入がかなり楽になるでしょうね」

それだけでは足りないと猫猫は思う。

「あと、砂欧は昨年、巫女《みこ》関係でやらかしたので、言いがかりもつけやすいです。一番迷惑をかけられた月の君を旗頭とすれば、なおさら」

一見言いがかりだが、裏取引がされているはずだ。ただ、情報を元巫女から引き出せばかなり攻め入るほうとしては有利になるが、玉鶯は巫女が生きていることを知っているのだろうか。いや、知らないはずだ。

「また、ぎすぎすした空気は人を凶暴化させます。その矛先を権力者から他国へと向ければどうでしょう？　蝗害《こうがい》で職を失った人々は盗賊なりなんなりになってしまいます。その手の人々も、戦の駒となれば軍師のおっさんが上手く配置してくれるでしょう」

戦を始めるには珍しくもない理由だ。ただ、猫猫も阿呆《あほう》ではない。

「でも、中立国の砂欧なので、もし攻め入るとしても他国が許さないのではないですか？雀さん」

「そうですねえ。とくに北亜連なんかは困りますよぅ。一気に港さえ落としてしまえば、なんとかなるかといえば、まだ分が悪いですね。お金もたくさん必要ですし」

雀はぴょんと飛び上がる。

「それでもって、炭鉱があったとされる山は、ここの西の端だったらどうでしょう？」

「西の端」

つまり砂欧と面した場所ということだ。

「石炭というと茘《リー》ではあまり使われませんが、木材の少ない地方では木炭《もくたん》に代わる貴重な燃料なんですよ」

「そうらしいですね」

猫猫は実際使ったことがないのでわからないが、炭焼きをせずにそのまま使える燃える石なら、確かに用途はあるはずだ。

「燃やすとかなり臭いので、木炭ほどおすすめできる代物じゃないですけど」

おやじである羅門《ルオメン》は、留学中に石炭を燃やして使うこともあったらしい。石炭を燃やした際に出る副産物は、毒であり薬にもなるそうだ。

ただ、採掘に手間がかかれば意味がない。中央では前の皇太后《こうたいごう》が森林の伐採を禁じることもあったが、それでも石炭に比べて木炭のほうがよほど優れて安価な燃料なのだ。

「へえ、どんな臭いなんですかー？」

「うーん、私は嗅いだことないですけど、刺激臭とか、独特の一度嗅いだらわかる臭いって言われました。燃やしてみればわかるのでは？」

猫猫は寝台に座ったまま、雀を見る。

「ほうほう。では、もし石炭の埋蔵量がたくさんあって、砂欧側から掘り出すことができたら。さらに海路で輸出できたらどうでしょう？　しかも、砂欧側はまだ石炭が埋まっていることも、その価値もよくわかってないとしたら。まあ、価値を知らないなんてことはないと思いますけどねえ」

戦《いくさ》をするかしないか、利益が出るか出ないか変わってくる。

「石炭に別の用途もあればさらに大きく変わりますけど、そこは置いといて」

雀は両手で物を横に置く仕草をする。

「羅半がなぜ探せと言ったか、その意味がわかりました」

猫猫は一気に疲れてしまった。

羅半は何らかの情報を得て、この戌西州に石炭があることを知った。そして、中央に残っている戌西州の資料を探し出した。そこで、記録の上では石炭の掘り出しがなかったことにされていると気づいたら――。

（農作物生産量のかさましとは話が違う）

確かにこれは中央から来た客にばれてはまずい内容だ。

（炭鉱を国に黙って掘っていたってことか？）

そうだったら、不作の農民に施しを与えるだけの余裕は生まれるはずだ。しかも、玉鶯だけの判断とは考えづらい。

だらだらといやな汗が流れる猫猫に対して、雀は涼しい顔のままだ。

「雀さん」

「なんですか、猫猫さん？」

「あくまでそれって推測の域を出ないのではないですかねえ」

猫猫の座右《ざゆう》の銘《めい》は、推測で動いてはいけない、だ。こういうときこそ、おやじの言葉を思い出す。

「はい。でも、疑わしき根拠はいくつもありますよ」

猫猫の希望をさくっと切ってくれる雀。

「炭鉱って危険な場所ですよね。だから、当時は多くの奴隷を使っていたと考えられます。ええ、風読みの部族の生き残りで、かつて奴隷にされた者たちとか」

「……」

雀の情報網なら、すでに元炭鉱関係者の話も聞いているのかもしれない。雀の情報網で、玉鶯の母が元風読みの部族であることもわかっている。

「同胞が窮地にある。それを助けるのは、大義名分になるでしょうねえ。正義の味方ですねえ。十七年前に戌《ィ》の一族が滅ぼされた理由になりませんか？」

　雀の言葉は猫猫には聞こえなかった。ただ、一つだけ頭にあるのは――。

「雀さん」

「はいはい」

「壬氏さまは、利があるとして戦《いくさ》をしますか？」

　雀はただにこにこと笑う。

「できると思いますか？」

　質問で答える雀。

（自分からできるわけがない）

　猫猫の思考を読み取ったかのように笑う雀。

「月の君は、平時であればこそ、優秀なお人ですよ」

　ほめているのかけなしているのかわからないが、猫猫は少しだけほっとした。

十二話　親子喧嘩《げんか》

壬氏《ジンシ》が朝餉《あさげ》を食べ終えた頃に、猪《いのしし》のような男、いや馬閃《バセン》がやってきた。慣れてしまったためか、もう頭や肩に家鴨《あひる》が乗っていることは気にならない。

「なんですか？　そんなに足音を立てて」

桃美《タオメイ》が息子を叱る。他にも叱るべきところはあるはずだが、桃美もまた慣れてしまったようだ。

「母上！　今の状況は黙っていられないですよ」

馬閃の声に対応するように、くわっと家鴨が翼を広げる。

「誰が母上ですか！　ここは仕事場ですよ！」

馬閃は桃美に引っ叩《ぱた》かれる。家鴨はびっくりして羽ばたいて、そのまま部屋の外に出てしまった。かなり理不尽だが、これが高順《ガオシュン》一家の日常なので仕方ない。壬氏とて慣れた。慣れたが疲れる。

「あらあら」

水蓮《スイレン》は頬に手を当ててのほほんと笑い、雀《チュエ》は自分には降りかからぬように珍しくおとな

しい。なお、いつもどおり馬良《バリョウ》は、帳《カーテン》の奥に引きこもっている。紙をめくる音が聞こえるので、壬氏の仕事の準備をしているのだろう。

高順はちょうど部屋にいなかった。いたら一番辛《つら》そうな顔をして妻と息子を見ていただろう。

「馬閃、あなたは近衛としての自覚を持ちなさい。配下が慌てふためくのは、主の恥となりますよ」

「しかし、今のこの状況を黙って見ていられますか？　桃美殿！」

母上と呼ぶのは駄目だと言われたので、言い換える馬閃。雀が笑いをこらえている。

「中央から来た官は何も言いませんが、西都の官たちはなんでしょうか！　『月の君は名ばかりの長で何もしない、玉鶯《ギョクオウ》を見習ってもらいたい』と笑っていたのですよ！」

また、桃美の手が飛ぶ。今度は裏拳だ。雀が「ひい」っと両頬を手で挟んで、頬をすぼめる。気になったのか馬良が帳の隙間からのぞいているが、あくまで見学だ。

「敬称をつけなさい。どんな野郎でも、位はあなたより上です。何か因縁をつけられたら、月の君の顔に泥を塗ることになります」

どんな野郎、などと言っているところを見ると桃美のほうもかなりこらえかねていると、壬氏にも理解できた。

あいにく、壬氏は宦官《かんがん》時代にその手の言葉に慣れてしまったので、なんとも思わないのだ。

　このまま母子で喧嘩《けんか》されても困るので、仕方なく壬氏が前に出る。水蓮が止めるという手もあるが、その水蓮が壬氏をじっと見るので仕方ない。

「二人ともやめないか」

『しかし』

　こういう時だけ、声が揃《そろ》う。

「つまり、私の印象が良くないのだろう、西都では。わかっていたことだ。今更なんだという」

「しかし、月の君がやったことまで、玉鶯……殿の手柄にされています。ここはちゃんと表に出るべきではないかと」

「……私が表に出たとしてよいことなどあるか？」

『……』

　皆が黙る。

　まず壬氏は水蓮を見る。

「護衛を追加しないといけませんね」

　次に桃美。

「立場上、玉鶯殿の許可をとりましょうか」

桃美にとっても、玉鶯は『さま』ではなく『殿』らしい。

「病人、怪我人《けがにん》の慰問ということで、医官も付き添わせましょうか？」

珍しくまともなことを言う馬閃。

「最近すっかり忘れちゃっていますけど、月の君の顔《かんばせ》に耐性を持つ人どのくらいいますかねぇ？　正直、引きこもり生活のほうが楽じゃありません？」

との雀の言で、皆が『うっ！』と唸《うな》る。

「……嫁や恋人が月の君のお姿を見て心変わりしたという苦情処理したくないです。ああいうのが一番胃にくるんです」

ぼそっと、帳《カーテン》の奥から馬良の声が聞こえた。

『……』

皆が黙る。

外の喧騒《けんそう》が聞こえてきた。今日もまたどこかで喧嘩《けんか》が起きているのだろうか。

「こういうのはどうですかねえ」

最初に口を開いたのは雀だ。雀は壬氏の衣装箱から、帯を一つ取り出して、馬閃の前に差し出す。

「あら、そういうことね」

水蓮はそれだけで何が言いたいのか理解したらしい。

「なんだ、どういうことだ？」

馬閃は状況が飲み込めないのか、首を傾《かし》げている。

雀はにいっと笑う。

「別に、月の君が表に出なくても、月の君が仕事をしているように見られたら問題ないんですよねぇ」

壬氏も雀の言葉の意味が理解できた。

「馬閃」

「はい、なんでしょうか？」

「その帯はやろう。早速、身に着けて私の代わりに仕事をしてきてくれ」

「はあ？」

馬閃はぽかんとして、帯をじっと見た。

十三話　慰問

四十九日目。

薬草の追加が届くが、まだまだ足りない。茶の代用品の蒲公英《たんぽぽ》もなくなった。

五十日目。

さらしの消毒の仕事が回ってくる。もうぼろぼろで、使えない。いらない布をかき集めなくては。

五十一日目。

雀《チュエ》から明日一日あけておくように言われる。

五十二日目。

西都の広場の近く、元は空き家を改造した建物が、簡易診療所になっていた。診療開始前だが、もう列ができている。

蝗害《こうがい》騒ぎで出た怪我人《けがにん》や病人を無料で診《み》ているという。炊き出し場所も近いということで、診療所はにぎわっていた。

「娘娘《ニャンニャン》が手伝いに来たのか」

誰が言っているかといえば李《リ》医官だ。中堅医官でやたら真面目で堅物の男である。だが、猫猫を間違った名前で憶えている。

「猫猫《マオマオ》です」

楊《ヨウ》医官と李医官、それに天祐《ティンユウ》はこの診療所で病人、怪我人を診ている。壬氏《ジンシ》のはからいだ。

「……猫猫か？」

「猫猫です」

ちゃんと、訂正を受け止めてくれるらしい。劉《リュウ》医官も、会ったら訂正しよう。羅半兄《ラハンあに》のように超法規的な力によってさえぎられることはなかった。

（西都に行くってとき、どうなるかと思ったけど）

生真面目な医官は、日に焼けて色黒になり、連日の労働によるためか少し頬がこけている。だが痩せたというより引き締まった印象で、当初感じていた優等生の雰囲気に野性味が加わっていた。

「はい、月の君より命《めい》を承りました。虞淵《グエン》さまは、月の君の元を離れるわけにはいかないので、私がかわりにやってきました」

猫猫とて学習する。やぶ医者の名前は覚えた。

(やぶがおやじの影武者とか知らずにやっているけど)

この部屋には猫猫の他に護衛の李白《リハク》と雀、馬閃《バセン》に李医官の四人しかいないので口にしても問題ないだろう。挨拶だけだが、患者を後回しにして申し訳なく思っている。

なお、猫猫が仕切っているのは馬閃の挨拶はとうに終わっているからだ。馬閃は落ち着かぬ様子で診療所の中を見ている。部屋の外には護衛があと二人いて馬閃を守る形だが、正直馬閃に護衛はいらないとは言えない雰囲気だ。

(落ち着かないよなあ)

馬閃は普段の武官服ではなく、少し洒落《しゃれ》た服を着ていた。そして、腰には壬氏から下賜《かし》された帯を着けている。貝で染めた鮮やかな紫は、庶民には手に入る物ではない。明確に身分をわからせるにはちょうどいい。

つまり、壬氏の代理で慰問に来ているという形だ。

(慰問っても)

向き不向きがあるだろうに、と猫猫は思うが、この状況で壬氏が表に出るわけにもいかないだろう。

李医官が猫猫を見る。

「薬については、おまえが率先して作っていると天祐から聞いた」

「そうですか」

まともな薬が足りていないと文句を言われるかなと覚悟する猫猫。

「送られてくる薬はまあまあだった。代替品にしては頑張っている」

一応褒められているようだ。

「何かお手伝いすることはありませんか？」

「仕事ならいくらでもある。さらしの洗濯、煮沸《しゃふつ》、絶えない喧嘩《けんか》の怪我人《けがにん》の治療だ。ほかに、栄養不足による壊血病《かいけつびょう》や脚気《かっけ》も出てきている」

「わかりました。優先順位は怪我人の治療でよろしいでしょうか？」

猫猫は荷物を置き、手を洗う。栄養不足関連は、どうしようもない。

「では私はさらしの洗濯しますね」

ひょこっと雀が口を出す。

「俺はどうすればいいかねえ」

「護衛のかたはおとなしく座っていてください。それが一番役に立ちます」

妙に据わった目で李医官が返す。

「わかった。でも椅子はいらない」

李白は入口のところに立つ。

「わ、私は……」

馬閃は自分の立ち位置が普段と違うので、どうにも居心地が悪そうだ。誰かに命令されたほうが簡単だと、李医官を見る。

「ええっと、馬閃さまは……」

元々優等生の李医官は答えにくそうだ。何か命令したら失礼ではないかと、緊張している。

（一応、馬閃も名持ちの一族だもんなあ）

しかも、壬氏の副官なら位は李医官よりもずっと上だろう。

「馬閃さまはこちらに座ってお薬を渡すのはいかがでしょうか？　私が用意しますので、袋に入れて渡してください」

「わかった」

変に複雑な仕事をさせたり力仕事をさせたりするわけにもいかないので、こういう妥協案になる。

「ついでに慰労の言葉もかけてください」

「な、何と言えば？」

「うーん『茘《リー》の民には健やかに生活してほしい』とかですかねえ。『お大事に』じゃあ、馬閃さまには少し変ですしぃ」

雀が口を出す。一応義弟に『さま』をつけている。

「そうですね。『茘の民』という言葉は忘れないでほしいですね」

李医官の言葉に、猫猫は妙に引っかかる。

「楊医官はどちらにいらっしゃるのでしょうか？」

猫猫は李医官に聞いた。

「あの方は、診療所に来られない患者を診《み》て回っている。元々、西都出身ということもあり、地理がわかっているからな」

「そうですか」

李医官は、楊医官についてどこかとげがある言い方だった。

「楊医官がどうかされましたか？　何か思うことがあるようですけど」

ついずけずけと聞いてしまう猫猫。普段なら失礼だと思うが、今の李医官は愚痴を聞いてもらいたそうな顔をしていた。

「楊医官は別に玉鶯《ギョクオウ》さまの親類ではない。だが、患者は親族だと思うだろう。楊医官はすばらしい医官であるが、政治関係には疎《うと》い。そういうことだ」

なるほど、と猫猫は手を打つ。つまり、西都の連中は楊医官のことを玉鶯の親族と思っており、楊医官はそんなつもりはないがあえて否定もしないということだ。

楊医官が仕事をすればするほど、壬氏ではなく、親族として玉鶯が評価されるのだ。

（人選まずかったかなあ）

いや、当初の人選では最良だっただろう。時期が悪かっただけだ。

人選ついでに天祐の存在も思い出す。

「天祐さんは？」

「今日は、楊医官の付き添い。切開と傷口の縫合は本当に上手いからな」

確かに上手いと猫猫も知っている。玉鶯の孫の手術は本当に上手かった。孫の術後の経過は、猫猫が抜糸も終えてもう往診していない。

いろいろ一番若手ということで、こき使われているようだ。

「では、そろそろ患者も待っているので、診療所を開いてもいいですか？」

李医官が言うので、猫猫たちも頷《うなず》いた。


李医官の言う通り、猫の手も借りたい忙しさだった。医療行為を無償で受けられるというのは、それだけ貴重な機会らしい。また、働いている武官たちも立ち寄るので、休む暇もない。

主な診療は李医官に任せて、猫猫たちは、李医官に言われた通りに動く。診療を受けてどんな容体かで、猫猫は傷の手当をしたり、薬を出したりする。

馬閃は居心地悪そうにしながらも、労《ねぎら》いの言葉をかけて袋詰めした薬を患者に渡す。少し慣れてきたところで、ついでに薬包紙を切ってもらえないかと紙と鋏《はさみ》を渡したら、普通に切ってくれた。皆がせっせと働く中で、手が空くよりはいいと思ったらしい。ただ、小間使いをさせるのは格好がつかないので、患者には見えない場所でやってもらう。

（できないことはないいんだよな）

馬閃は普通の文官並みに働くことができる。ただ、壬氏の副官であれば、人の三倍の仕事ができて当たり前と考えられるので、どうにも比べられてかわいそうだ。武官が本分であることを加味しても、皇弟《おうてい》の直属の配下ともあればそれくらいできて当然という空気なのだ。

おそらく高順《ガオシュン》が苦もなくこなしてしまうからなのだろう。

雀は珍妙で無駄な動きが多いのだが、仕事が早いのが不思議だ。溜《た》まっていたさらしの洗濯、消毒は昼前に終わらせてしまい、猫猫の手伝いや、ありあわせのもので食事を作り始めた。たまに子どもの患者に手品を見せて喜ばせている。

一番暇なのは李白だ。護衛として入口に立っているだけ。残りの二人の護衛は雀にたまに使われていたが、李白は本当に立っているだけなのだ。

「俺、まさにでくの坊なんだけどなあ」

笑っていたが、正直かなり役に立っている。少し野性味を帯びたとはいえ、李医官は西都の民に比べてかなり細い。冷やかしで診療してもらいに来る破落戸《ごろつき》まがいの者も多いらしい。入口に、置物でも六尺三寸《一八九センチ》以上ある大男がいれば、かなりの抑制効果になる。誰かに絡もうとする患者がいれば、何も言わずにそっちに行ってくれるので助かった。

李医官や猫猫に絡むのならまだいいが、馬閃を狙われると困る。壬氏の名代《みょうだい》として来ているので、短気を起こすのはまずいし、なにより変な言いがかりをつけて火傷《やけど》をするのは絡んだほうだ。

腕っぷしなら馬閃には敵《かな》わないだろうし、骨の一本、二本ですめば軽傷だろう。あと、西都の刑罰はよくわからないが、仮にも皇族の名代に手を出したら、首をはねられかねない。

そうこうしているうちに、楊医官と天祐が帰ってきた。

「ただいまっ」

まるで自宅にでも帰ってくるような挨拶の楊医官。浅黒い肌はやはり現地民といった雰囲気で、後ろにちょっと疲れた天祐がいる。

「おかえりなさいませ、旦那方。診療にします？　食事にします？　診療にします？」

疲れというものを知らない雀が最初に応じる。労《ねぎら》うようでまだ働かせる気らしい。

「食事もしたいが、まだ李医官は食事をとっていないだろう？」

「えー、食事にしませんか？」

天祐は疲れていた。右手には治療器具を、左手には布包みを持っている。生意気で腹立たしいうえ、何を考えているのかわからない男だが、楊医官みたいな上司には敵わないらしい。正直、いい気味だと猫猫は思う。

「では、食事にしましょうか。制限時間は今から四半時《さんじゅっぷん》です」

ぱんぱんと手を打つ雀。いつのまにか仕切っている。

「うっし、菜《おかず》は何だ？」

「菜なんて贅沢品《ぜいたくひん》はありません。あるものを全部ぶちこんだ雀さん特製炒飯《チャーハン》です。隠し味は、酒のつまみに取っておいた秘蔵の干し貝柱です」

しゃきっとおたまと皿を持って姿勢《ポーズ》を決める雀。あまりものというが、薬味や卵も炒《いた》めて混ぜてある。美味しそうだ。

料理は食べるほうが好きというが、普通に料理はできるのだ。

「なお飲み物は、葡萄水《ぶどうすい》か山羊《やぎ》の乳の二択です。水はちょっと濁っているのでやめておきます」

井戸に飛蝗《バッタ》が浮かんでいたので仕方ない。雀は笊《ざる》で水を濾《こ》しながら洗濯した。

（飲料水の配布もしたほうがいいかも）

腐敗したままの生水を飲んだら腹を下す。下痢《げり》止めの薬が早くなくなるのは、水が原因かもしれない。

（水を濾して、できれば煮沸《しゃふつ》したいな）

実は、西都でさらしを洗い、煮沸することはかなり贅沢なことだ。水も燃料も、中央に比べて貴重だ。水は言うまでもなく、燃料も薪《まき》や炭《すみ》はほとんどなく、家畜の糞《ふん》が多い。

（石炭かあ）

中央が薪《まき》や炭《すみ》の代わりくらいにしか思っていないとして、その価値が戌西州《いせいしゅう》の認識と大きく違うのではないか。

（わざわざ山から掘り出してまで使う利点）

金や銀は代わりがないので、掘らねばならない。わざわざそこらへんに生えている木と同じ価値のものを採掘しようとは思わない中央。家畜の糞《ふん》ではまかないきれない燃料が欲しい戌西州。

確かに利点はあるが——。

（戦《いくさ》を仕掛けるには、他にまだ何かありそうだ）

猫猫が唸《うな》っていると、肩をぽんと叩《たた》かれた。

「猫猫さん、猫猫さん。考え込んで、どこかに意識を飛ばすの多くないですかー」

「雀さん、雀さん。そんなに私はぼうっとしてますか？」

「しているというか、よく口からもれてます」

「……」

猫猫はそっと口に手をかぶせる。

「さて、猫猫さんもごはんをいただきましょう。楊医官は、言いたいことがあるみたいです、馬閃さんに」

「へえ、面倒くさそうな話ですね」

「はい、おもしろそうな話ですよ」

雀とは解釈の不一致が多い。

炒飯《チャーハン》が用意された食卓には、にこにこした楊医官と、不機嫌そうな馬閃が座っていた。天祐は早く飯が食いたいと顔に出ているが、二人が手を付けないので食べられない。一応、天祐でも礼儀は知っているのか。

「ははは、馬閃殿が名代《みょうだい》ですか」

「なにが面白いのでしょうか？」

しょっぱなから険悪な雰囲気の楊医官と馬閃。和ませるために家鴨《あひる》でも連れてくればよかっただろうか。

猫猫は雀を肘でつつく。

「どうしました？」

「あの二人、面識あるんですか？」

「いえ、私が知る限りは初対面ですけどねえ」

小声でやりとりする。

「楊医官ってどういう人ですか？」

「えー、雀さんも情報知りたいですぅ」

「もったいぶらずに教えてください。今度、街歩きでも提案しますから」

「おっ、それはいいですね！」

猫猫が出かけるところには雀がついていく。雀は外をぶらぶらするほうが好きみたいなので、この言葉には食いつくと思った。

「楊医官はとても明るく元気で、でも仕事には真面目で、裏表がなく、誰とでもすぐ仲良くなっちゃいますが、正直うちの旦那とは一生わかりあえない人ですね。光の者です」

雀の旦那、馬閃の兄はいまだ猫猫の前にも出てこない。あんなふうにぐいぐい来る人に近づかれたら、発狂しそうになるだろう。

「裏表がないということは」

「李医官の言う通り、政治的なことには興味がないようです。西都の気候や地理に慣れていて、医術の心得がある、なおかつ政治に興味がない人間とくれば、これ以上ない最高の人選でした」

でした、と過去形にするところに、誤算があったことが含まれている。

「まさか、いきなり蝗害《こうがい》が起きるし、月の君は評価にこだわらないし、さらには地元でやたら人気が高い玉袁《ギョクエン》さまの一番上のお子さまがいらっしゃるじゃあないですかって、話ですよ」

「じゃあ、楊医官は？」

「ええ、決して月の君を裏切ったりするようなお人ではございませんよ」

雀の言葉になぜかほっとする猫猫。だが、猫猫が安心しても、納得できていない人がいる。

「どういう意図があるのでしょうか？」

平静を装いつつも少し鼻の穴が広がっている馬閃。

「どういう意図とな？」

本当に何を言われているのかわからない顔の楊医官。

「あなたは、月の君の命《めい》でこうして西都に来ている。だが、西都での月の君の評判はどうだろうか？　炊き出しの材料はもとより、こうして診療所を開いているのも月の君のおかげだろう？」

「そうだな。大したご慧眼《けいがん》であられる。こんなに大規模な蝗害が起こったのに、これだけ西都が落ち着いていられるのも、月の君のおかげだとつくづく感じますな」

楊医官は素直に壬氏をほめている。しかも、さらっと重要なことを言っている。

「まるで蝗害を経験し、知っているような冷静な口ぶりですな」

猫猫が聞きたいことを聞いてくれた。よしっ、と猫猫は心の中で馬閃に拍手する。

「知っているも何も何度か経験しております」

「楊医官が経験？　何度か？　蝗害はここ数十年起こっていないのでは？」

「起きていますよ。ただ、中央に報告するほど大規模ではなかったわけです」

確かに楊医官の話はありえないものではない。が、馬閃は続けて問う。

「報告しないのは怠慢ではないのか？」

「怠慢？　馬閃殿に確認しますが、一体どれだけの穀物が虫に食われたら、蝗害《こうがい》という名称になりますか？」

「……それは、食うに困るくらいだろう？」

「食うに困るとは？　ただ麦を自分で食らう分が足りていれば問題ないでしょうか？　他に売る物があり、補填《ほてん》できれば問題ないのでしょうか？　では、作付けを二倍にしたが、蝗害に遭い、結局例年並みの収量しかなかった場合は？」

「うっ、それは……」

馬閃が詰まる。

楊医官も上級医官だけあって、頭はいい。例え話のように言っているが、過去に実際あったのだろう。

収量は変わらなくても、作付け面積が大きくなっていれば労働力も経費もたくさん必要だ。でも何の補填もなく、ただ一律に昨年と同様に税を取られるのであれば、生活は苦しくなろう。

「茘という国は広大だ。ただ、その広大さゆえに、西の端までは目が届かなくなる。あくまで数字の上での収量しか見ないのであれば、蝗害が起きたと報告しても撥《は》ね除《の》けられる。ならば、戌西州の中で片付けるしかないとなるのは、自明の理かと思います」

楊医官は裏表がない。だから、馬閃にもずけずけと物が言える。

（楊医官でもこう考えるのか）

西都での壬氏の評価が低いのは、中央が何もやってくれないという認識が根底にあるのも大きいようだ。

「しかし、月の君の行動は本当に正しかった。戊《イ》の一族を思い出した」

「戊の一族？」

猫猫は思わず聞き返した。

「そうだ、知っているか？」

猫猫が会話に割り込んだことを気にしない楊医官。馬閃は堅い頭を少しほぐしてからでないと会話に戻れそうにないので、猫猫がかわりに話すことにした。

「そうだな、飯食いながらでもいいか？　ほれ、食おうか」

「飯！」

ようやく食事にありつけるといった顔の天祐。ずっと黙っていたのは、気力が切れていたからだろうか。

「戊の一族は、蝗害が発生したときはいつも前面に出て指示していたな」

「……失礼ですが、彼らは逆賊では？」

「逆賊？　ふん、まあ、なんかやっていたとしても、戊西州のためにやったものだろうなあ。少なくとも自分の知る限りでは逆賊みたいな人はいなかったぞ」

楊医官は匙《さじ》で炒飯《チャーハン》をすくって食べる。

「戌の一族ってどんな人たちだったんですか？」

猫猫も一口いただく。ぱらぱらの米と卵がしっかり味付けしてあった。薬味と干し貝柱がいい味を出している。こっそり雀に親指を立てて誉める。

「みんな、美人だったなあ。近づくといい匂いしてさあ」

「いい匂いって……。確か女系と聞きましたけど」

「そうだそうだ。戌の一族は女系なんだよ。茘の建国物語にもあっただろ、王母《おうぼ》の話。あんだけの女傑なら、腹心に同性の女傑もいてもおかしくないだろう。戌の一族はその末裔《まつえい》ってことだ」

猫猫は飯に手を付けられない。天祐は話に興味がないので、飯に夢中だ。

「女系だってよく知ってたな。若いやつは戌の一族のことなんざ全然知らないぞ」

素直に感心する楊医官。

「私は知ってますよぅ」

「私もだ」

皇族に仕える人たちには、常識として教えられるだろう。だが、多くの中央の民は、はるか遠い西の地を治める領主になど関心はない。さらに、滅びているならなおさらだ。

「女だからこそしたたかに国境沿いを守れたんだろうな。戌の一族は、婿《むこ》は取らず、でも綺麗《きれい》な異国じみた子どもばかり生まれるから。戌の一族の子どもは、女は領主に、男は旅に出されるんだそうだ」

混血を繰り返すからこそ美人が生まれ、他国を牽制《けんせい》もするということか。

「巫女《みこ》の国の砂欧《シャオウ》とは相性が良かった。けど、同じ女でも、女帝と言われた前の皇太后《こうたいごう》とは馬が合わなかったのかもしれないな」

「女同士のいさかいについては発言を控えさせていただきます」

しかし、意外なことを聞けてしまった。壬氏も全く話していなかったことなので、本当に知らなかったのは猫猫だけかもしれない。

「では楊医官は、十七年前はどこにいらっしゃいましたか？」

「あいにく、その頃にはもう中央で医官をやっていたさ」

「そうですか」

猫猫と楊医官が話している間に、馬閃は炒飯を食べ終わったらしい。勢いよく匙を置く。食べている間に、いろいろ堅い頭もほぐれたようだ。

「楊医官の言い分はわかった。月の君が、何もしない中央のつけを払っているという認識で考えよう。ただ、現在、月の君の功績が全て楊玉鶯殿に流れている点については、いささか思うところがある。そして、楊医官も加担している」

「西都出身の、同じ楊姓のあなたの仕事は全て、玉鶯殿の手柄となっている」

「加担？　自分がか？」

「本当か？」

天祐に確認する楊医官。

「えー、李医官も言ってましたね。まず、『中央から来た』を前置きにしてから治療を始めろって。あれが、月の君の命《めい》で仕事をしているって意味だと思ってましたけど」

天祐は面倒くさそうに答える。頬に米粒を付けている。

「『中央から来た』っておかしいだろ？　ここが出身地だし、何より顔見知りがけっこう来るんだぞ」

「じゃあ『皇弟《おうてい》の命により』と言えばいいでしょう？」

「それだとさあ、なんか……皇族の側近みたいで恥ずかしくないか？」

『はっ？』

この小父《おじ》さんは何を言っているのだろうか。つまり、都会に出てめちゃくちゃ出世して里帰りしたところで、顔なじみにもてはやされるのが照れ臭いということか。

「猫猫さん、猫猫さん。楊医官は、やぶさんと同じ範疇《カテゴリ》に分けていいですか？」

「さすがに『可愛い小父さん』枠でもちょっと毛色が違うので、別枠でお願いします。医官さまは家鴨《あひる》とかに近い分類かと」

「わかりました」

雀が言う範疇とはどんな範疇か、猫猫には想像がついた。

「大体、地元のもんなら、古い楊さんと新しい楊さんの違いくらいわかるだろ？」

「古い？　新しい？」

猫猫は首を傾《かし》げる。

「医者の楊さんの家が古い楊さん。玉袁さんちは新しく入ってきた楊さんだよ。今は、子だくさん、孫たくさんで一族いっぱいいるようだけど、元々やってきたときは、玉袁さんと奥さんとまだ小さかった長男だけだったんだ。使用人はたくさんいたけどな」

「いえ、そんなの地元民でも、四十代以上じゃないとわからないかと」

五十かそこらで寿命が来ることが多い平民で、四十代以上ともなれば数はさほど多くない。なにより、玉袁の一族は西都の顔だ。若者にとって、楊といえば玉袁か玉鶯だろう。

「そっか、そういうもんか」

「意外と新しいですね、てっきり昔から代々いたのかと」

「商売の拠点として立ち寄る場所ではあったみたいだけど、住み着いたのはその頃だよ。戸籍見ればちゃんとした時期わかるんだけど」

「戸籍は無理ですねえ。もう焼かれちゃってます」

雀が山羊《やぎ》の乳を飲みながら返す。

「そりゃ残念だな」

「ということで、ちゃんと月の君の采配《さいはい》で治療している旨は患者に伝えてください」

馬閃に代わり、本題をしっかり伝える雀。

「……しなきゃだめかあ」

大のおっさんが眉を下げる。

「楊医官、破落戸《ごろつき》にも動じないのに、なんでそんなところで恥ずかしがるのかわかんないんですけど」

「うるせえ、天祐」

実力はあるのに、自分をよく見せるのは恥ずかしがる性格らしい。実力主義の劉医官が上司だったからこそ上級医官になれたのかもしれない。

「あのー」

猫猫たちをじとっと見る目があった。

「食事終わったのなら、早く代わっていただけませんかね？」

恨みがましそうな李医官が、扉の隙間からのぞいていた。

十四話　天祐《ティンユウ》

楊《ヨウ》医官の恥ずかしがり屋をどうするかについて話し合った結果、壬氏《ジンシ》に何か下賜《かし》してもらうことで決着がついた。

「まあ、身に着けるだけだったらな！」

楊医官も納得してくれた。

むしろ、そっちのほうがちやほやされると思うのだが、気づいているだろうか。

（帯なり、玉環《ぎょっかん》なりやっちまえばいい）

ついでに李《リ》医官にも下賜されることになったが、こちらは大変畏縮していた。仕事終わりに話したところ、辞退してきたのだ。

「わ、私にまで必要ないのではないか！」

「おいおい、俺にだけやらせる気かぁ？」

李医官にからむ楊医官。李医官が煩《わずら》わしそうに上司を見ている。

「二人だけですか？」

天祐が口を出す。

「李医官が受け取らないなら、俺貰《もら》いますけど。同じ、『李』ですし」

李医官と天祐は姓が同じなので、ややこしい。なお、猫猫《マオマオ》は李医官の名前など知るわけない。ちなみに李白《リハク》もいるので、李さんはこの場に三人いる。

「おまえにはやらん！」

怒る李医官。上にも下にも癖の強い人がいると、どうしても苦労するのだろう。

「じゃあ、遅くなりましたので、帰りますか」

午後の診療も終わり、雀《チュエ》が荷物をまとめる。なんだかんだで有能なので、部屋の片付けもしっかりやってくれた。

「すみませーん、この布包みはなんですか？」

雀が聞いている。たしか天祐が昼間持ち帰ったものだ。

「あっ、それね」

天祐が布包みを雀から取ろうとして、落としてしまう。ごろごろと中身が転がった。

『……』

皆が黙る。ちょうど馬閃《バセン》と他の護衛が厠《かわや》に行って席をはずしていてよかった。

「なあ、嬢ちゃん」

李白が深刻な顔で天祐を見る。

「こいつ、取り押さえたほうがいいか？」

李白の目は真剣だった。

「いえ、一応先に確認を」

猫猫は転がった包みの中身をもう一度見る。人間の腕だった。腕のみ、人体の一部が床に転がっているのだ。猟奇的なことこの上ないが、この場にいる面子《メンツ》は医官たちに加えて猫猫、李白と雀である。

「この腕どうしました？」

「あー、もうつなげられないだろ、この切断面にゃ」

腕を拾い、ずんと切断面を見せる天祐。確かに潰れていて、つなげてもくっつきそうにない。

「飛蝗《バッタ》が看板を固定していた縄を食いちぎってた。それで看板が落ちて腕をざくっと。持ち主がいらないっていうから、引き取ってきた」

「引き取ってきたって」

自分の腕がちぎれて絶望していただろうに。引き取ってくれというのは、丁寧に埋葬してくれという意味だと猫猫は思うが――。

「娘娘《ニャンニャン》も一緒にかいぼ……」

天祐が途中まで言いかけたところで、李医官がちぎれた腕を取り上げた。そして、天祐の頭にげんこつを落とす。

（おー、強い強い）

「いってー、俺はただ勉強を」

「うるさい。これは丁寧に埋める！　ってか放置するな！　臭うぞ！」

「あー」

名残惜しそうに李医官の背中を見る天祐。

（李医官、強くなったなあ）

人間は極限に達すると化けることもある。折れそうな心の持ち主なのにいい具合に化けてくれた。いや、元々そういう素養があると、劉《リユウ》医官が見込んで人選したのならすごい。対して天祐は、この状況下で怖い所があるが、何事にも動じない精神だけは褒めてやるべきだろうか。あと、絶対下賜品《かしひん》は渡してはいけない。

李医官に引っ張られ、天祐は腕を埋めに行く。二人が戻ってくるまで、診療所は終了したまま待つ。人間の腕を埋める医官たちを患者が見つけたら、西都の民に何を噂《うわさ》されるかわからない。護衛の一人に、埋めるところを見られないように見張りしてもらう。

楊医官はにこにこしながら李白と雀を見る。

「今のは見なかったことにな」

「はい、雀さんは余計なことは口にしません」

「わかりました」

医官たちが腑分《ふわ》けをしているのは、禁忌《きんき》的な行為であり、秘密だ。この二人なら空気を読んでくれるだろう。

猫猫は笑顔で口止めをする楊医官を見る。

「ん？　どうした、娘娘？」

「娘娘じゃなくて、猫猫です」

「そうなの？　わかった、猫猫ね。猫猫。うん、覚えた。それでどうした？」

「いえ、ずいぶん、新人医官にお優しいようなので」

猫猫の言い方は、少しだけ厭味《いやみ》混じりになってしまった。しかし、楊医官は機嫌を損ねることなくにこにこしている。

「ああ、天祐かあ。あいつをこっちの世界に引き込んだのは自分と劉医官だから、ちょっと責任を感じているのもあるねえ。天祐はすぐ縁故縁故《コネコネ》言うけど、一番その恩恵を受けているのはあいつなのにな」

腕を組んで頷《うなず》く楊医官。

「楊医官と劉医官が引きこんだ？　縁故？」

猫猫は首を傾《かし》げる。

「おっ、知らないか？」

「天祐さんはどちらかと言えば他人のあれこれに首を突っ込むだけ突っ込むけど、自分からいろいろ話す性格ではないので」

猫猫も聞こうとも思わなかった。

「なら、今後のためにあいつのことを聞いておくか？」

楊医官は往診の道具を片づけながら言った。

「聞いていいのでしょうか？」

「天祐は、聞かれなかったから言わなかったくらいの奴だろう」

「確かに」

猫猫にも通じるものがあるので、人のことは言えない。

「あいつの家は元々猟師なんだ。劉医官と自分が熊《くま》の胆《たん》を貰《もら》いに行ったとき、まだ元服もしてない子どもが、一人で熊を解体していた。顔色一つ変えず、的確に必要な臓器《ぞうき》だけを切り取る手腕に劉医官も驚いていた。そいつが天祐だ」

楊医官が手を休めず話すので、猫猫も薬を作りながら話を聞く。

「それで才能を見出《みいだ》して医官に……って話でしたら、実力であって縁故《コネ》ではないと思いますけど」

「いいや、ある意味、縁だな。猟師の父親に、自分が冗談まじりで言ってみたんだよ。『息子を医官にしないか』って。そしたら、真っ青になって震え始めた。確かに、医官の裏の仕事を知っているなら、冗談じゃない話かもしれない。でも、怯《おび》え方が異常だった」

（医官の仕事と言われて怯える？）

確かに一般人ならおぞましい行為に見えるはずだ。でも、猟師だったらもう少し理解があるように思える。

「理由を聞いてみたら、話どころかすぐさま追い出された」

「どういうことでしょうか？」

「仕方ないから帰りかけると、天祐が追いかけてついてきた。親父は反対するけど、家出するから弟子にしてくれ、とさ。もちろん、劉医官がそういう話を鵜呑《うの》みにする性格じゃないのは猫猫も知っているだろう？」

（確かに）

目に見えるように想像できた。

「天祐は言ったんだよ。俺は華佗《カダ》の子孫だ、医官は天職じゃないのか？　ってさ」

「華佗ですか？」

猫猫はつい手を止めて、楊医官を見る。

「ああ、伝説上の名医のことじゃない。かつて知的好奇心のために皇子の遺体を切り刻み、処刑されたあの華佗だ。医官と同じ仕事をするなら、猫猫も聞かされただろう」

「はい」

類《たぐ》い稀《まれ》な技術を持つために、華佗と呼ばれた昔の医官。しかし、技術と向上心を持ちながら、人の心が好奇心に負けてしまったために処刑された者。

　確かに実在の人物なら、その子孫が生きていてもおかしくない。同時に、その子孫は先祖の過《あやま》ちを繰り返さないようにするだろう。

「華佗の子孫が猟師になったのですか？」

「おかしくないさ。医官の修業と薬の材料集めには、昔から猟師も携わっている。猟師の娘と華佗がねんごろになったとしてもまんざら嘘《うそ》でもないだろうし、何より名を騙《かた》るならもっとまともな奴の名を騙るだろうさ」

　言われてみれば、と猫猫も納得する。

「華佗の子孫だから、天祐を医官にしたんですか？」

「いいや、違うな。才能があったとしても、本当に華佗の子孫だったとしても、勝手に医官にさせようとは思わない。あるとしたら、あいつの目だな」

　楊医官は、大きく息を吐く。手には人の脂で汚れた小刀があった。往診のとき使ったのだろう。

「劉医官が言っていた。あのまま猟師として一生を過ごしていたら、そのうち、熊《くま》や鹿《しか》と同じように人も切り分けていただろう、と」

「……」

　猫猫は否定できない。いや、むしろ絶対やるだろうという予感がある。

「人は生まれたままだと欲に従って生きる生き物だ。そこに教育が加わって理性ってもんを得ることができる。それでも、欲に勝てない人間もいる」

楊医官は小刀を綺麗《きれい》に拭き、籠《かご》の中に置く。

「天祐は好奇心って欲に勝てない人間だ。獣に飽きたら人間に手を出すって、劉医官は判断した。人里離れた山奥に住む猟師だったら、それこそ誰にも知られずに何人もばらすことが可能だろうさ」

「医官になったとしても、問題では？」

猫猫は正直に問う。

「んなもんは、導き方次第だ、ってことを劉医官は言っていたな。なあに、しっかり舵《かじ》を取ってやればいい。医官は厳しい人だけど、なんだかんだで優しいところがあるんだよ」

「そうなんですかねえ」

猫猫は半信半疑ながらも、天祐の生い立ちに納得していた。

「なんでそんなことを私に話したのですか？」

立場としては医官手伝いにすぎない猫猫だ。わざわざ話す必要もなかっただろう。

「なあに。羅門《ルオメン》さんの教育結果を見て、ちと話したくなっただけだよ」

（おやじと知り合いか）

楊医官は医官歴が長いので、羅門と面識があってもおかしくない。

（私もおやじに育てられなければ、ああいうふうに見られたのかもなあ）

認めたくはないが、ある意味天祐と猫猫の性質は似ている。羅門《ルオメン》が花街《はなまち》で薬屋をやって猫猫を教育してくれなかったら、どう育っていたかわからない。

「さて、そろそろ埋め終わった頃だろう。帰るか」

「はい」

猫猫も帰り支度をした。

肩を落とした天祐がとぼとぼと戻ってきたが、特に気を使うわけでもなく、とっとと帰るぞと尻を蹴るつもりだ。

慰問はこれといった問題もなく終わったかに見えた。しかし、家に帰り着くまでが遠足《えんそく》というものだ。

事件は、猫猫が診療所を出るなり起こった。

「嬢ちゃん！」

いきなり李白が猫猫を抱えて後ろに下がる。

猫猫の足元に、べちゃっと泥団子が投げつけられた。

「おまえらがむしをはこんだ！　おまえらのせいだ！」

子どもの声だ。どこにいるのかわからず辺りを見回す猫猫。

「猫猫さん」

雀が後ろに立っていた。

「顔は覚えてますし、今なら捕まえられますけどどうしましょうか？」

雀が猫猫に聞いたのは、猫猫に向けて泥団子が投げつけられたからだ。

(私でよかったなあ)

おそらく一番鈍そうな猫猫を狙ったのだろうが、馬閃じゃなくて助かった。

「別に当たっていないので捕まえる必要ないです、雀さん」

絶対捕まえるな、と目で訴える猫猫。

「わかりました」

雀にとっても一番楽な選択だろう。ここで、むきになって子どもを捕まえたところで何になるだろうか。捕まえた以上は、罰しなくてはいけない。尻を軽く叩《たた》くくらいで済めばいいが、仮にも皇弟《おうてい》の名代《みょうだい》付きの侍女相手に狼藉《ろうぜき》を働いたという名目であれば、百回は優に叩かなくてはいけない。

猫猫としても気分は良くないし、雀も同じだろう。

(言われたら、雀さんはやりそうだけど)

やらないに越したことはない。

甘いと思うが、猫猫はそんな甘さも世の中には必要だと感じる。

（おまえらがむしをはこんだ、か）

「虫が来たのは西からなんだけどなあ」

道理に合わない。

「ええ、私たちは東から来ましたねえ」

雀が話に乗っかる。

子どもが言う「虫をはこんだ」というのは、そういう話ではないのだ。縁起《えんぎ》や呪《まじな》いを信じる人にとっては、本来いるはずのない人間が西都に来て、偶然蝗害《こうがい》が起きた。訪問者が悪いということになる。

正直なところ、猫猫も説明して言いくるめたいが、たぶんわかってもらえない。わかろうともしないだろう。

「空気悪いわー」

猫猫は泥団子を横目に、馬車に向かった。

十五話　暴動

ぱちぱちと火が爆《は》ぜる。

猫猫《マオマオ》は、竈《かまど》に追加の藁《わら》を入れる。

（家畜の糞《ふん》のほうが使いやすいかも）

おそらく気を使って、燃料を家畜の糞ではなく藁にしているのだろう。でも、糞のように固まっていないので、熱風で飛ぶこともある。薪《まき》や炭《すみ》は高級品なので、西都ではめったに売っていない。

鍋で薬をことこと煮る。煮詰めて丸薬にするのだが、どうにも眠い。

（疲れてるなあ）

いつも通り仕事をしたつもりだが、疲れる理由もわかる。

本当に疲れている時は、疲れていると気づかない。疲れの頂点を過ぎて、やや体が休まった頃にどっとくる。

食糧不足、薬不足、栄養不足。

何もかも足りない。足りない部分を補うために違う何かで代用して、代用したらさらに代わりを探し出して――。

畑では羅半兄《ラハンあに》が一喜一憂していた。甘藷《かんしょ》は夜の寒さに負けて駄目だった。やはり馬鈴薯《ばれいしょ》にするという。甘藷の葉は枯れたが、茎は芋づるとして食べられるという。小麦は順調とのこと。

もやしは少しずつ炊き出しに入れているらしい。脚気《かっけ》には小麦のふすまがいいとのことで、麺麭《パン》に混ぜたが、不評だという。

時折、変人軍師が別邸に来る。軽く頭を下げるくらいはしてやることにした。雀《チュエ》の情報だと、玉鶯《ギョクオウ》側についたらかなり危険だという。

調べると石炭は西都でもいろんな場所で使われていた。製鉄所に陶器の焼き窯。独特な臭いがするので、すぐわかったという。どちらも、玉袁《ギョクエン》に関わりがある場所らしい。

考えることが多すぎる。

なので、火花が飛んで予備の藁《わら》に火がついたのに気付くのが遅れた。なんか熱いなあ、と横を見たら炎が上がっていた。慌てて消して事なきを得たが、やぶ医者には心配され、薬を取りに来た天祐《ティンユウ》には大笑いされた。

(いかんいかん)

火は気が緩んだ時に、大きくなる。

気を引き締めた。

そして、火というのはただの火だけではない。


七十五日目。

事件は起こった。

夜中、猫猫は外の騒がしさで目を覚ました。上掛けを羽織って窓から外を見る。中庭に衛兵がいた。ちらちらと見える火が、不気味に集まってきている。

猫猫は、寝ぼけた眼を開くと、すぐに服を着替えた。

階下では、李白《リハク》がすでに起きて待機していた。枕を抱えたやぶ医者が寝間着のままなのは、李白に無理やり起こされたのだろう。

「何が起きたんでしょうか？」

猫猫は李白に確認する。

「俺も何があったのかわからねえけど、いくつか心当たりがある」

「なんでしょうか？」

「ふぃー」

寝ぼけたやぶ医者の寝言が聞こえるが無視する。

「数日前、西の砦《とりで》から伝令があった。異民族が押し寄せてきて、食糧庫を襲った」

「食糧庫ですか……、それはその……」

政治に疎《うと》い猫猫でも、予想がつく。

「ああ、なんとかかき集めた備蓄の食糧だ」

西の砦《とりで》というのだから、砂欧《シャオウ》との国境近くだろう。

「ということで、ここ数日間、お偉いさんたちはどうするか話し合いをしていた」

「道理でここの所、仕事が一段落《いちだんらく》したと思ったら」

壬氏《ジンシ》に呼ばれることもなかった。嵐の前の静けさとはこのことだったわけだ。

「支援をしようにも今のところ手一杯。壬氏の旦那の伝手《つて》で、いろんなところから支援が届いているが、奪われたなら意味がない。ならばどうするかといえば、きな臭い話に移行するってところ」

「きな臭い、というと？」

「戦《いくさ》をおっぱじめようって話になる」

（そうだよねえー）

食う物がなくなったらよその土地を襲う。古来より人間、いや動物がたどってきた道だ。

「でも、壬氏さまは反対するでしょう？」

「そうだ。そして、今――」

がやがやと声が聞こえる。明確には聞こえないが「皇弟《おうてい》を出せ」と聞こえた気がする。

「怖気《おじけ》づいた箱入りの皇弟さまに抗議だとよ」

わかり切っていたし、時間の問題だと猫猫も思っていた。むしろ遅いくらいだ。

（さてどうすればいいだろうか？）

猫猫ができることはたかが知れている。とりあえず農業用の荷車を用意して敷布を敷いた。

そして、寝ぼけたやぶ医者の手を引っ張る。

「お、お嬢ちゃん、私はまだ眠いよ……」

舟をこぐやぶ医者を引っ張って荷車に乗せる。まだ寝ぼけていて状況を把握できていない分助かった。ちゃんと目が覚めていたら、混乱して大騒ぎしただろう。

「医官さま、どうせ寝るならこの中に寝てください」

「ん、んん……」

やぶ医者は荷車の上で手足をはみ出させながら、再び眠りについた。

李白がその様子を不思議そうに見る。

「医官さまが逃げ遅れないようにですよ。走ったところで、纏足《てんそく》した後宮《こうきゅう》侍女より足が遅いですよ」

「うーん、嬢ちゃんならともかく、おっちゃんは横抱きにして運べねえからなあ。妥当なところか」

「しかし、皇族への抗議なんて……」

猫猫は李白に話しつつ、鞄《かばん》に傷薬とさらしを突っ込む。李白に至っては、油つぼを持ってくる。

「都でやろうもんなら、首謀者は処刑、与《くみ》した者も鞭打《むちう》ちにされちまうぞ」

「それだけ感情が高ぶっているんでしょうね」

民衆は、集団で癇癪《かんしゃく》を起こしている。

「困るねえ。俺だって、殺されるくらいなら殺す側に回るんだけどなあ」

李白は苦笑いを浮かべつつ、布を引き裂いて棒に巻き付けている。松明《たいまつ》の材料になる薪《まき》はないので、椅子の足をへし折っていた。武官だけあって、戦《いくさ》の仕方は教わっているのだろう。できれば戦などやりたくないが、やれないわけじゃないのだ。

「ただ、これだけあからさまに暴動を起こされると、問題なのはその土地の統治者だよなあ」

「そうですねえ」

猫猫は政治がわからない。しかし、今の状況が大問題なのはわかる。

正直、心臓もばくばく煩《うるさ》いが、護衛に李白がいる安心感と、やぶ医者の面倒を見なくてはという責任感で動いていた。

「民衆が勝手にやったと言うが、そこまで放っておいたのは玉鶯さまだぞ。民草の首を一つ二つ差し出したところで、皇族の名誉を傷つけられた代償にしては安い」

猫猫だって、わかっている。それだけ皇族と民の命の重みは違う。

「玉鶯さまは、あからさまに自分の人気取りをやっていた。いくら壬氏の旦那が温厚でも目に余る。旦那がおさえても、周りは済まねえ。もうとっくに中央には話がいってるはずだろ？」

普段温和な李白でさえ思っているのだ、中央の憤りはもっと大きいだろう。

「……そうですね。玉葉后《ギョクヨウきさき》や玉袁さまはどう思っているんでしょうか？」

「普通は忠告するけどな」

「忠告しますよねえ」

立場がある以上、二人とも西都には来られない。しかし、手紙なり使者なりを送ってくるだろう。

あと、壬氏と変人軍師の他にもう一人お偉いさんが来ている。その人物が、中央への連絡を怠《おこた》るとは思えない。

「ええっと、なんて名前でしたっけ？　もう一人西都にいる偉い人」

何回か聞いたことがあるのだが、いつも通り忘れている。

「嬢ちゃん、人の名前とか顔とか覚えてなさそうだもんなあ。ええっと、ううん、ど忘れしてしまったか？　影が薄いのは覚えている」

「李白さまもあんまり変わらないじゃないですか？」

「ちょい待ち！　確か祭事を取り扱っている人だった気がする」

「祭事ってことは礼部の……、あっ、魯《ルー》、魯侍郎《じろう》です！」

猫猫はようやく名前を思い出す。

「そうだ、魯侍郎だ。あの人が多分何かとやってくれてると信じよう」

「信じる以前に、今現在暴動が起こってますけどね」

「まーな」

二人でため息をついていると、大きな音がした。詰めかけた民が別邸に乗り込もうとしているのか。

「どうしましょうか？」

怪我人《けがにん》が出たら手当をしたい猫猫だが、まず自分の身の安全だ。何かあったときは即席松明《たいまつ》に火をつけて投げるくらいしかできない。

（あんまりやりたくないけど身を守るためには仕方ない）

そんな中、ざくざくっと足音が近づいてくる。

身構える猫猫と李白。

「猫猫さーん、いますか？」

雀だった。

「現状どうなっているか説明いりますかー？」

「お願いします」

雀はいつもどおり緊張感がない声だ。手には旗を持っている。

「暴徒と化した民衆が押しかけてきました。予想通り、うっぷんが溜《た》まって爆発した感じですね。月の君に出ていけだの、出せだの大声で叫んでおります」

「はい、大体想像できます。聞こえてます」

「そんでもって、今さっき大きな音がしたと思います」

「しましたね」

「玉鶯さまが到着しました」

猫猫は、がばっと医療器具が入った鞄《かばん》を持つ。

「大丈夫です。玉鶯さまはさすがに皇族には手を出しませんが、とても面白いことになってます」

「雀さんが言う面白いことって、かなりろくでもない気がします」

「ともかく見に来てください」

雀に言われるがまま猫猫は外に出る。李白もついてくる。

「医官さまは？」

「うん、一応連れて行きますかあ」

面倒くさそうに荷車を押す雀。ちらちらと李白を見てくるので、李白が交代する。

外に出るとよく響く男の声が聞こえた。

「皆はわかるか？　こちらにいらっしゃる月の君がいかに西都の民のためにしてくださっ

たのか？」

　ざわざわと民衆の声。

「炊き出しに使われている穀物は月の君がはるばるお持ちくださったものだ。今、我々が飢えずにすんでいるのも月の君のおかげなのだぞ！　無料の診療所も、月の君のはからいだ。行った者は知っておろう」

（なんだ、これは？）

　声の主が壬氏の身内ならまだわかる。だが、聞く限りでは玉鶯の声だ。遠くまで響く、本当に役者のような声だ。

　猫猫は早足になる。もっと近づかないと見えないが、あまり近づくと危ない。どこかよく見える場所はないかと、きょろきょろ周りを見る。

「猫猫さん、猫猫さん」

　雀が木登りをして手招きしていた。猫猫も同じように木によじ登る。

「落ちんなよ！」

　李白はやぶ医者の荷車を押しながら見ている。

　木の上からなら、どうなっているのかよく見えた。

　壬氏の後ろに馬閃《バセン》がいる。玉鶯は壬氏の前、民衆との間に立っている。周りを、まるで舞台を囲むように民衆が遠巻きにしている。

「蝗害《こうがい》にもいち早く反応してくださった。私もできるだけの処置をしたつもりだが、被害がこれだけで済んだのは偏《ひとえ》に月の君のおかげだ。すぐさま中央から支援が来たのは、月の君がいらっしゃるからだ。それが皆は、わからないというのか？」

なんだろう、これは。見事な手のひら返しではないだろうか、と猫猫は思う。今まで散々、壬氏の手柄を奪ってきた男が、ようやくこの場で壬氏のやったことを褒めたたえて、民衆に知らしめている。

しかも、壬氏は初めて西都で民衆の前に顔を出した。要人の前ならともかく、まともに大勢の一般人の前に出たことはないはずだ。凜《りん》としたたたずまいの天人のような容姿は、西都の民にも通じる。うっとりとした表情の女性が幾人も見えた。

（いつもならここで謙遜《けんそん》するところだけど）

確かに壬氏のしたことだった。否定する理由はない。壬氏に文句を言える人間がいるとしたら、体を張って飛蝗《バッタ》退治の旅に出た羅半兄くらいだろう。

なお羅半兄は、別邸内からその流れを見ている野次馬その一になっていた。あまりの普通さに、手に持っている鍬《くわ》がなければ気づかなかった。一応、暴動が起きたときのための護身用みたいだが、鍬よりまともな物はなかったのだろうか。むしろ一揆《いっき》を起こそうとしている側に見える。

玉鶯の声はよく通る。演説というより、演劇に見えた。民衆はただ玉鶯という男に釘付《くぎづ》けになる。

しかし、そこで手を挙げる者もいる。

「お、皇弟《おうてい》さまはどうして、蝗害が起こるとわかったんですか？　つ、連れてきたわけでは？」

質問に呼応して、そうだ、そうだと声を上げる者。

（難しいんだよな）

羅半だったら、過去数年の統計結果や気候、それから周辺の虫害などを提示して説明するだろう。でも、いくら丁寧に調べた資料があっても、数字が読めない者は多い。意味がわからず、納得するとは思えない。

壬氏が一歩前にでる。

「それは私から説明しよう。都で行った卜占《ぼくせん》の際、西に凶兆が出ていた。近年、玉の一族の働きによって栄えた西都で、考えられる災いと言えば蝗害だろうと想定した」

皇弟が直接民に口をきいたことで、民衆がざわめく。美しい声は健在だが、ここでは玉鶯のほうがよく声が通る。

（卜占ねえ）

もしかして、祭事の魯侍郎を連れてきたのはそのためだろうか。下手に、農作物や近年の虫害を数字として出したところで、どれだけの民が理解できるかわからない。占いによって、といったほうがまだ納得できる民衆も多いだろう。

（迷信を信じる者がいるなら、迷信でなだめてやればいいか）

確かに、と猫猫は思ったが、間違いだったとすぐさま気づく。玉鶯は壬氏のこの台詞《せりふ》を待っていたような顔をしていた。

「その通りです。今、まさに誰よりも月の君のお力を必要としている」

玉鶯は、大きく手を振り上げ、民衆に訴える。

「天上人の託宣《たくせん》があれば、より明るい西都、いや戌西州《いせいしゅう》の繁栄がもたらされるのではないか？」

玉鶯の言葉に民衆は沸く。先ほどまで、壬氏を敵対視していた者たちは、手のひらを返し、期待の眼差しを若い皇弟《おうてい》に向ける。まだ不満がありそうな顔も多いが、声を高らかに上げるほどではない。

「ぜひとも月の君に祭事を執り行っていただこうではないか！」

玉鶯は場を盛り上げるのが上手い。民衆が大きく手を上げる。

「あちゃー、こうきますかぁ」

雀はどこか不満そうだ。

「元々、月の君は祭事を行うつもりで魯侍郎を連れてきましたし、返事は――」

雀が答える前に、壬氏が動く。

「わかった」

是《はい》と答える壬氏。他に選択肢はなく、元より祭事は予定として入っていた。ただ、蝗害《こうがい》のために延期していただけなのだが――。

玉鶯が笑った。晴れやかに、まるで勝利を確信したかのような、どこか傲慢《ごうまん》な笑みだった。

そして言った。

「では、戌西州の発展を！　西からきた災厄を滅ぼさんと、願ってくださるのですね」

壬氏の表情は変わらない。だが、親しい側近たちはわかっただろう。その気色に「しまった」という焦りが含まれていたことに。

暗くて遠いが、そんな顔をしていると猫猫も確信していた。

「その通りだ！」

民衆の一人が叫んだ。

「大体、虫が来たのを月の君のせいにしてどうする？　月の君が連れてくるわけなかろう？　虫はどこから来た？　西だ、ここよりずっと西から来たぞ」

「そうだ、そうだ」

賛同する民衆。

よくわからないが、ここは笑いどころだったらしい。西都の民がくすくす笑っている。

「その通りだ。もし、非があるとしたら、月の君ではなく、この西都を任された私にある。ちがうだろうか？　だから、許していただきたい。天上人であられる月の君に非礼があったとすれば、私の責任だ」

壬氏のほうを向き、がばっと玉鶯が頭を下げる。

「おやまあ」

雀が困った顔をした。

「そして、蝗害《こうがい》を防げなかったというなら、今ここを父玉袁の代理として統治している私の責任だ。民を飢えさせるようなら、罪は私にある。皆、すまなかった」

民衆にも頭を下げる玉鶯。

「玉鶯さま！　顔を上げてください」

「そうです、私たちが勝手にやったことだ。玉鶯さま、あなたに責はない」

民衆が玉鶯に頭を上げさせようとした。

舞台が切り替わったと猫猫は思った。

先ほどまで主役だった壬氏が、玉鶯に食われている。

「……そうですね。皇弟《おうてい》さまは何の非もない」

「悪いのは虫を運んできた西の連中だ！」

「そうだ、それだけでなく俺たちの食糧まで奪いやがる！」

そうだ、そうだ、と民衆がまた声を上げる。

玉鶯は、「西から来た災厄」と言った。猫猫は蝗害と考えた。しかし――。

（なんだ、これ……）

蝗害から西の国へと、怒りの矛先が転じた。戌西州のすぐ西にあるのは、隣国砂欧だ。

「違う火がついちゃいましたね」

雀が冷めた目をする。

「違う火って」

「すごいですねえ。何かあると思ったら、これまでの茶番はここに繋《つな》がっていたわけですかあ」

「茶番って何が」

雀は指をくるくる回す。手から鳩《はと》が出てきた。

「月の君を呼び寄せたのも、軍師さまを呼び寄せたのも、あえて月の君に非礼な態度をとったのも、民衆に悪い印象を植え付けていたのも、このための計算だったんですよぅ。もしかして、養女を後宮《こうきゅう》に入内《じゅだい》させるのも含まれていたら、大したものですねぇ」

鳩は雀の手から離れてぱたぱたと飛んでいく。

「西を許すな！」

「食糧を取り戻せ！」

「異民族を倒せ！」

拳を振り上げる民衆。先ほどまで中央から来た皇族に向けられていた殺意は、そのまま違う者へと移っていく。

「武生《ヒーロー》を目指している最中《さなか》と、羅漢《ラカン》さまはおっしゃってましたけど、脇役もできる人みたいですねえ。むしろ、そっちのほうが上手いんじゃないでしょうか？」

「どういう意味ですか？」

「はい。ここは玉鶯さまが作った舞台です。そして、月の君は図らずも舞台に上がらされ、あろうことか無理やり主役にさせられた。皇族への無礼は綺麗《きれい》さっぱり謝罪し、民への誤解も解いた。その上で、実は有能な見目麗《みめうるわ》しい役者のような男が立っているのですよう。まあ、今の状態ですと、玉鶯さまと双主演《ダブル》みたいな感じですけど」

雀の言いたいことはわかった。玉鶯は、皇弟《おうてい》と西都の領主代行を主役として、敵役に異国人を配置した。決定的なことは言っておらず、ただ人々がそう思うように誘導した。

「壬氏さまがここで否定すれば？」

「……できますか？　さっきまで一触即発だった大勢の民衆の中で。しかも、こちらにはひねるも容易《たやす》い弱い者がいるんですよ。月の君は間違ったことを言っていない。玉鶯さまも間違ったことを言っていない。ただ、民衆の意識が今『蝗《いなご》』ではなく『備蓄を奪った異国人』に向いていっただけなんですぅ」

猫猫に対して雀が何を言いたいのかわかった。

「自分の手は汚さず、さらうこともせず、でも人質にとる。よく考えましたねえ」

うんうん、と納得する雀。

案の定、壬氏が話し始めるが、明確な否定とは言い切れないものだった。

災害を祓《はら》うために祭事を行うことだけを告げる。

壬氏らしい無難な、だが民衆の誤解を完全に解くには不十分な言葉だった。

猫猫はごくんと唾を飲み込みつつ、雀を見る。

「……では玉鶯の狙いというのは」

すでに、猫猫は敬称を付けるのも忘れてしまった。

「武生を目指しているというのが間違いでないとしたら、舞台は西都じゃないのかもしれないですね」

雀はさらに西を見る。

「どうしても、西、砂欧に喧嘩《けんか》を仕掛けたい理由があるんでしょうね。政治的な利益の他に」

猫猫も西の空を見た。

遠い地には砂欧、そして北亜連《ホクアレン》があった。

十六話　玉袁《ギョクエン》の子どもたち

猫猫《マオマオ》の目の前で、壬氏《ジンシ》は頭を柱に打ち付けていた。

豪奢《ごうしゃ》な部屋の中、従者に囲まれ、自分で頭をぶつける姿は滑稽《こっけい》としか言いようがない。

「坊ちゃま、これを挟んで」

水蓮《スイレン》がそっと壬氏と柱の間に丸めた綿入れを差し込む。ぽすぽすと間抜けな音に代わる。頭をぶつけるのを止めるまではしない。

「はめられた！」

「はめられましたね」

「ふざけるな！」

「ふざけてますね」

猫猫はひたすら相槌《あいづち》を打つ。下手に解決案を出すよりただひたすら肯定する、癇癪《かんしゃく》を起こした妓女《ぎじょ》にこう対応すると、いつも落ち着いてくれた。

「おい、話聞いているのか！」

「聞いています」

どうやら選択肢を間違えた。この場合、おとなしく相槌を打つのではなく、打開策を話すべきだった。しかし、今の猫猫に具体的な案はない。

他の従者たちも同じようだ。

「月の君、玉葉后《ギョクヨウきさき》からの連絡は、あれからありますか？」

まず高順《ガオシュン》が口を開いた。

（あれから、とはいつからだ？）

玉鶯《ギョクオウ》の養女の件でやりとりをしていたみたいだったが、そのことだろうか。

「連絡はあるが、玉鶯殿への対処は難しそうだ。此度《こたび》の件は后は知らぬはずだからな。急いで連絡しても間に合わないだろう。ただ、以前から別の伝手《つて》を紹介してもらっていた」

（だろうねえ）

血縁であろうとも一枚岩ではない。別の伝手とは誰なのだろう。

「では、玉袁《ギョクエン》さまはいかがでしょうか？」

今度は馬閃《バセン》が聞いた。

「……おそらくだが、玉袁殿の意思とは別だろう。こちらから、どのような状況かについては報告している。だが、玉袁殿としても息子の裁量に任せたいところがあるらしい。曖《あい》昧《まい》な物言いでしか返してこない。おそらく、玉鶯殿へと私への文では、内容がかなり異なっているだろう」

「玉袁さまの返事には、壬氏さまへの報告との齟齬《そご》は生じていないのでしょうか？」

桃美《タオメイ》が聞いた。おそらく、手紙が玉袁の元にちゃんと届いているのか、という確認だ。

「……今のところないと思う」

「でしょうね」

帳《カーテン》の奥から声が聞こえた。一瞬誰かと思ったら、高順のもう一人の息子、馬良《バリョウ》の声だった。雀《チュエ》がちまちま移動して帳をつんつんと突《つつ》いている。

（声を出してくれる程度には慣れたのか）

しかし、顔を出してくれるまであと何回訪問すればいいかわからない。家鴨《あひる》の仮装でもすれば打ち解けてくれるだろうか。高順が続ける。

「玉袁さまのやり方は、隣国と仲良くやりつつ、牽制《けんせい》もします。多少誘導や駆け引きを行うことはあっても、あからさまに宣戦布告することはありません。今回は玉鶯さまの独断と考えてよろしいでしょう。同時に、玉袁さまも息子のやり方について、とやかく言うのを躊躇《ちゅうちょ》している様子はわかります」

「玉袁殿もご高齢だからな。いつまでも口出しするわけにもいかぬという気持ちはわかる」

（ですよねー）

「はい。それに、玉袁さまのやり方に不満を持つ民衆は少なくないです。玉鶯さまの支持母体には、玉袁さまが弾《はじ》いた人も多く含まれています」

「だろうな」

壬氏が綿入れを置いて、椅子に座る。

「隣人が全ていい人間とは限らないからな」

猫猫は昨年あった西都の結婚式を思い出す。花嫁が隣国の砂欧《シャオウ》に嫁ぐのが嫌で、自殺と見せかけて消えようとした事件だ。家族ぐるみの犯行で、解決してもやるせない気持ちが残った。

(異国人の妻になると、家畜のように焼き印を押されるか)

世の中、好き好んで己《おのれ》の肉体に焼き印を押させる莫迦《ばか》はそういない。猫猫が知る限り一人きりだ。

(いや、あれは自分から押したんだった)

猫猫は莫迦を半眼で見ながら、今現在の状況を確認する。

(民衆が皇弟《おうてい》に不満を持ち、玉鶯が仲裁した。なんか知らんが異国人のせいになって、壬氏が祭祀《さいし》を行うことになった)

あの場の雰囲気としては、今回の祭祀は疫病を退散させることよりも、これから戦《いくさ》を仕掛けるための必勝祈願のようにとらえられていた気がする。

今壬氏は先延ばしになった祭祀をどうするか、悩んでいるのだ。

「玉袁殿が帰ってこないかなー」

壬氏はありえないことを言い出す。

「あいにく、それは無理かと」

「他力本願ですよ」

高順夫妻に窘《たしな》められる壬氏。

話がおさまりそうにないし、何よりどうしてこういう場面に居合わせてしまったのだろうかと猫猫は頭を抱えた。数日ぶりに呼び出された猫猫だが、壬氏の腹の火傷《やけど》を診《み》る前に、こういうふうに壬氏の愚痴が始まったのだ。

（雀さん）

連れてきたおちゃらけた侍女を恨む。

話が進まないので、猫猫は本題に戻すことにする。

「悩んでおられますが、一応、祭祀《さいし》の指針は決めていらっしゃいますよね？」

「……これだ」

壬氏は紙を見せる。

「地鎮《じちん》？」

地を鎮《しず》めると書いてある。

「魯侍郎《ルーじろう》に提案された。祭祀の名目はこれで行こうかと」

「意味はわかりますが、あまり聞いたことがない名前ですけど」

「祭祀はわかるな？」

「はい、主上が行われる祖霊を祀《まつ》る儀式ですよね？」

「ああ。だが、主上が多忙のときは私が執り行うことも多い」

それで昔、その機会に乗じて壬氏の命が狙われたこともあった。もし、猫猫が壬氏付きの侍女だった頃、まともに官女《かんじょ》になる試験勉強をしていたら、壬氏の正体についてもっと早くわかっていただろう。

「詳しい祭祀の説明したほうがいいか？」

「いえ、結構です。地鎮とやらの具体的な内容だけ教えてください」

猫猫はきっぱり断る。

「わかった。本来、祖霊、天や地を祀るのが祭祀なのだが、今回は遠い西の地であるから、その土地の神を鎮めるという形にしたらどうだという話だ。つまり、荒れた大地を祀り、五穀豊穣を願うのだな」

「正直なところを申し上げますと、なんか勝手に新しく祭を作ったよ、という形ですか？」

「ぶっちゃけて言うな。東方の島々にはそういう祭があるのだそうだ」

「皇弟《おうてい》が祖霊を祀ったすぐあとに、玉鶯さまに他国に宣戦布告めいた声明を出されたら困る。じゃあ、祖霊じゃなくその地方の土地神を祀《まつ》ることにしてしまえば、最悪でも戌西州までだけを祀りの対象にできるのでは、ということでよろしいですか？」

「猫猫、政治がわからぬと言う割に、理解しているな……」

壬氏が妙なところで感心する。

「祀りの対象から外す中に、壬氏さまも含まれているようですけど」

「提案した魯侍郎本人もな。何より、玉鶯殿が何もやらなければそれに越したことはないのだが」

不安視していることを具体的に言えば、祭祀《さいし》の最後に他国へ戦《いくさ》を仕掛けることを、玉鶯が堂々と提示することだろうか。

「でも今のところは、表立って何かやらかしたかと言われたら、やっていないんですよね？」

「ああ。私と羅漢《ラカン》殿に戦の話を持ち掛けてきたが、表には出していない。あくまで提案であって、私と羅漢殿の意思がなければ実行できない体裁を取っていたからな」

玉鶯という男の厄介なところだ。自分一人で戦をするのではなく、周りを巻きこんで否《いや》応《おう》なしに話を進めようとする。

玉鶯は西都の民の信頼が厚い。民の意見に耳を傾けた政治を行おうとする。何よりいい領主代行に思えるが、世の中はそう簡単にできていない。

西都の民の気持ちを考えたら、怒りの矛先をどこかへ向けなければならない。皇弟《おうてい》に向けさせていた怒りが今、他国へと向けられている。

短期的な逃げ道としては簡単だが、長期的に考えるとどうしてもまずい選択だ。

「私が戦に反対したから、強硬手段に出てきたな」

「ええ。いやらしいやり方です。堂々と己《おのれ》が一人で宣戦布告し、玉砕すればよろしいのに」

「いや、駄目なので」

きつい口調の桃美に対し、高順が突っ込む。馬閃の見た目は高順似だが、血気盛んなところは母親に似たのかもしれない。

（戌西州には多くの異国人がいるというのに）

猫猫は、危険にさらされる異国人を不憫《ふびん》に思う。

「そういえば、今西都には異国人ってどのくらいいるんですか？」

あの民衆の空気では、異国人は見つかり次第、袋叩《ふくろだた》きにされそうだ。どこに隠れているのだろうか。

「そこのところだが、さすがというかなんというか、軍師殿だ」

「あのおっさんが？」

猫猫は顔を歪《ゆが》めつつ、聞き返す。

「第一波の蝗害《こうがい》のあと、すぐ異国人の商団などを一か所に集めて保護していた。軍師殿曰《いわ》くごちゃまぜにすると面倒くさそうだから、だそうだ」

「……どこまでわかってやってるんでしょうか？」

あの変人片眼鏡《モノクル》は、本能で何もかも察知するので、理解するのが難しい。

「多くの商団は海路で帰国、もしくは陸路で華央州《かおうしゅう》へと移動した。それでも百人ほど西都に残っている」

「かくまう場所なんてあるんですか？」

「西都の民もいろいろだ。異国人に恨みを持つ者もいれば、生活に切り離せない隣人だと思う者もいる。港近くには異国人を相手にする宿場町があるから、そこを借り切った」

「よく借りられましたね？」

「ああ。ちょうどいい伝手《つて》があった。その相手がそろそろ来る時間だ」

「……あの、お客さまが来るようでしたら、私、早く仕事を終わらせて戻りたいのですが」

医務室にはあの騒ぎの中、寝ていただけのやぶ医者しかいない。薬だけでなく、さらしも足りなくなってきたので、使わなくなった敷布《シーツ》でも裂いて作りたい。

「猫猫さんがそうおっしゃっている中、例のお客さまがいらっしゃいました」

雀がいらない報告をしてくれる。

壬氏がにっと笑う。

「ということだ。裏で待っていてくれ」

「……はい、って裏ってどこですか？」

猫猫は周りをきょろきょろする。

「さっ、猫猫さん、こちらへ」

雀が案内するのは部屋の角、帳《カーテン》に仕切られた奥だった。中は円卓と椅子が二つ、あと茶菓子が置いてある。狭いが息苦しいほどではない。

「うちの旦那さんだけ空間《スペース》貰《もら》って狡《ずる》いので、雀さんも作りました」

「めっちゃ寛《くつろ》ぎの場になっていますね」

「はい。お菓子足りなかったら上の棚に入ってます。お茶と果実水《ジュース》どっちがいいです？」

「お茶で」

「かしこまりー」

雀が反対側の帳から出ていく。

壬氏が帳を挟んで話しかけてきた。

「猫猫」

「ちょっとこれから疲れるだろうから、補充がしたい」

帳の隙間から壬氏の手がすっと差し出される。

「補充ですか？」

猫猫は、雀が言っていた棚を見た。棚の籠《かご》から紙に包まれた月餅《げっぺい》を取ると、壬氏の手に持たせてやろうとした。

「!?」

「……」

月餅は床に転がった。包み紙が剥《は》がれ、床に触れてしまっている。猫猫が拾おうとするが、右手が壬氏の右手に掴《つか》まれた。確認するように、指と指の間に壬氏の指が滑り込んできて組まれた。右手同士なので微妙に据わりが悪い。

ぎゅっと長い指が猫猫の手の甲を押さえ、手のひらには壬氏の手のひらが密着する。どくんどくんと血流を感じた。爪は綺麗《きれい》に整えられているが、手のひらにできた固い胼《た》胝《こ》の感触。墨で指先が少し汚れていて、やや汗ばんでいた。

猫猫も手汗をかき始めていた。その前に手を外したくて、口を開く。

「何をしているんですか?」

「だから補充だ」

「補充って」

糖分補給じゃなかったのかよ、と落ちた月餅を見る猫猫。

「無理が続く前にやっておきたかったからな」

「……無理しなきゃいいじゃないですか?」

猫猫は顔が、体が火照《ほて》らぬよう、心の臓が早鐘《はやがね》を打たぬよう、ゆっくり呼吸する。だが、動悸《どうき》も汗もどうにも抑えられず、じわじわと手のひらが湿っていく。

「俺の立場で無理をしないなら、ただの昏君《おろかもの》だろ」

「功績を他人に奪われたら、結局、昏君扱いですよ」

「別にいい。わかる奴がわかっていればそれでいい」

壬氏の握る力がぎゅっと強くなった。

「客が来た」

壬氏の声色が変わる。

「お邪魔します、月の君」

男の声が聞こえる。

「ああ、こちらこそ忙しいところを呼び出した」

淡々と対応する壬氏。

しかし、猫猫の手をぎゅっと握ったままだ。

（このまま客と話すのか？）

壬氏は猫猫に背を向けている。猫猫は帳《カーテン》に仕切られて壬氏の背中すら見えない。ただ、握って離さない右手だけは、じとっと汗ばみ、表に出ぬ壬氏の感情をさらけ出しているようだった。

壬氏の目の前の相手は誰だろうか。壬氏はどんな表情で相手を見ているのだろうか。相手は後ろに猫猫がいることに気付いていないだろうか。

猫猫はいたたまれなくなり、空いた左手で壬氏の手の甲をつねった。

(これは不敬じゃないぞ、じゃないからな)

「……では、椅子に掛けてくれ」

壬氏の声が少しすねたように聞こえたのは気のせいだろうか。ようやく猫猫は手を放してもらう。壬氏の手は帳《カーテン》の向こうへと消えた。

猫猫は右手を上げる。手の甲にはうっすら赤い痕がついている。

「補充って……」

「補充って何ですか？」

「!?」

大声を出さなかっただけ、猫猫は優秀だった。茶器を用意した雀が立っていた。

「なんでもありません」

「そうですか？　あらあら、月餅《げっぺい》落としてますよぅ」

雀は落ちた月餅を拾うと、ふうふうと息を吹きかけて埃《ほこり》を払って食べてしまった。

「なんか落ち着きないですねぇ、猫猫さん」

「気のせいです、雀さん」

小声で話しながら、猫猫は少しでも平静を装う。

「まー、そういうことにしておきましょ」

「……」

どこまでご存じなのかわからないのが雀だ。

猫猫は椅子に座り、おとなしく茶をする。帳の隙間から、客人が見えた。

「ここから見ていて、客にばれませんか？」

「ご安心を、ばれないよう監修水蓮さまでやっております。このくらいの話し声なら聞こえません」

水蓮が問題ないというのなら、大丈夫だろう。

客人は、三十代半ばくらいだろうか。肌が浅黒く髪が赤い。異国人というより、日差しや海風で髪と肌が焼けているようだ。

壬氏と男は卓《テーブル》に向かい合って座っている。猫猫たちの位置から二人の横顔が見える。

「どなたです？」

「玉袁さまの息子さんの一人ですよぅ」

ということは、玉葉后や玉鶯とは兄弟になる。

「どちらにも似ていませんね」

「ええ、母親が違いますもの。玉袁さまには十一人の奥方がいて、十三人の子どもがいますので」

「……」

金持ちには正妻以外に女の一人や二人いるというが、あの温和そうな好々爺《こうこうや》も例外ではないらしい。

「あの殿方は三男さんですよ。名前は、教えたところで猫猫さん覚えそうにないから、玉鶯弟とでも言っておきますか」

なにげに失礼なことを言うが、本当のことなので反論しない猫猫。

「羅半兄《ラハンあに》みたいでわかりやすくていいですね」

「ええ。でも羅半兄と違ってちゃんとした名前ある人ですよ」

まるで羅半兄に名前がないような言い方をする雀だ。

「玉鶯弟は、港を仕切っているんです。宿場町を借りられたのも、玉鶯弟のおかげなんですよ。玉葉后とは仲が良いらしく、話を聞いてもらえました」

「そういう伝手《つて》ですか」

しかし、猫猫は「はて？」と首を傾《かし》げる。

「それだけの力がある人のようですけど、西都の現在の件については口を出さないのでしょうか？　あと、他のご兄弟などは？」

十三人いる子のうち、まだ三人しかわかっていない。権力者の子なら、もっとしゃしゃり出てもいい気がする。

「そこは、玉袁さまの教育方針ですかねえ。玉鶯弟の御母上は船乗りだったんですよ。他の御母上たちもそれぞれ別の分野の仕事をしております」

「では兄弟は、それぞれ実の母親の得意分野を引き継ぐ感じですか？」

「そうです。玉袁さまの上手いところは、ただひたすら嫁さんを増やすのではなく、一分野に秀でた人を家族として引き込んでいるんですよ。皇族の血縁外交と同じですねぇ」

　商人としては無駄がない。その中で、玉葉后といえば、美しさと賢さを武器として後宮《こうきゅう》の覇者《はしゃ》となった。

「でも正直言ってしまうと、玉袁さまの後継者は玉鶯さまだけですよね？　長男っていうのもありますが、他の兄弟は何か文句を言わないのですか？」

　家が大きいほど、財産があるほど骨肉の争いは生まれる。嫁が十一人、子どもが十三人もいれば、どうしても邪推してしまう。

「そこのとこは、玉袁さまの奥方に階位《ランク》があったみたいですね。玉鶯さまの母上の正妻さまと、その他の側妻《そばめ》たち、という明確な形で」

「なるほど」

　本当の奥方は玉鶯の母一人で、あとは関係性作りのために娶《めと》ったにすぎないということか。

（見た目よりえぐいことやるなあ）

玉袁の優し気な好々爺《こうこうや》という印象が、一気に塗り替わる。

「玉袁さまのやり方はわかるとして、その他大勢の奥方の身内は文句を言いそうな気がしますけど」

「そこのところはいろいろ上手くやっているんじゃないですかねえ」

雀は月餅《げっぺい》を頬張りつつ、のぞき見を続ける。

玉鶯弟は、宿場町に滞在している異国人たちの様子を報告していた。

「ということで、今のところはなんとかやっております」

「助かっている。緊急事態とはいえ、民衆が異国人を襲った場合、外交問題になりかねん」

「外交問題ですか……」

日に焼けた御仁は、皮肉そうに唇を曲げた。

「兄の出方次第では、私がかくまうことなど無意味になりますでしょう」

とても不穏なことを言う玉鶯弟。見た目は武骨な船乗りだが、喋《しゃべ》り方は皇弟《おうてい》の前だとわきまえている。

「……失礼だが、玉鶯殿は、戦《いくさ》をしたがっているようにしか思えない。兄弟の間ではどのように振る舞っている？」

「……はっきりとは言えませんが思い当たる節はあります」

　玉鶯弟は、節くれだった指を組む。

「長兄の母親、私どもは西母《せいぼ》さまと呼んでいましたが、西母さまは元は風読みの民だったという話はご存じでしょうか？」

「ああ」

　西母とは女神の『西王母《せいおうぼ》』からとったのか、それとも西都の母だからなのかはわからない。それとも、名前に西がつくのかもしれない。

「西母さまは優しい人で、かつて同じ一族であった他の風読みの民のことを気にかけていました。父の交易の仕事について行き、奴隷商をまわっては同胞を見つけて解放していたそうです」

「……となると、玉鶯殿も一緒に」

「ええ。風読みの民の多くが砂欧で見つかりました。異国人に虐待され、骨と皮のようになった同胞の死に水を取ることもあったそうです」

　猫猫は聞いていて半分納得し、半分首を傾《かし》げた。雀も同じ感想らしく、顔を歪《ゆが》めている。

「どう思います、猫猫さん？」

「どうと言われましても。確かに戦を仕掛ける理由としてあげられたらわかる気がします。でも、あくまで理由の一つという感じですね」

猫猫は素直に口にする。そうなのだ。理由としてわかるが、単独では弱い。同胞の復讐《ふくしゅう》というが、元々風読みの民を襲ったのは同じ草原の他の部族だ。奴隷となった者を虐待するのは、異国人に限ったことではない。政治に絡めていえば、言いがかりに等しい。

猫猫と雀に疑問がわくのであれば、壬氏とて同じだ。

「理由はそれだけか？」

壬氏は単刀直入に言った。

「いくら長兄とはいえ、弟たちが皆、玉鶯殿に何も言えないわけではあるまい。こうして、不満があるからこそ大海《ダーハイ》殿は私の話を聞いているのだろうが」

玉鶯弟は大海という名前らしい。船乗りらしい名前だ。

（『玉』の字がつくわけじゃないんだな）

その時点で後継者としてはずされていると猫猫は思った。

玉葉后に『玉』の字をつけたのは幼い頃から優秀だったか、それとも後宮《こうきゅう》に入る際、改名したのだろうか。

「玉鶯殿も、港の主を弟だからとて無視できるわけではあるまい。交渉材料として何を提示した？」

大海の顔が一瞬ひるみ、かすかに笑う。

「月の君はもっと人前に出るべきでしょう。顔だけの御仁と言われなくなるでしょうに」

「出たところでどうなる？　神輿《みこし》になれと言うのか？」

　壬氏は尊顔を崩すことはないが、口調はだいぶ砕けているように見えた。猫猫が知らないだけで何度も会っていたのだろう。でなければ、大海が失言ともとれるこんな無礼な言葉を口にするはずはない。

「長兄は、砂欧の港の使用権を餌にしました。砂欧は他国の船に多額の港の使用料をかける。砂欧には各国から集まった品物が多く、足元を見られて高い使用料を取られても、港を使わざるをえない。それが逆に取る立場になり、管理を私に任せると言いました。軽くこのくらいはいけると」

　大海は金額を指五本で示したが、猫猫にはまず桁が想像できない。

「それで」

「それでと言われましても」

「一見、利権を与えているようでいて、仕事を増やされているようにしか見えん。大海殿がいかに有能とはいえ、他国の船が出入りする二つの大港を仕切るのは無理があろう。それとも、体を半分に割って、二人になるということか。大海殿は仙術が使えるということか？」

　壬氏は嫌味《いやみ》まじりにありえないことを口にする。大海は表情を変えない。

「私にも右腕、左腕、あと両足くらいの部下はいます。彼らに任せましょう」

「戦場になるやもしれぬ場所に腹心の部下を置くか？　船乗りは仲間を大切にすると思っていたが、買い被《かぶ》りのようだな」

壬氏は明らかに挑発していた。

（これは……）

傍《そば》にいるだけで、神経がごりごり削られていく。言われるほうも、言うほうも疲れてしまう。

（補充したかったわけだ）

こんなやりとりを続けるのはかなり精神的にきつい。

「それだけ港の利権は大きいということです」

「では、大海殿以外の他の兄弟たちが黙っている理由はどうなる？　港ほど大きな利権はあるまい。むしろ、他国に攻め込むというのなら負担する軍事費用を考えると、どう考えても負の面が大きい」

「……兄弟たちにもそれぞれ兄が利点について説明しているのでしょう」

猫猫と雀は帳《カーテン》の裏からまだのぞき見を続ける。月餅《げっぺい》はもうなくなり、雀は麻花兒《かりんとう》を少しずつかじっていた。

「私が見ていていいんですか？」

「いいですよ」

「いえ、大海さんとやらが知ったら嫌かなあって」

猫猫だったら、密談している部屋にこんな侍女たちが隠れていたら嫌だ。

「あの人は、月の君を相手にする時点で嫌だと思っていますよ。皇弟君《おうていぎみ》は、自己評価は低いですけど、なんだかんだいってもできる人ですもん」

（確かに）

大海という男と壬氏は一回り以上年齢が離れているだろう。しかし、話の主導権を持っているのは壬氏のようだ。何か重要な手がかりを手に入れているように見える。

（玉葉后が情報を与えたか？　いや）

壬氏は卓《テーブル》の上にころんと黒い塊《かたまり》を置いた。

「利点というのはこれのことだろうか？」

黒い塊は石のようだった。断面の光沢は黒曜石《こくようせき》にも見えるが違う。

「燃《も》え石《いし》と戌西州《いせいしゅう》では言うのだな」

（燃え石、燃える石、石炭か）

猫猫は、あのもじゃ眼鏡の手紙を思い出す。

「石炭が出る鉱山は砂欧の港の近くにあるという。港を手に入れたなら、当然採掘するようになる」

壬氏は確認するように話す。

「戌西州の燃料事情は、中央より厳しいようだな。昼夜の寒暖差は激しく、冬には凍死者も少なくない。木材が乏しく、麦藁《むぎわら》や家畜の糞《ふん》を燃料として利用しているが、その量も安定しない。燃料の安定供給を視野に入れた話をされたら、大海殿だけでなく他の兄弟たちも耳を貸そう。さて問題は――」

（あっ、この顔はいやだな）

壬氏は、猫猫に問題を持ってくるときと同じ顔をしていた。後宮《こうきゅう》時代、この胡散臭《うさんくさ》い笑みに何度、ひっくり返った蝉《せみ》を見る目になったことかわからない。

「玉鶯殿も大海殿も、石炭の話題を出さなかった。なぜだろうか？」

（あー、いやな顔だー）

こうなると大海に同情してしまう猫猫。壬氏はえげつない。何もかも準備して逃げ道がなくなったところで行動に移す。

「記録によると、過去、戌西州で少量ながら採掘していた。今ではしていないというが、どうしてか？」

「鉱山資源が枯渇することもありましょう？」

「本当にそうであろうか？」

「……何をおっしゃりたいのでしょうか？」

大海は不機嫌さを声に交える。

「なに、中央が石炭の価値を再確認し、監査に入ればどうなるのかなと思ってな。本来、提出すべき発掘した石炭を隠していたら、一体どうなるだろうか？」

羅半の謎の手紙は、戌西州が石炭の採掘を隠していたことを知らせたかったらしい。

「石炭の採掘が報告されなくなったのは、十七年前だ。戌《イ》の一族の混乱の最中《さなか》、何があったのだろうな？」

「私にはわかりません」

「わからないで石炭を使っているのか？」

「断言するのですか？」

大海と壬氏は対峙《たいじ》する。先ほどまで親しげに話していただけ、より心臓に悪い。

「西都の製鉄所がずいぶん、黒く汚れているそうだな」

「鉄を作るのなら汚れることは当たり前でしょう？」

「ああ、木を燃やそうと、石炭を燃やそうと煤《すす》は黒い。だが──」

ちらっと壬氏が猫猫のほうを見た気がした。

「独特の臭さは隠せまい？　それに、製鉄所に石炭が大量に運ばれるところを確認できたぞ」

猫猫は雀に石炭の臭いを聞かれたことがあった。臭いの特徴から製鉄所で使われていることを割り出し、確固たる証拠集めを行う。抜かりない。

しかし、ここで認める大海ではない。

「他国から石炭を輸入するのは珍しくない。戌西州で採掘した石炭と決めつけておられるのはどうかと思いますが」

「ならば、帳簿を見せてもらおうか？　他国より石炭を輸入するなら、船を使わぬわけはあるまい」

壬氏の整った唇が、にいっと弧を描く。

「弟である私に対してはずいぶん強く出られるのですね？」

呆《あき》れたような顔の大海。

「証拠があれば強く出る」

皇弟《おうてい》にしては情けない言い分だが、むやみに権力を行使しないということだ。

「そして、懐柔策も用意している」

「……やはり食えないお方だ」

「石炭の利用について、先帝、いや『女帝』との間に密約があったのだろう？」

「なぜ、そのようなお考えで？」

「いくら、族滅《ぞくめつ》あとの混乱の最中《さなか》であったとしても、宮廷の財政を担《にな》う部署はうるさい。本来なら、昨年まで徴収できていた税がいきなりなくなるわけがないと突っ込むはずだ」

猫猫の頭の中に算盤《そろばん》を弾《はじ》く羅半が浮かぶ。暗算で計算するくせに算盤をいつも持っていて、正直ぱちぱちうるさい。

「ならば、石炭の件については、宮廷は黙認しているということですね。それなのに月の君が口を出されるのでしょうか？」

「言っただろう？　前の皇太后《こうたいごう》である『女帝』との密約だと。現主上には関係ない話だ。主上が知らなくとも、または知っていて黙っていても、私が口を出せば周りはどう動く？　税収をかき集めるために戸部《こぶ》の連中は目をぎらぎら光らせることだろう。十七年分の採掘量を容赦なく数えられることになるぞ。その際、石炭の価値を見直すだろう」

（嫌な顔だ）

本当に補充が必要だったのだろうか。ずいぶん乗っている気がした。

「脅しでしょうか？　蝗害《こうがい》から西の民を救済してくださるかと思いきや、破綻《はたん》に追い込むのが本題ですか？」

「提案だ。懐柔策を用意したと言っているだろう。私は石炭の価値も存在も知らなかった、石ころのようなものだ。それでよかろう」

「……目をつむる代わりに何を求めるのですか？」

大海が目を細める。

「私は正直、戦《いくさ》をする利点はないと考える。個人で博打《ばくち》をするなら大いに結構。だが国を巻き込むのは賛同できない。玉鶯殿が祭祀《さいし》の際、もし宣戦布告めいた発言をすれば、西都の民は大いに沸き立つだろう。私が止めても、なし崩しに他国へ侵攻しかねない」

「私に長兄を止めろとおっしゃりたいのでしょうか？」

「その通りだ。戦《いくさ》が始まれば、石炭がどうのと中央に突《つ》かれるよりも、もっと大きな損害が出よう。まず戦をしようにも、大海殿の船がなければ他国に攻め入ることはできまい」

壬氏の言う通りだ。猫猫はぼんやりとした地図を頭に浮かべる。戌西州の草原は広く、食べ物は乏しい。陸路だけで攻め入るのは不可能だろう。

「それに、兄弟の中で一番荒事《あらごと》の面倒くささを知っているのは、大海殿と見受けられる。私の名を出せば、いくらか他の兄弟たちの説得に使えるのではないか？」

「……私に利益はありますか？」

「言っているだろう。石炭は中央にとって何の価値もない石ころだと」

猫猫はとうに冷えた茶をすすりながら、大海を哀れに思った。一回りも年下の若造に好きなように言われて悔しくはないか。しかし、大海の顔を見ると、それほど悔しそうでもない。

猫猫は首を傾《かし》げ、最後の麻花兒《かりんとう》をせつなそうに眺める雀を見る。

「雀さん雀さん」

「なんですか猫猫さん」

「なんとなく思ったんですけど、これって八百長《やおちょう》ですか？」

猫猫は思わず聞いてみた。

「うふふふ。お偉いさんって大変ですよね、大義名分がないと兄弟の説得もできないんですよぅ」

大海が、壬氏にしてやられても平気そうな理由がわかった。

最初から大海は、壬氏側についていた。でも、兄弟間の上下関係もあるため、表立って動けない。だから、否応《いやおう》なく壬氏に協力しなくてはいけない理由を貰《もら》いに来たのだ。

猫猫はさっきからずっと緊張していたのが阿呆《あほ》らしくなった。

（何が補充だよ）

冷や汗をかいて損した。

（政治って面倒くさい）

猫猫は、政《まつりごと》には絶対かかわりたくないものだと改めて痛感する。

十七話　祭祀《さいし》の陰に

八十日目。

今回、壬氏《ジンシ》が行う祭祀は、中祀《ちゅうし》を基準とするらしい。

猫猫《マオマオ》は祭祀というものがよくわかっていないが、帝《みかど》が行う祭祀はそのまま大祀《たいし》、中祀、小祀《しょうし》とあり、規模によって禊《みそぎ》の内容も変わってくるようだ。

（中祀なら三日ほど身を清めたな）

壬氏直属の侍女だったときに、壬氏がやっていたのを覚えている。確か風呂に入る時に儀礼じみたことをやり、精進《しょうじん》料理を食べていた。まだ成長の余地を残した壬氏が物足りなそうに飯を食べていたことを思い出す。

「明日はお祭りだねえ」

常に緊張感がないやぶ医者は、裂いた敷布《シーツ》をくるくる巻きながら言った。

「お祭りといっても、出店が出るわけじゃないですよ」

猫猫は木型に入れた丸薬を綺麗《きれい》に丸め直して、笊《ざる》の上に並べる。生薬が足りないので、代用品で作った胃薬だ。そのうち、変人軍師の副官にも会ったらあげよう。

祭祀は、西都の中央にある広場で行われる。廟《びょう》があり、目立つ場所だ。

「李白《リハク》さま」

「ん？　どうした？」

大型犬を思わせる武官は、小刀を使って綺麗に敷布を裂いていた。

「こんな時期に祭りなんてやったら、反対に暴動が起きませんかね？」

「そこは難しいところだなあ。ただ、広場を見る限り、警備しやすそうだったぞ。円形でぐるりと回りを取り囲めるし、広いから弓を射ようにも難しいと思う」

李白から見て危険な場所ではないらしい。

「問題があるとすれば、暴動が起きて民衆がなだれ込む危険性だな」

「そうなるとどうしようもないですね」

いくら訓練した武人であろうとも、数の暴力には勝てない。

怪我《けが》をしないことが一番だが、どうなるかわからない。何かあれば服をひん剥《む》かれて、壬氏の腹の火傷《やけど》がばれてしまう。

「ただ、ここ数日、暴動は減っているぞ」

李白は裂いた布をやぶ医者に渡す。

「なんだかんだであの夜の暴動のおかげか、少しずつおさまっているんだ」

「玉鶯《ギョクオウ》さまが、直接民衆に説明したからですか？」

「そうだな。あと、玉鶯さまに続いて他の弟たちもいろいろ言ってくれてるみたいだぞ」

（そこのところは壬氏が弟に直接やったやつだ）

玉袁《ギョクエン》一家によって、西都はあらゆる産業をまとめられている。逆らおうものなら、西都で生活できなくなるだろう。

「とはいえ、まだまだ皇弟《おうてい》が来たせいで蝗害《こうがい》が起こったなんて言っている奴らもいるから、警備は厳重だけどな」

李白は武官なので、当日の警備についてちゃんと聞いているようだ。

「では、祭祀《さいし》のとき玉鶯さまはどうされるんでしょうか？」

猫猫が一番気になるところだ。

今にも戦《いくさ》を始めたい男はどう動くか。弟たちに止められておとなしくやめるとは思えない。祭祀の時にいきなり言い出さないか気になるところだ。

「もちろん挨拶はするだろうな。ただ、警備の面も考えて出番まで公所《やくば》に待機するらしい。後半になってもろもろが終わったあとに出てくるそうだ」

公所から広場はさほど遠くない。別に待機しても変ではないが――。

「どちらかと言えば、それ、玉鶯さまが目立つためにやっているとしか思えませんけどね」

「だよなー」

警備が大変というが、二つに分散させるのはいかがなものか。何より、西都の民に信頼が厚い玉鶯が広場にいたほうが抑制になるだろう。

あと、目下の者が遅れて参上するのは、本来なら失礼にほかならない。あとからお付《つき》や警備を引き連れて公所からやってくる姿は、民衆の心に深く訴えかけるだろう。

「それって、玉鶯さまが言い出したことですかね？」

「いや、違う」

李白は顎をさすりつつ、目を瞑《つぶ》る。彼の顎には無精髭《ぶしょうひげ》が生えている。髭剃《ひげそ》りに使えるような上等な剃刀《かみそり》が出回らなくなり、あまり剃れずにいるのだ。

「祭祀の前に玉鶯さまの弟や妹たちが集まり、話し合いをすると聞いている。時間がなく明日しか集まる時間がなかったそうだ」

「ほお」

思った以上に大海はやってくれたのだな、と猫猫は感心する。

「どうやら、弟や妹たちも長兄派と末っ子派に分かれているらしいぞ」

「末っ子？」

猫猫は一瞬首を傾《かし》げ、次の瞬間、赤毛の后《きさき》を思い出す。

「玉葉后《ギョクヨウきさき》ですか？」

末っ子とは初耳だったが、確かに玉鶯と玉葉后、二人の年齢は離れているのでおかしくはない。

「そうだ。長兄が家を継ぐとして、たとえ末子であっても皇后ともなれば、どう考えても発言力は大きい。姉妹たちは玉葉后についているというし、男兄弟でも何人かは玉葉后派だそうだ」

「詳しいですね。李白さま」

猫猫は肘でつんつんと大柄の武官を突《つつ》く。

「そりゃここに来る他の護衛はいろんな場所回っているから、俺も話が聞けるわけよ。別邸の護衛が一番楽だから俺が羨ましいとか言ってたけど、暴動が起こってからは何も言われなくなったな」

「思うんですけど、玉鶯さまは極端な政策が多いように見えますが、西都の人たちはそれについて思うところはないんでしょうか？」

「そりゃ支持層の違いってやつだろ。嬢ちゃんが見ている層は、玉鶯さまの支持者が多いって話だ。見る側面が違えば、いろいろ違ってくる」

「なんか、前はそんな話はしてなかったと思いますけど」

猫猫は引き裂いた布にからまるやぶ医者をほどいてやりつつ、反論する。

「時間の経過とともにいろいろあるんだよ。民衆は不満が大きくなれば、為政者《いせいしゃ》に対して声高になるからな。後になって、実は気に食わなかったと文句を言う」

「そういうもんですか」

猫猫は布を巻きつつ、祭祀《さいし》は無事に終わるのだろうかと不安になる。


翌日、空は雲一つない晴天だった。あまり雨が降らない西都では吉兆というほどのことではない。ただ、形は形であれ、祭りということもあって、ここ数か月暗かった雰囲気が幾分明るく思えた。

「お嬢ちゃん、上に行こうか？」

やぶ医者が蒸《ふ》かした芋を持って階段を上がる。猫猫は留守番だが、別邸の三階から広場が見えるので、そこで見学することにした。

何かあった時のために、猫猫も祭祀会場に行くべきかと思ったが壬氏に断られた。壬氏自身が怪我《けが》をするよりも、猫猫に怪我があったときのほうが面倒だと考えたためだ。

(そうそう壬氏が怪我をすることはないだろうし、何より変人軍師がいる)

猫猫がいたら変人軍師が祭祀の邪魔をしそうだ。

三階の見晴らしはよく、風通しもいい。

部屋には、やぶ医者に雀《チュエ》、李白と家鴨《あひる》に、なぜか羅半兄《ラハンあに》がいる。

「いや、いて悪いか？」

羅半兄が、じとっとした目で見る。家鴨《あひる》も真似をするように嘴《くちばし》をつんと上げる。馬閃《バセン》が壬氏の護衛に就いているので、留守番だ。

「口に出てましたか？」

「そんな顔してると思って言ってみたんだけど、肯定されると傷つく」

「すみません」

ちょっといじける羅半兄に蒸《ふ》かし芋を食わせようとしたら、食い飽きたわとはね除《の》けられた。家鴨が羅半兄を慰めている。

「見えるけどやっぱ遠くてちっこいねえ」

やぶ医者が目を細める。舞台は見えるが、顔までは確認できない。ただ、壬氏はいやでも目立つのでわかる。

「ええ、これだけ離れていれば、いくら弓の名手でも狙えないでしょうねぇ」

雀が不穏なことを言う。猫猫は広場の周りの建物を確認した。

別邸の他に、高さがある建物は公所《やくば》と本邸くらいだ。

「別にこのお屋敷より離れていても、弓なら届きそうな気がするけどねえ」

やぶ医者が目を凝らす。この部屋から、広場の中心まで、直線距離として二町《にひゃくめーとる》ほどだろうか。

「長弓や弩《いしゆみ》なら届くだろうが、どうやって当てるんだ？　たとえ万が一当たったとしても、相手を即死させられる威力が残っているかだな。有効射程って言うんだけど、普通は一町もねえんだ」

李白が武官らしく説明する。

「へえ。じゃあ、安心だねえ」

やぶ医者はほっとして芋を頬張る。

「完全に安心と言い切れるのか？」

異論を申し立てるのは羅半兄だ。胡坐《あぐら》をかき、足の間に家鴨を座らせて撫《な》でている。

「弓って射手や性能によって飛距離も命中率も断然違うだろう。高性能の弓が開発されたら、李白さんが考える常識も吹っ飛ぶこともあるんじゃないか？」

羅半兄は大概のことはよくできる。一分野に突出はしていないが応用力は高い。

「羅半兄の言う通りだな。でも、俺が考える限り、弓では無理だろうって思う。弓の歴史は長いし、これから大きく変わることもない。けど、飛発《フェイファ》なんかが改良重ねられたらあぶねえかもしれねえ」

「飛発ですか？　意外ですね」

武官で自分の腕っぷしを信じているような李白が、まさか飛発を評価していることに猫猫は驚いた。

「ああ。今は弓より威力は低いけど、あの小さな筒で持ち運びができるのはこええだろ。

道具ってもんは改良したらどんどん威力が高まる。人間の力に左右されない道具は、それこそ改良しただけ評価されるもんだ」

「ええっと、じゃあふぇいふぁってのを持ってこられたら危ないのかい？」

やぶ医者は飛発《フェイファ》とは何なのかよくわからないらしい。

「そうなるな！」

あっけらかんと言い切る李白。結果、やぶ医者が不安になる。

「李白さんよ、結局、狙われるなら意味ないじゃないか？」

羅半兄は呆《あき》れた顔で家鴨《あひる》を横に置いた。

「そうだな。でも、まだまだ飛発が暗殺に使われるようになるには、課題は多すぎるし、今回の祭祀《さいし》に至っては使えたもんじゃない。それで安心ということでいいじゃないか」

はっきり言い切るので、猫猫も李白の話を信じることにしよう。

「まだ、暴動のほうが気になるけど、今のところおとなしいし」

「食い物をくれる間は黙ってくれているんだろうよ」

羅半兄が半眼になる。

「ほら、あそこ見えるか？」

「なんですか？」

雀が目を凝らす。猫猫も見るが、露店のような物が作られ、人だかりができている。

「追加で来た物資を配ってるんだよ。まー、芋だ」

「芋」

羅半父はどれだけ芋を作りまくっていたのだろうか。羅半祖父、羅半母は田舎暮らしを不満そうにしていたが、普通に売りつけた芋だけで、借金まみれの変人軍師の資産をゆうに超えているのではなかろうか。芋御殿《いもごてん》が建てられる。

「普段露店をやっている人たちを雇って、配らせているらしいぞ。そのほうが手慣れているし、雇用にもつながるからな」

「ほお」

猫猫は出がらしの薄い茶をすする。芋は燃料さえあれば焼くだけで、皮むきをしなくていいから楽だろう。ただ物を配るのではなく、多面的に経済を立て直せるか考えるのが、壬氏らしい。

「ついでに焼き印を押して、皇弟《おうてい》からって宣伝しているんだとよ」

猫猫は、思わず茶を噴きこぼしてしまった。あまりに勢いよく出てきたので、口や鼻だけでなく目まであがってきそうだ。

「おい、どした？」

羅半兄が猫猫の背中をさする。

「い、いえ。さ、さすがに芋に月の君の印を入れるのは不敬ではないかと」

「そこは簡単に三日月の形にしているらしい。凝った形にできないからな」

自虐をこめてやっているのだろうか、と不安になる猫猫。

「焼き印入りの芋、面白そうですねぇ。雀さん、ちょっと貰《もら》ってきます」

しゅたっと雀が立ち上がる。

「芋ならここにあるからいいですよ？」

「ついでに何かめぼしい菓子がないか見てきますね。つまり、見ているの飽きました」

「雀さん、ずるいなー。俺は留守番かよ」

「そうですねー、がんばってくださーい」

雀は部屋を出て行った。

猫猫は手ぬぐいで顔を拭きつつ、広場を見る。

壬氏らしい派手な装いの男が広場を歩いている。

声は聞こえないが、かすかに管弦の音が風に乗って流れてきた。

何も起こらなければいいな、と猫猫は思いつつ芋を食《は》んだ。

十八話　兄弟会議

なぜ、ここにいるのだろう、と陸孫《リクソン》は疑問に思いつつ、会議室にいた。

公所《やくば》の一室、一番広い部屋に集《つど》うのは陸孫及び玉袁《ギョクエン》の子どもたちだ。玉鶯《ギョクオウ》を含めて八人がぐるりと円卓を囲んでいる。

陸孫が知る限り、玉袁の子どもは十三人。そのうちの一人は玉葉后《ギョクヨウきさき》。次女は玉袁の補佐として中央にいると聞いた。

残り十一人だが、あと三人足りない。全員集まるというのは難しいのか、それとも同母の兄弟がいる者は省いているのかもしれない。

陸孫は記憶と玉鶯の兄弟たちの顔を照らし合わせる。

長男の玉鶯。左隣にいるのは次男、右隣には三男。三男は玉葉后と仲が良く、皇弟《おうてい》とも何度か会っているはずだ。二人ともたまに公所に来ている。

長女と三女は、それぞれ次男、三男の隣に座っていた。入口から遠い位置に目上の者が座るのが西都式の席順だが、次男より長女のほうが年上だ。ここは年齢順ではなく性差による並びになるのだろう。

四男と四女、五女はいない。あと陸孫が知らない顔が三つ。残りの五男、六男、七男だろう。順番を考えると、玉鶯の正面に座っている男が七男だろうか。

兄弟たちの後ろにはそれぞれ椅子が一つずつ置かれ、側近が座っている。玉鶯の後ろにだけ二つの椅子、一つは玉鶯の側近が座っているがなぜかもう一つに陸孫がいる。

場違い感が半端ないが、玉鶯に呼ばれた以上、陸孫はおとなしく同席するしかない。本来なら、陸孫は広場で祭祀《さいし》の様子を眺めているはずだった。

「どのようなご用件でしょうか、お兄さま？」

長女が声を上げる。少し鷲鼻《わしばな》の四十過ぎの女性だ。

「前以《もっ》て説明していただろう？　西都の、いや戌西州《いせいしゅう》の将来について話し合おうと」

玉鶯は大きく手を広げながら話す。大柄でしっかりした体つきの玉鶯に対し、長女は華《か》奢《しゃ》で線が細い。それぞれ母親が違うだけに、同じ兄弟でも皆、多種多様の顔立ち体つきをしている。

「長兄《にいさん》、俺はあなたの話には付き合えない」

しっかり声を上げるのは三男だ。日に焼けた肌と髪の、いかにも海の男である。確か港を取り仕切っている人物で、下手すれば次男より発言力は強いと聞く。

「なんだ、大海《ダーハイ》？　兄の話はしっかり聞くものだろう？」

三男の大海を窘《たしな》める玉鶯。しかし、相手は幼子《おさなご》ではなくもう三十半ばの男だ。

「話は大体わかっている。前にも言ってきた話だろう？」
　ちらりと大海は陸孫を見た。
「気にしなくていい。ここにいる人間に話を聞かせるのは問題ない」
　陸孫が玉鶯側の人間と言いたいのか。それとも、皇弟《おうてい》の耳に入っても問題ない話という
ことだろうか。
　大海は視線を戻した。
「砂欧《シャオウ》を攻めるなんて話されて、親父が黙って許すわけがない。いくら長兄が領主代行と
はいえ、行き過ぎた判断だろう」
「俺も大海と同じ意見だ」
　次男も声を上げる。大きな体躯《たいく》の、日に焼けた男だ。確かこちらは陸運を担《にな》っていたは
ずだ。
「兄貴の言う利益は、戦《いくさ》に伴う必要経費に比べて曖昧《あいまい》なものだ。俺は商人だ。人足《にんそく》を戦場
にかり出されるのはもってのほかだし、何より失敗すればどんな赤字になると思う？」
　次男の声に賛同する他の兄弟たち。
　対して玉鶯は落ち着いたものだ。
「おやおや。どうやら、おまえたちは私と対峙《たいじ》する前に話を合わせてきたようだな？　前
は乗り気だった者もいたはずだぞ？」

「私は賛同しておりません」

「私もよ」

長女と三女が言った。三女は派手な顔立ちで、豊満な体つきをしている。若く見えるが、もう三十半ばのはずだ。

姉たちの言葉に、五男以下の弟たちは気まずそうな顔をしている。

長女は、弟たちの表情を尻目に話を続ける。

「戦《いくさ》なんて始めたらうちの絨毯《じゅうたん》はとんと売れなくなるじゃない？　せっかく砂欧にも大きく販路が広がったのよ」

長女に続き、三女も意見する。

「うちも葡萄酒《ぶどうしゅ》が作れなくなるわ。どうせ農民から徴兵する気でしょ？　葡萄農家の人間は持って行かせないわよ。せっかく異国産よりも美味しいって評判になって、中央の顧客がどんどん増えているっていうのに」

目を吊り上げる長女と三女。女性であるが、ちゃんと役割を与えられている。玉袁の娘らしい商売人根性に男どもはたじたじになる。

「厳しい言葉だな、妹たちよ」

苦笑いを浮かべる玉鶯。

「厳しいも何も、私は西都の織物業全般を任されている。戦になったら高級品は売れなくなるし、職人たちがどれだけ路頭に迷うと思うの？　私の判断で、数百数千の職人、職人の家族たちを飢えさせるわけにはいかない。向こう十年間の給与と安全を保障してもらわないと話にならないわ」

「強欲だなあ」

玉鶯は困った顔をする。一瞬、弁が立つ妹に言い負かされているように思えたが、表情はすぐさま切り替わる。

「聞く限り陸運、海運、織物に酒造は順調のようだな。蝗害《こうがい》に遭っても、まだ立ちゆく程度には」

玉鶯は顎を撫《な》でつつ、黙っている三人の弟たちを見る。

「では製鉄、焼き物、牧畜はどうだ？」

おずおずと手を挙げたのは陸孫と同じくらいかそれよりも年下に見える男だ。小柄だが、筋肉質な体つきをしている。席順を見ると五男だろうか。

「……正直、きついよ。父さんに言われて高炉を西都に作ったけど、利益は上がらない。上がるわけがない」

「なんでよ。ちゃんと仕事やっているの？　鉄製品なら需要があるでしょ？」

三女が、大きな目を細めて弟を見る。

「やってるさ！　でもね、違うんだよ。西都なら港も近いから鉄鉱石は入りやすいけど、燃料がないんだ。鉄を溶かすほどの燃料になると家畜の糞《ふん》や藁《わら》じゃ足りない。薪《まき》や木炭《もくたん》は高すぎるし、何より交易で物があふれているから、客は異国産の、より上質な製品しか手にしない。仕事があったとしても、安い物に値段を合わせてようやくだ」

「なら、より製品価値が高いものを作りなさいよ」

三女が呆《あき》れた顔をする。

「作ってるよ！　でも、それまでにどれだけ元手が必要だってわかってる？　姉さんだって、西都産の葡萄酒《ぶどうしゅ》が売れ出すまでは、父さんに助けてもらってたじゃないか！」

「まあ、そうだけどー」

気まずそうな顔の三女。

「俺も」

今度は寡黙《かもく》そうな二十代半ばの男が手を挙げる。年齢順に話しているとして六男になろう。

陸孫は、ただ置物のように、兄弟たちのやり取りを見ることしかできない。

「焼き物も燃料がないと難しい。西都がどんどん発展するのはいいが、同時に物価が上がっている。特に人口が増えれば限られた燃料はひたすら上がる。これはどうしようもない」

六男は、五男と違い冷静に発言するが、内容はほぼ同じだった。

「じゃあ、最後は俺か」

七男が口を開く。童顔だが、頬や耳にくっきり傷痕が見えた。

「俺としては、戦《いくさ》に反対なら反対でいいよ。だけど、うちが卸《おろ》している羊毛の値を今より三割値上げする」

「な、なんでよ！」

七男の発言に、織物業の長女が怒りだす。

「うちの羊毛はずっと値を据え置きのままやってきた。母さんと祖父《じい》さん、それと親父の間でいろいろ話をしていたんだと思う、身内なら安くしてくれって。けど、俺の代になったらちゃんと正当な値で取引がしたい。正直、三割でも良心価格だ。兄さんたちも言っただろ？　西都は発展して物価が上がっている。なら、織物の材料である羊毛だって値上げすべきだろう」

七男の意見に、五男、六男は頷《うなず》く。

「いきなり三割はないわ。もっと段階を踏んでやるべきでしょう？」

「段階踏んでたら、俺ら死んじまうわ！」

七男は声を荒らげて、目を据えて長女を見る。

「蝗害《こうがい》で家畜は逃げ出すし、天幕はぼろぼろ。食糧を買おうにも売ってくれないって状況はわかるよな？　逃げずに残った家畜の一割をすでに売りに出している。今までは姉さんが買い叩《たた》いた羊毛分は諦めてた。けど、残った羊毛や作った乳酪《バター》を売って、食糧を買ってたけどそうもいかなくなった。ちなみに、製鉄や焼き物に、燃料の足しとして家畜の糞を格安で卸《おろ》していたのも、うちな。今年の冬は寒そうだから、燃料売る余裕はないし、食い物を買い集めるので精いっぱいだ。身内だから安くしろって言われても、自分らが死んだら意味ねえだろ！」

七男は今いる兄弟の中で一番年少だが、最も好戦的なのだと陸孫は理解した。長女が顔を引きつらせている。

七男はまだ言いたいことがあるらしく玉鶯を見る。

「長兄《にいさん》。だから、今年はあれを出してくれ」

「あれか？」

「ああ、ここで明言しても問題ないな？」

七男は円卓を一周するように見回す。一瞬、陸孫と目が合った気がした。

「羊毛の値上げと石炭があれば、うちはなんとかなる、なんとかする」

七男の言葉に陸孫は、かろうじて平静を装うことに成功した。心臓がどくんと大きく打って驚いたが、あくまで「なんだそれは？」という表情で隠し通せたと思いたい。

「燃《も》え石《いし》か。俺のところにも必要だ」

「俺も俺も」

六男、五男が続いて声を上げる。

石炭、燃え石。名前の通り、火をつければ燃える石だ。中央では採掘されずあまり使い道もないため、価値が低いとされるものだが、戌西州では違う。寒波の年は、石炭を燃やして暖を取ることも多い。なくてはならない物だ。

陸孫は兄弟たちの関係性が読み取れた。事業として成功している上の兄弟たちは安定を求め、戦《いくさ》を望まない。だが、下の兄弟たちは蝗害《こうがい》によって、ぎりぎりでやっていた釣り合いが崩れて困っている。そこに玉鶯が付け入ったのだ。

「砂欧を手に入れれば、近隣の鉱山も手に入る。港から石炭を運び出すこともできる。内陸部への物資輸送が楽になる。製鉄も焼き物ももっと大きくできる、寒さで凍死者が出ることもなくなる。長期的に見れば、利益になるはずだ」

朗々と台詞《せりふ》を吐くように話す玉鶯。

大海が椅子から立ち上がる。

「長兄《にいさん》の意見は机上の空論どころか、取らぬ狸《たぬき》の皮算用だ。どうして簡単に砂欧が落ちると思う？　どうして石炭が採れる鉱山があると言い切れる？　砂欧は中立の国だ。勝手に茘《リー》が攻めれば、他国は黙っていない。親父どころか、帝《みかど》もお怒りになるだろう。葉《ヨウ》がいかに厚遇されようが、甥《おい》が東宮《とうぐう》になろうが関係ない！　戌《イ》だけでなく己《おのれ》の一族まで根絶やしにする気か！」

また、陸孫の心臓が激しく打った。

「戌の一族は仕方なかったのだ」

悲しげに顔を伏せる玉鶯に、ざわめく弟と妹たち。

陸孫は息を深く吸う。落ち着け、と心臓に言い聞かせる。

周りを見ると、兄弟の中でも表情が二つに分かれている。年長者は不安を、年少者は戸惑いを感じているようだ。五男よりも年少の者は、十七年前の事件について詳しく聞かされていないと陸孫は理解した。

「戌の一族は、『女帝』に目をつけられたのだ。放置すれば、西都すら滅ぼされかねなかった。腐った果実は捨てなければ、箱ごと腐っていく。仕方なかった」

どうして目をつけられたのかを、玉鶯は言わない。

大きく息を吐くのは次男だ。

「二人とも落ち着いてくれ」

次男は椅子から立ち上がり、玉鶯と大海の間に入る。

「落ち着け、大海。俺だって、兄貴が西都の発展のために、考えを巡らせていることはわかる。皆、蝗害《こうがい》で苛立《いらだ》っている。上に立つおまえまで苛立ってどうする？」

「しかし、次兄……」

「もちろん、玉鶯兄貴の意見には俺だって反対だ。燃料問題は確かに重要だが、急を要するものではあるまい。今は、天災からの復旧を目指すのが最優先だ。しばし苦しい期間が続くだろうが、兄弟の間で助け合いをしろというのが親父の教えだろう？　兄貴も、もう少しゆっくり、東宮《とうぐう》が成長するのを待つのではだめなのか？」

次男の発言に、玉鶯は笑いをこぼす。

「ふふ、ははは。弟よ、何年待とうというのか？　甥《おい》っ子が、無事帝位につくことができるという確信があるのか？」

「鶯兄さま、言葉が過ぎませんか！」

三女が卓《テーブル》を叩《たた》く。玉鶯が目をむいた。

「玉鶯と呼べ！」

玉鶯が初めて声を荒らげる。

怒声に三女は驚き、「しまった」と目を見開く。自分の失態に気付いたようだ。

「……すみません、玉鶯兄さま」

「いや、わかればいい」

玉鶯はすぐさま、笑みを戻す。

他の兄弟たちは、改めて玉鶯を見ている。

陸孫の目には、先ほどまで兄弟たちは忌憚《きたん》なく意見を言い合える関係に見えた。しかし、今の玉鶯の声と他の兄弟たちの反応を見ると、大きな隔たりがあると感じる。

玉袁の子どもは十三人、しかし玉の字が付くのは、玉鶯と玉葉后の二人のみだ。

十三人の父親である玉袁は、最初から後継者を玉鶯一人と決めている。なので兄弟間では、絶対的強者は跡取りである玉鶯と決まっていた。玉鶯の弟、妹たちが玉鶯に反発できていたのは、あくまで玉鶯が許していたからにすぎない。

玉鶯が怒りを示したことで、改めて玉鶯の弟と妹たちは気付いたようだ。

こうして話し合いができるのは玉鶯が許しているからにほかならない。玉鶯主演の舞台の上に集められた配役なのだ。

故に、名もなき端役《はやく》である付き人たちは何の台詞《せりふ》も発することはできない。陸孫もまた端役の一人なのだ。

会議室の空気は、非常に淀んで悪くなっていた。次男が戸惑いつつ椅子に戻る。

普段ならもっと落ち着いた話し合いができただろうと陸孫は思う。だが、蝗害《こうがい》によって、もう三月《みつき》近くも苦しい生活を続けていた。玉袁の子どもたちは直接飢えることはないだろうが、抱える責任が重い分、精神的に負担が大きい。

「私の話は、思い過ごしではない、真実だ」

玉鶯が声をあげる。

「今上《きんじょう》の後宮《こうきゅう》で、何人の御子《みこ》が亡くなったか知っているか？」

「……」

弟たちは黙って、顔を見合わせていた。

「知らないか？　ならば、中央出身の者に聞こう。陸孫、夭折《ようせつ》した帝《みかど》の御子は何人だ？」

ここで陸孫が注目される。端役だと思っていた陸孫に名前が与えられた。玉兄弟たちに顔をじっと見られて大変気まずいが、答えないわけにはいかない。

「東宮《とうぐう》時代に一人、それから帝となられてから三人が夭折しておられます」

「とのことだ。今の東宮は、まだ数えでいくつだ？　幼子《おさなご》の命は、七つになるまで安心できるものではあるまい」

皇族の御子は平民より丁寧に育てられる。それでも赤子は死にやすく、育った子どもでも流行病《はやりやまい》でころりと死ぬことも少なくない。

「我らが妹、葉《ヨウ》は、東宮と公主《ひめ》を生んでいる。しかし、別の妃嬪《ひひん》にも東宮とさして変わらぬ年齢の子がいる。いくら今東宮として立てられていたとして、安心できるものか？」

あえて、違う妃《きさき》を出すことで、病死だけでなく暗殺の可能性も、玉鶯は示唆《しさ》する。

「……では梨花妃《リファひ》が東宮のお命を狙うとでも？」

大海が訊《たず》ねるが、玉鶯は首を振る。

「ははは、梨花妃よりも恐ろしいかたがいらっしゃるではないか？」

玉鶯は右手を大きく上げると、窓を指す。

その方向には祭祀《さいし》が行われている広場があった。

「兄貴、何を言っている!?」

次男が机を叩《たた》いて立ち上がる。

「玉鶯兄さん、さすがにその発言は擁護《ようご》できないわ」

長女、三女も首を振る。他の兄弟たちも気まずそうな顔をし、それぞれの付き人たちを見る。陸孫は、兄弟たちを見るので精いっぱいだが、付き人たちも玉鶯の言葉にうろたえていた。

「どうしてだ？　御子《みこ》がなかなか育たなかった理由もわかろう。主上は、後宮《こうきゅう》にいる幼い御子たちより、同母の弟、月の君を溺愛しているではないか？」

どよめく玉兄弟たち。

「!?」

「そんなわけが……いや」

「月の君を？」

驚く者もいれば、納得する者もいる。

陸孫はどう反応すればいいか迷っていた。

月の君は、長年病弱という理由で表に出てくることはほとんどなかった。他に皇族もおらず、同母の弟ということもあって、今上《きんじょう》は月の君を可愛がっているという話は聞いた。公務にも就かないのは今上の過保護によるものだと思われていた。

しかし、実際出てきたのは見目こそ天女のようにたおやかで美しいが、同時に文武に優れた青年だった。周りがおののいたのは、取るに足らない皇弟《おうてい》ではなかったということの他にもう一つ理由がある。壬氏《ジンシ》という名で、後宮を統《す》べる宦官《かんがん》の真似事をしていた。それだけでなく、表舞台に登場したのは、子《シ》の一族の粛清《しゅくせい》を行った時だった。

月の君はその美しさから、宦官時代も女性だけでなく多くの男からも声をかけられたはずだ。宦官壬氏の正体を知った衝撃《ショック》で、隠棲しようか首を吊ろうか腹を切ろうかと、恐慌《きょうこう》をきたした官たちを陸孫は大勢見てきている。

主上はなぜ皇族が宦官の真似事などしていたか問われた時、「膿《うみ》を出すため」と答えた。実際、子北州を統べる子の一族が謀反《むほん》を起こし、族滅《ぞくめつ》になったのは記憶に新しい。

「で、溺愛とはそんな……」

三女が何やら顔を赤らめている。違う意味でとらえたようだが、指摘する者はいない。その可能性も示唆《しさ》されている。

「話を聞いたことがないか？　月の君は本当に先帝の子かと？」

「それは流言《りゅうげん》でしょう。親父も先帝の若い頃に似ていると言っていた。どんな相手が父親だと言うのだ？」

次男が呆《あき》れる。

しかし、玉鶯の表情は変わらない。

「当時、皇太后《こうたいごう》は皇后だった。そんな女性に近寄れる男など限られよう。先帝でなければ身内くらいだ」

玉鶯のにかりと笑う顔は、西都の民から見れば好漢と思えるだろう。だが、話す内容は実に邪悪だった。

「例えば、今上《きんじょう》となった」

「……月の君が、主上の子というのですか？」

五男が顔色を変える。弟だけでなく付き人たちもどよめく。

戌西州は遊牧民が多いため、どうしても親類同士の婚姻が多い。しかし、親子間での近親婚は禁忌《きんき》とされている。

「無理な話ではなかろう。幼子《おさなご》にしか興味を抱かぬ先帝、まだ若かった皇太后《こうたいごう》。年齢差は、先帝と皇太后より、皇太后と今上のほうが近かったのではないか？　元々、皇族は近親婚を繰り返していた。過去に、姪《めい》や異母姉妹と子を持った記録も残っている」

「荒唐無稽《こうとうむけい》すぎる！　いくらなんでもありえないだろ！」

大海が叫ぶ。長兄に対する敬意は消えていた。

「しかし、辻褄《つじつま》は合おう。皇弟《おうてい》が先帝に似ていることも主上の子であれば説明がつく。主上が溺愛《できあい》していることも。そして、後宮《こうきゅう》に長らく子が育たなかったのも、一番継がせたい長子に位を譲るためならおかしくはない」

「ならば、主上は他に生まれた子を成長させるつもりはなかったというのですか？　今の東宮《とうぐう》や他の御子《みこ》たちも殺されるというのですか？　証拠は、証拠はあるのですか？」

長女は玉鶯に詰め寄る。長女の付き人が戸惑いながら主人を止める。

「そうです、証拠。憶測でこんな話をしているとわかったら、私たちはそれこそ戌の、いや子の一族と同じ目に遭います！」

「証拠か。ならばこういう話をしようか？」

玉鶯は周りが慌てふためく様子も気にすることなく、ゆっくり足を組み替えた。

「皇弟が生まれたとき、それまで当時の皇后に仕えていた侍女たちはほとんど解雇された。そのうちの一人が戌西州へと嫁いでいて、その夫と私は知り合いだった。ただ不幸があり、夫を亡くして私を頼ってきたのだ。皇弟のことで大切な話があるとな」

もったいぶるように語る玉鶯。

「ほ、本当ですか？」

長女がゆっくり後ろに下がる。

「ああ。昨年のことだ。ちょうど西都へ皇弟がやってきたあとだな」

「初めて聞きますけど」

大海が疑い深い目で玉鶯を見る。

「口にしたのは初めてだ。いかにも怪しいが話を聞くだけ聞いておこうと思った矢先だった。その元侍女は死んだ。荷馬車に轢《ひ》かれて、事故死だった」

残念そうに両手を広げる玉鶯。まるで元侍女は誰かに口止めされたと言わんばかりの口調と仕草だ。

陸孫は全身にぬるい汗をかいていた。

玉鶯という男は、外面《そとづら》が良い。

玉鶯という男は、舞台を整えるのが上手い。

玉鶯という男は、相手の嫌なところをつく。

確証はないが、ただこの会議室にいる皆に、月の君の出生《しゅっしょう》について疑問を持たせる。言いくるめ、誘導する。

「今の私の話を月の君は聞いてくださるだろうか？　言わないほうがいいだろうか？　知っているだろうか、知らないだろうか？」

朗々とした声が会議室に響く。身振り手振りを加えた動きはまさに舞台の役者を見ているようで、荒唐無稽《こうとうむけい》なはずの話が流しこまれるように耳に入っていく。

「父上の望みは西都の繁栄。さて、おとなしく皇族に尻尾を振るだけで栄華を手に入れられるか？　犬になれというのであれば、それこそ十七年前に滅びるべきではなかったか？」

犬にかけて戌の一族の例をあげる。

長兄に反対していた弟や妹たちの表情に不安がよぎっていた。おとなしく皇弟《おうてい》を支持すべきかどうか、悩んでいるように見える。

陸孫は思う。だから、怖い。

玉鶯はやってしまう。本人の思わぬところでやらかしてしまうのだと。

陸孫がこの場に呼ばれた理由がわかった。これは皇弟に知られても問題ないという挑発だ。だから、半端な陸孫が選ばれた。中央でも西都でもどちらの所属でもない、蝙蝠《こうもり》のような存在が選ばれた。

玉鶯の、言えるものなら言ってみろという声と、言ったところでどうなるという声が陸孫の頭に響く。

「さて、もう準備をせねば。我ら兄弟が揃《そろ》わずに、祭祀《さいし》を終わらせるわけにはいかぬだろう。皆も準備するがいい」

玉鶯が解散を告げ、げっそりした弟たちは困惑した顔で、部屋から出ていく。

最後に残った大海は会議室を出る前に玉鶯を見た。

「長兄……、今日の祭祀は――」

「今日はおとなしくしてやる。おまえらも困惑しているからな」

安心していいのかどうかわからない。

ただ、陸孫は、椅子から立ち上がれずにいた。顔を上げることなく俯《うつむ》いたままで――。

十九話　風は泣く　前編

大丈夫、大丈夫と玉鶯《ギョクオウ》は己《おのれ》に言い聞かせる。

もうすぐ終わる。もうすぐ何もかも片付く。

今まで足にまとわりついていた糸が、切れていく気がした。そして、今、首に巻き付いている無数の糸を断ち切るために動いていた。

三十年近く悩まされていた悪夢を取り除ける。

もうすぐ、もうすぐだ。

玉鶯は棚に置いた風切羽《かざきりばね》を手にする。母が可愛がっていた鷹《たか》のものだ。母が死ぬと、あとを追うようにして死んだ。世話を頼むわね、と言われたが困ったことを覚えている。玉鶯は、鳥の世話などやろうと思ったことはなかったのだ。

「この街を守ってちょうだいね」

母の言葉を思い出す。母は優しい人で、誰も恨まずに生きてきた。父の玉袁《ギョクエン》は、そんな母を西母《せいぼ》と呼んだ。戌西州《いせいしゅう》で誰よりも尊敬される母にしてやろうという父の思いでもあった。

玉鶯の名は、遠い東の地に生息する鳥の名から付けたと言われたが、どうせなら鷲《わし》のような強い名前をつけてほしかった。

「父さまは母さまを助けてくれるの。まるで演劇の武生《ヒーロー》みたいに」

なら、鶯《うぐいす》などという弱い鳥にしないでほしい。もっと強く気高い名にしてほしかった。

玉鶯が風切羽を置くとともに、戸を叩《たた》く音がした。

「入れ」

「玉鶯さま、面会を求める者がいますがどうしましょうか？」

副官がやってきた。玉鶯は着替えのために公所《やくば》の執務室にいる。話し合いが長引いてしまったので、早く祭祀《さいし》の会場へと向かいたかった。来客など相手にする暇はない。

「誰だ？」

「北西の村の拓跋《タクバツ》という者です。どうしますか？」

どうしますか、というのは部屋に護衛を置くか、ということだ。玉鶯としては、時間がないので早めに終わらせたい。

「護衛などはいらん。おまえも下がっていろ」

拓跋は玉鶯の乳兄弟《ちきょうだい》である。拓跋の母は、元風読みの部族で奴隷だった。玉鶯の母である西母が同族のよしみで奴隷から解放し、自分の邸に引き取った。拓跋の母は西母と仲が良く、そのまま玉鶯の乳母になった。

玉鶯は、西母《せいぼ》と乳母が一緒に鳥の世話をしていたことを思い出す。

「失礼する」

副官に案内された拓跋は、着替えを終えた玉鶯の前に立った。冴《さ》えない体格の男。癖のある黒髪で、薄い色の目をして異国の血を感じさせる。乳母には、奴隷時代から子どもがいた。拓跋の父は、奴隷として乳母を所有していた元主人だ。

拓跋は、母親と一緒に本邸で働いていたが、母親が体調を崩すとともに仕事を辞めた。父の玉袁は今までよくやってくれたと乳母に金を与え、二人は静かな農村へと移った。

その後、玉鶯と拓跋は特に連絡を取り合うことはなかった。

拓跋は新しい環境になれるので精一杯だっただろう。玉鶯は玉鶯で、何かと兄貴風を吹かせる拓跋がいなくなりせいせいしていた。

ただ、西母の話によると、農村へ引っ越した後乳母は動けなくなり、耄碌《もうろく》してしまったという。奴隷時代に苦労したこともあり、仕事を辞めて老けるのが早かったらしい。

拓跋は生活が苦しいとき何度か父を頼りに来た。父は仕事を拓跋に与えていた。しかし、拓跋の真似をして他の農民が父に金を借りに来ることが増えた。その農民の多くは、母が解放した元奴隷たちだ。

玉鶯は、恩を仇《あだ》で返すとはこのことだと、ずっと思っていた。父の甘さが不思議でたまらなかった。

「どうした？　直接やってくるとは珍しい」

玉鶯は、なぜこんな忙しいときに訪ねてきた、と拓跋を責めたい気持ちを抑える。父は今、西都にはいない。乳兄弟《ちきょうだい》とはいえ、顔を合わせるのはしばらくぶりだった。

正直、早く話を切り上げたかった。拓跋の顔など、見たくもない。

「突然来たのは悪かった。ただ、どうしても確認しておきたくて」

最後に会ったのはいつだったろうか。乳母が本邸を離れたのは玉鶯が十五の時だ。それまで、一つ年上の拓跋は、兄貴風を吹かせていた。

昔は気にしなかったが、今は不快極まりない。だからといって、大声を出す気もない。大人の対応をするつもりだった。

「単刀直入に言ってもらおうか、私だって忙しいんだ。この後、祭祀《さいし》に参加せねばならん」

「なら、単刀直入に聞く。砂欧《シャオウ》と戦争するつもりか？」

ぎっと睨《にら》んでくる拓跋。

「するよりほかにないならする。仕方あるまい」

襟《えり》を整えつつ、玉鶯は答える。

「そういう空気にしているのはおまえだろう！　なんでだ？　昔、よく言ってただろうが。玉袁さまのようにいろんな場所に赴き、いろんな人と手をつないで、商売を発展させたい。西都を大きくしたいと。おまえだって、子も孫もいる。家族を危険にさらす気か？戦《いくさ》をするというのは、そういうことだぞ」

拓跋は声を荒らげる。昔は拓跋を大きいと思っていたが、今はなんとみすぼらしいのだろう。乳母が呆《ほう》けてしまったせいでろくに仕事もできず貧しくなり、父に金の無心に来た乳兄弟《ちきょうだい》。

今日は玉鶯に金をせびりに来たかと思ったが、そんなことを話すためだったのか。

「言ったが昔のことだ。何より家族を守るために動くべきだろう」

まだ、玉鶯が何の疑いを持たなかった頃、空は青いとばかり思っていた子どもの頃の話だ。

「この通り、西都は危機だ。蝗害《こうがい》により民は疲弊している。足りない物を与えるためには、何かしら他を犠牲にしなければならないだろう？」

「それを回避するのが、権力者の仕事だろう！　玉袁さまであれば、もっと他の方法がないのか探すはずだ。おまえはちゃんと探したのか？　皇弟《おうてい》さまだって、しっかりされているじゃないか！」

耳障りな声が玉鶯の耳に入る。癖のある髪、色素の薄い目。異国の血の混じった男。

拓跋は、見た目もやることも何から何まで気に食わない男だ。

「おまえには関係なかろう。私には仕事がある。今から祭祀《さいし》に向かう。相手にする暇はない」

「そこで、民を戦に駆り立てる気だろう。舞台さえ整えればおまえは人を扇動するのが上手い。さっきも弟たちを揺さぶっていたようだな」

「黙れ！」

玉鶯はつい声を荒立ててしまう。官たちは遠ざけているが、声が響けばやってくるかもしれない。そうなると困る。

なぜなら――。

「関係なくはなかろう、おまえの兄なのだから」

玉鶯は、冷めた目で拓跋を見る。

決して誰にも聞かせてはならないことを拓跋は言った。

「何を言っている？　私とおまえは、兄弟は兄弟でも乳兄弟であろう。兄貴風を吹かせるだけならまだ許そう。だが、おまえは私の兄ではない」

「……ああ、おまえがそういうことにしたいのは知っている。玉袁さまも西母《せいぼ》さまもそのように育てた。俺の母だって同じつもりだった」

拓跋は卓《テーブル》の上に、冊子を投げた。古く汚れた羊皮紙の塊《かたまり》は、戸籍表だ。古い戸籍表、もう何十年も前に作られたものとわかる。目の前の乳兄弟はぺらぺらと冊子をめくる。

「だが、ここにはちゃんと書かれている」

西母《せいぼ》の名前があった。その子どもとして知らぬ名がある。しかし、生まれたのは、玉鶯と同じ年だ。

「俺の母が玉袁さまの元を離れたのは、体を壊したからというのは嘘《うそ》だ。玉袁さまが俺たち母子を匿《かくま》うために、屋敷から遠ざけたんだ」

つらつらと拓跋が語る。

「俺は砂欧の商人の子だったらしい。商人は子どもを流行病《はやりやまい》や事故で次々と亡くし、家族を全て失った時に、忘れていた奴隷との間にできた子を思い出した」

玉鶯は無言だ。早く祭祀《さいし》に向かわねばならないのに、空気が読めず昔話をする男を放置することもできない。

「いつしかその商人が玉袁さまの元にやってきただろう？　おまえは商人を見て何も思わなかったか？」

「……」

乳母と拓跋が去ってから数日もしないときだった。屋敷に見慣れぬ異国人がやってきて、玉鶯の両肩を掴《つか》んだ。

早口の砂欧語で話しかける。聞き取りにくかったが、「息子、息子」と叫んでいるのがわかった。

異国人は、赤い髪に淡い緑色の目をしていた。髪質は拓跋によく似た癖がついており、目の色もよく似ていた。ただ、そのしっかりした体躯《たいく》と顔立ちは、まるで玉鶯をそのまま老けさせたかのようだった。

異国人は玉鶯を拓跋と間違えていた。玉鶯が異国人の手を払いのける前に、西母が間に割り込んだ。西母は玉鶯の頭を抱え、異国人の顔を怯《おび》えたように見ていた。

西母は元風読みの民だと聞いていた。草原での生活をやめ、父と共に行商をやり始めたと――。そして、奴隷となった元同族たちを解放していると――。

違う、順番が違ったのだ。

玉袁はまず西母や乳母たちを含む元風読みの民の奴隷を解放した。そして、西母は玉袁の妻になり、一緒に商売をするようになった。

西母と乳母は奴隷時代、同じ異国の主人に仕えていた。そして、玉袁に引き取られたとき、西母の腹には異国人の子がいた。異国人はそうとは知らずに、玉袁に奴隷であった西母を売った。

「俺と玉鶯は同じ父を持つ兄弟だ」

玉鶯は聞きたくない、耳を押さえるだけでは足りない。なのに、平然と拓跋は続ける。

「母さんが話してくれた。きっと耄碌《もうろく》しなければ墓まで持っていくつもりだったはずだ。玉鶯の実の父親については、何も話す気はなかっただろう。母さんは、玉袁さまと西母さまの結婚を心底喜んだらしいからな」

玉袁と西母《せいぼ》は元々面識があり、許嫁《いいなずけ》であったこと。他の部族に襲われ、西母と乳母は奴隷として売り払われたこと。異国人の主人が奴隷の女に次々と手を出し、乳母が拓跋を産み、西母が玉鶯を身ごもったこと。玉袁が奴隷を買い取り、仕事と住む場所を与えてくれたこと。西母は玉袁から求婚されたが、腹に子がいることを理由に断ったこと。

「これが本当のおまえの名だ」

戌西州に定住するには、戸籍を登録する必要がある。一度登録された戸籍は、西都の公所《やくば》にて戌《イ》の一族に管理される。

玉袁はたとえ血のつながりはなくとも必ず実子として育て上げると西母に約束した。西母は折れ、子は新たに玉鶯と名前を変えた。

乳母はその際、玉袁の屋敷で働くことになり、拓跋はそのまま乳兄弟《ちきょうだい》ということになった。

玉鶯がまだ記憶がないほど幼いころのことだ。

卓《テーブル》の下で、がりがりと玉鶯は己《おのれ》の膝を掻《か》く。

知っている。知っていた。

今更聞かされなくとも、玉鶯は真実を知っていた。真実を知りつつ、それでも玉鶯は玉袁の長子であらねばならなかった。

父には正義がある。西都を守るという正義だ。西母も同じことを願っていた。そのために、玉袁の長子である玉鶯は完璧であらねばならなかった。

　正義を行うための必要な悪、それは他の権力者に比べたら可愛いものだ。父はそれだけ優しかった。

　慣れぬ農業に何度も失敗し、元奴隷が父に金を借りに来ていたことを思い出す。父は優しく、金を貸した。返せぬ分は、農繁期の働き手として雇って払わせた。利息としては甘い。むしろ、教える手間を考えれば、借りたほうが得をしている。それなのに、父は欲張らなかった。懐の深い男は、それだけ他人を養えるというのか。

　だが許せる範囲というものがある。破ったのは、最初に解放した奴隷たちだ。玉鶯の正体を知っていた。

　雉《きじ》も鳴かずば撃たれまい。

　父は玉鶯を愛してくれた。度が過ぎた強請《ゆす》りを行った者は次々と消えた。元奴隷であったり、西母を知る他の風読みの民であったり。

　消してしまわねばならない。玉《ぎょく》に傷があってはならない。

　父の跡を継ぐために、邪魔な物は消し去らねばならない。

「この戸籍表はどうしたのだ？」

「林大人《リンたいじん》が隠していたものをいただいた」

　ずいぶん前に、何やら別邸で騒いでいたときのことだろう。玉鶯の耳にも届いている。

「消えた林小人《リンしょうじん》とやらはおまえか？　昔から動いていたようだが、なぜだ？」

「……玉袁さまから頼まれた。もし、林大人が昔の文書を隠しているようなら知らせてほしいと言われた。何かあれば燃やして処分してくれと言われた。たまに呼ばれていたのはそのためだ」

玉鶯は合点が行った。

「そうか」

やはり父の玉袁は、玉鶯のことを想っている。十七年前に戌の一族に対してやったことについてはかなり絞られたが、それでも後継者から外されることはなかった。玉鶯は玉袁のために働いた。民から慕われるように、弱い者には施しを与えるように、そして、誰からも頼りにされる強い武生《ヒーロー》になれるように。

父はきっと玉鶯がやることを許してくれる。父の跡目を継いだ玉鶯は、傷一つない完璧な為政者《いせいしゃ》で、西都の発展を常に考えているのだから。

だから、今やっていることは正しいのだ。

「おまえが西都のためを思うなら、どうかよその国を攻めるなどと言わないでくれ。でなければ——」

拓跋は懐から小刀を取り出す。

玉鶯は引かない。だが、これ以上時間を取ることもできない。たぎる血を一旦冷やし、大きく息を吐く。

「わかった。私は何もしない」

「本当か？」

「ああ。ただ祭祀《さいし》には参加させてくれ。私が出ないと、雰囲気が悪くなる。皇弟《おうてい》の顔を潰したくはない」

「……わかった。ただ、戸籍表はしばらく預からせてもらう。玉袁さまにはちゃんとお伺いを立てるつもりだ」

拓跋はそう言って小刀を卓《テーブル》の上に置き、戸籍表を手に取る。拓跋は、勝手に秘密をばらすような真似はしないだろう。

「拓跋、これだけは言っておくぞ。私は西都の、戌西州のためにどんなことでもするつもりだ」

「知っている。ずっと、玉袁さまのように立派になりたいって言ってたからな」

拓跋は笑みを浮かべる。

「そうだ」

「おまえにとって玉袁さまは偉大な父だよな。俺にとっても、誰よりも尊敬できる父さんだ」

「……」

玉鶯の中で、ぷつりと糸が切れた。

ここでは何があろうと冷静でいるつもりだった。だが、拓跋は玉鶯を弟といい、そして、玉袁を父と呼んだ。

玉鶯は玉袁の長子でなければならない。西都を治める自慢の息子でなければ――。

「がはっ！」

拓跋の叫びが響いた。

気がつけば右手に小刀が、左手に鞘《さや》があった。ぬるりとした感触が手の甲を伝う。

「ど、どうして……」

目を見開いた拓跋。口から血の泡を吹く。血が流れて卓《テーブル》と床を汚す。持っていた戸籍表が落ち、血で赤く染まる。

「邪魔をするからだ」

拓跋を刺しながら、玉鶯の意識は過去の出来事を振り返っていた。

父のようになりたかった。父に認められたかった。

玉袁の背中は大きい。玉鶯も大きくなった。だが、違う。

最初は特に気にしていなかった。

玉袁と西母《せいぼ》とで商売をして、使用人に囲まれていた。玉袁は商売が上手く、西母も賢かった。西母は玉袁に何が必要か確認して動く、優秀な人だった。

玉鶯は、何不自由なく育った。ただ、玉鶯が五つになった頃、西母とは違う別の女とその子どもが家族に加わった。

玉袁は新しい子どもを可愛がった。まだ二歳ほどの妹だった。西母も妹を可愛がった。

二人目の女も玉鶯に優しかった。

また二年後、三人目の女と弟が来た。

四人目、五人目……。

次々に増えていく家族。増えるたびに玉鶯は焦った。壺《つぼ》にたっぷり入った蜂蜜が、水で薄められていく気がした。

玉袁の選ぶ女たちは皆賢かった。ある者は馬術に優れ、ある者は算術が得意だった。女たちは自分の子たちに、それぞれ得意なものを教えていく。女たちが父を支え、女たちの補佐をその子がする。

家族という繋《つな》がりで、新参者の楊《ヨウ》一家は西都で大きくなっていった。

と同時に、玉袁と玉鶯をつなぐ縁がどんどん薄まっていく気がした。

でも、違う。玉袁は玉鶯を後継者に選ぶ。西母が玉袁の正妻であることに違いなく、他の女たちはあくまで側妻《そばめ》だった。

玉袁のように西都を治めるのは、玉鶯しかいないはずだ。弟や妹たちではない。

玉袁の実の子ではなかったという事実に気づいたあとでも、玉鶯は平静を保てた。たとえ玉袁と血のつながりがなかろうと、玉袁は玉鶯を一番大切にしてくれる。血が通った実子でなくとも、それ以上に大切にしてくれた。

だから、弟や妹たちには優しくいられた。我慢できた。玉鶯だけが、郭公《カッコウ》の雛《ひな》のように弟たちとは違う生き物だが、父が長兄として扱う以上、兄の役割を果たすつもりでいた。

しかし、玉袁が最後に迎えた女と子どもに対しては、我慢できなかった。赤い髪と淡い緑の目をしていた。あの、奴隷だった西母《せいぼ》を苦しめた主人と同じ色味を持っていた。

羊皮紙に墨《インク》が滲《にじ》むように、じわりじわりと呪詛《じゅそ》が零《こぼ》れ落ちていた。

ぽとり。

血が床に落ちる音で、玉鶯は現実に戻る。

拓跋は血走った目で玉鶯を見ていた。

「……よく……お……」

「……っ」

小さな声で何を言ったのか、玉鶯は聞き取れなかった。

玉鶯は、小刀の握りを返し、拓跋の腹をえぐる。

もう声も出まい。ただ、恨めしい目で玉鶯を見ることしかできない拓跋。

「乳兄弟《ちきょうだい》のよしみだ」

玉鶯は、一度小刀を引き抜くと、肋骨《ろっこつ》を避けて心の臓を貫いた。拓跋は止《とど》めを刺《さ》され、うめき声をあげて痙攣《けいれん》すると、絶命した。

小刀は拓跋が持っていた物。玉鶯に襲いかかろうとして、返り討ちにあったという台本で十分だろう。

玉鶯は、戸籍表を取り、布に包んで抽斗《ひきだし》に入れる。

さすがに騒ぎ声に誰かが気づいたらしい。足音が響き、立ち止まると戸を叩《たた》く。

「玉鶯さま、どうされましたか？」

「入れ」

「ぎょ、玉鶯さま!?」

入ってきたのは副官ではなく陸孫《リクソン》だった。会議にも同席させていたので、玉鶯が遅いので様子を見に来たのか。

「これはどういうことでしょうか？」

驚きつつも平静を装う陸孫。玉鶯の補佐にと、父が中央からよこした男だ。さすがに騒ぎ立てるような無様《ぶざま》な真似はしない。

「どうにもこうにも、状況がわからないのか？」

「……この方は、先ほど玉鶯さまに面会を求めてきた人ですよね？」

副官と共に拓跋を見ていたらしい。

「そうだ。乳兄弟ということもあって甘やかしていた。金の無心に来たが、上手くいかないからと、逆上したのだ」

玉鶯は、拓跋の小刀を見せる。

「玉鶯さまが？」

「ああ。この程度の男に私が負けると思うか？」

まだ、玉鶯の顔はひくついていた。拓跋がいけない。まるで自分が玉袁の長子であるかのように言うからだ。

玉鶯は卓《テーブル》に小刀を置いた。早く着替えよう、血の匂いを誤魔化すために香をつけねばなるまい。

「ええ、玉鶯さまの腕には敵《かな》わないでしょうね」

陸孫はしゃがみこんで拓跋を観察する。傷口を確認しているようだ。

「こちらに非はないが、仕方ないことだった。できれば穏便にすませたかった。これから祭祀《さいし》だというのに。私の邪魔をするからだ。早く消えてしまえ」

玉鶯は思わず吐き捨てるように言ってしまった。

陸孫の目が、虚《うつ》ろに玉鶯と拓跋の間を泳いでいる。

「はい、そうですね」

一瞬、玉鶯は陸孫を見失う。どこだろうかと振り向くと、間近に陸孫の顔があった。

「皆さまにはこう伝えておきます」

陸孫の冷ややかな顔。ただその視線だけは、炎を帯びたようにぎらついている。どうしたのだろうか。

「玉鶯さまは逆賊に遭いました。そして――」

玉鶯の体が急に熱くなった。

「討たれました」

どういうことだ、と思う玉鶯だが、体がぐらりと倒れこんだ。

すぐ目の前に拓跋の顔がある。床に血があふれている、どくどく、どくどくと。

「私が来た時にはもう遅く、仕方なく私は逆賊を討ちました、と」

陸孫は、何を言っている？　意味が分からない。玉鶯は何か口に出そうにも、声が出ない。口から赤い泡があふれ出る。

「っ！」

声が出ない、鳥の鳴き声のようなうめきだけが出た。

「なんでという顔をしないでください。あなたは主役になれますよ」

陸孫は無表情のまま涙を浮かべていた。

「悲劇の主役に」

陸孫の目から、涙の粒が床に落ちてはじけた。

これではもう無理だ。西都のために何もできない。

父の長子として西都を治められない。

砂欧へと赴き、父と同じように奴隷を助け出したかった。

かつて母をいたぶった主人に罰を与えるつもりだった。

玉鶯は玉袁の息子で、誰からもその座を奪われるわけにはいかなかった。

息子ではない証拠を何もかも、消してしまえばいい。

そのために何でもしてやる。

たとえ、西都のために不正に手を出していた戌の一族を陥れようとも――。

いつしか、何もなくなった時、安心して玉袁の代わりに西都を治めるつもりでいた。

馬車の音、馬の嘶《いなな》き、車輪の軋《きし》み、御者の掛け声。

市場の音、商人の呼び込み、活気ある雑踏、子どもの笑い声。

乾いた空気と痩せた大地。恵まれぬ土地でもたくましく生きる人々を、より豊かにしていくつもりだった。

もう無理になった。だから気がついた。

おかしい、と玉鶯は思う。

なぜだろう、玉鶯が玉袁の跡継ぎとして西都を継げば、繁栄させられるはずなのに――。

なぜ、そのために西都を危険にさらしているのか。

長年、からまっていた糸が今頃するするとほどけていく感覚。

数十年こじらせた糸は、ぷつりと切られることで難なくほどけていく。

その糸とともに、玉鶯の玉《たま》の緒《お》を切る男は目の前にいる。憎悪と哀れみの表情を浮かべていた。

——おまえは誰だ？

玉鶯の意識があったのはそこまでだった。

もう何を考えることも、成すこともできない。

父のように西都を発展させることもできない。

武生《ヒーロー》を目指した男の、あっけない終わりだった。

二十話　風は泣く　後編

「大人になったら風になるのですよ」

　母から言い聞かされた言葉だ。十五の元服とともに外の世界に出る。それまで、世の中のことを勉強しなさいと言われた。あと二年、頑張りなさいと――。

　風となり、西の地の空気が澱《よど》まぬように流れ続けなさいと。

　陸孫《リクソン》が陸孫という名前でなかった頃の思い出だ。

　女は街を守り、男は草原を走る。そのように陸孫は、教えられた。いつか家を出るのは寂しいが、風となり、母と姉を助けるのなら良いと思った。

　陸孫は、午前は教師に勉強を教わり、午後は街を散策、夜は母や姉に一族の役割について話してもらった。

　昼間の散策は面白かった。与えられた小遣いをいかに無駄にせず、いかにいい商品が買えるか。何に使ったら満足するか。それもまた勉強の一環としてあった。独り立ちした親族の男たちの多くは商人になる。陸孫もおそらくその道を選ぶだろう。

　陸孫は、露店を巡り、味と値段と量を比べ、一番手頃な干し果実と山羊《やぎ》の乳を買う。買って将棋《しょうぎ》道場へと向かう。

道場には、暇な大人たちがやがやとたむろしている。そこではいろんな情報も行きかう。酒場のほうがより多くの話を聞けるのだが、陸孫はまだ元服前なので、店に入れてもらえなかった。

将棋道場では酒浸りの暇人が多い中、たまに本物の名人に出会うこともある。

「おう、坊や来たかい？」

将棋盤の前に座る老人は、公所《やくば》で働いている元書記官だ。今は半分引退しつつ、文書を集めて新たに歴史書の編纂《へんさん》をしているらしい。西都では一番将棋が強い。林大人《リンたいじん》と皆から呼ばれている。

「うん」

陸孫は林大人の横に座って盤面を見る。林大人の横にいれば、厄介な酔っ払いにからまれることもない。

「あれ？」

陸孫は首を傾《かし》げる。林大人は負けていた。珍しいな、と陸孫は林大人の対局相手を見る。まだ青年と言うべき年齢の男だったが、見た目はぼろぼろといってもいい汚さだ。無精《ぶしょう》髭《ひげ》を生やし、よれよれの服、髪も結うというより括《くく》っただけに等しい。衣服の質は悪くないがどうにも状態がよくない。日焼けもせず、貧弱そうな体は西都の住人には見えなかった。ただ、狐のような細い目がぎらぎらしていた。

「なんかちまい『歩兵《ほへい》』がいる」

狐目の男は片眼鏡《モノクル》をかけていた。渡来物だが、こういうおっさんが着けると何から何まで胡散臭《うさんくさ》い。

歩兵とはなんのことだと思ったが、どうやら陸孫のことを指しているらしい。勝手に歩兵扱いされて、陸孫は両の拳をぎゅっと握る。

「誰が歩兵だ！」

「坊や、怒るんじゃないよ。羅漢《ラカン》さんはそういう生き物だから」

林大人が陸孫をなだめる。

「でも歩兵って」

「歩兵、いいじゃないか。周りの連中なんざ、碁石《ごいし》なんぞと言われておったぞ」

「碁石」

陸孫は歩兵と碁石はどこか違うのだろうか、と思いつつ将棋盤を見る。羅漢という不審者は、周りを莫迦《ばか》にするだけあって、将棋はものすごく強い。陸孫は、林大人が負けるところを初めて見た。若い頃より体力が落ちたとはいえ、棋聖《きせい》と呼ばれた林大人が負けるとは思えなかった。勝率は五分五分らしい。

陸孫は、気になって翌日もその次の日も将棋道場へとやってきた。羅漢は定職にもついていないのか毎日来ていた。将棋《しょうぎ》道場にいないときは碁会所《ごかいしょ》にいるらしい。遊んでばかりいる。

ある日、林大人は来ておらず、羅漢がつまらなそうに他の者と将棋を指していた。

「また来てるぞ、戌《イ》の子が」

林大人がいれば聞こえることはない言葉も、陸孫一人だと耳に入ってくる。

戌の子。戌の一族の子どものことを言う。西都を治める一族だが、その独特の世襲制を嫌って悪口を言う者も多い。

戌の一族は、代々女が長《おさ》となり、生まれた男は元服とともに家を出る。戌の女には夫はおらず、子どもは誰が父親かもわからない。畜生《ちくしょう》のようだと、蔑《さげす》む者もいる。

元々、男尊女卑の風習が強い遊牧の民の出入りが多い西都だ。そんなふうに言われることもあると陸孫はわかっている。父親が誰かもわからない子のことを、戌腹の子などと揶《や》揄《ゆ》することもある。

それでも陸孫には、数百年、西の地を守ってきたのは戌の一族だという自負があった。

林大人がいないので仕方なく羅漢の隣に座る。何度か顔を合わせているが、この男は陸孫の顔を覚えようとしない。それどころか他の誰も覚えようとしない。ただ、自分の将棋盤の前に座って銭を置かれると将棋を指す、それだけだ。弱いか強いか、もしくは別の基準で将棋の駒に例えるくらいだ。

「小父《おじ》さん、顔を覚えないの？」

「人の顔、わからんもん」

大人げない言い方をする大人だ。

「わからないって、何度も見たら覚えるでしょ？」

「碁石か、よくて将棋の駒にしか見えん」

何を言っているのかわからないけど、陸孫は羅漢が嘘《うそ》を言っているようには思えなかった。きっと羅漢にとって、家畜の顔を見極めるような難しさがあるのだろう。遊牧の民の中には羊《ひつじ》の顔を全部区別できる者もいる。陸孫にはわからない。羅漢にとって人間の顔は羊の顔と同じ見え方をしているのかもしれない。

「じゃあ、どうしても判別したいときはどうするの？」

「……」

羅漢は考えていた。陸孫の質問を考えつつ、将棋は容赦なく指す。対局相手が青い顔をして負けを認めて銭を置く。賭け将棋で生計を立てているのだろうか。

「耳の形を覚える、背の高さを覚える。髪の質を確認する。汗臭さを記憶する。声の高さを聞き取る……」

「顔覚えたほうが早くない？」

「顔はわからん。目や鼻や口があるのはわかる。でもまとめるとこんがらがって碁石にしか見えなくなる。鼻の穴の大きさや、まつ毛の長さならわかる」

全体ではなく一つ一つの特徴を覚えるらしい。大変疲れるので、よほど大切な人以外ではやらないようだ。

「小父《おじ》さんは中央の人?」

「ああ、そのうち帰る。帰らんといかん」

次の対局相手を打ちのめしながら羅漢は言った。

「中央……」

陸孫の母は風になって流れろと言ったが、中央まで流れるのを良しとしてくれるだろうか。どうせ流れるならずっと遠いところに行ってみたい。

「小父さん、俺が中央で偉くなったら、仕事くれない?」

「んー、歩兵《ほへい》から出世したらいいぞ」

「わかった」

なんでも縁故《コネ》は作っておいたほうがいいと姉からも言われた。商人になるかどうかはともかく、いろんな人と知り合っておいたほうがいい。

夕餉《ゆうげ》は一族総出で食べる。陸孫の周りは女ばかり。元々、女が多く生まれる血筋で、昨年一人、男が元服して旅立ったので残る男子は陸孫しかいない。

子どもは陸孫の他に年子の三姉妹がいる。陸孫にとっては従姉妹《いとこ》で、三人とも父親が同じなのか、顔がよく似ていた。三つ、四つ、五つ。一番上の子は聡《さと》いが、下の二人はまだ上手く話ができない。仕方ないので陸孫が面倒を見てやることが多い。

陸孫の実姉はもう元服の年を過ぎているので大人の仲間入りをしていた。

陸孫は従姉妹の食事の世話をしながら、大人たちの話に耳を傾ける。食糧のこと、渡来品の輸入のこと、茘《リー》から出す輸出品のこと。

母は一族の中心人物だった。今、戌の一族を治めているのは母の妹で、陸孫の叔母《おば》だ。叔母には女の子どもはできなかった。このまま行くと、年齢や才覚からして陸孫の姉が次の代の長《おさ》になるので、姉は積極的に会話に加わっている。

異国との交易で、今はとても大変な時期らしい。赤字が何年も続いていて、中央から文句を言われているようだ。昔は、上質な紙を大量に輸出していたが、今では質が悪い物しか出回っていない。紙は、軽くて持ち運びに便利な主要な商品だっただけに、母たちは代わる商品が見つからずに困っていた。

さらに、戌西州《いせいしゅう》では蝗害《こうがい》も起きた。西都の人口が増えたため、農地も増やしたのが仇《あだ》になった。中央は収穫量の数値だけを見て、収穫高は減っていないからと支援を断ったのだ。人が増えた分、食糧は足りなくなる。

「黒い石を出しましょう」

叔母が言った。

陸孫の母と姉も、母の姉も、他の一族の女たちは皆頷《うなず》くしかなかった。

陸孫は黒い石とは何かわからず、三つになる小さな従姉妹《いとこ》の口に麵麭《パン》を運んでいた。


夜は姉と母に、戌西州の歴史を教わる。

茘建国の際、王母《おうぼ》の腹心の三人が三つの州の長《おさ》になった。

西を治める戌の一族は、最初どうしようもなく苦労したらしい。男尊女卑の風習が特に強い土地。一族の始祖は女であることを莫迦《ばか》にされ、何度も騙《だま》され、一度は瓦解《がかい》しそうになった。名前を得るために甘い言葉をささやく者たち、力づくで奪おうとする者たち。

なので、家が乗っ取られることがないように、女系の家族体系を作った。婿《むこ》は取らない。跡取りは皆女にする。

戌の一族の男には、特殊な役割が生まれた。

その一つが、風になることだ。

風、もしくは耳役ともいう。

戌西州の各地を駆け、情報を集める。商人として、遊牧の民として。遊牧民になった者は、後に風読みの部族と呼ばれるようになった。鳥を操り、虫を制御する。

ただ、誤算があった。風読みの部族は数十年前に滅びてしまう。

風読みの部族は複数あったが、その一つは、戌の一族との定期連絡を絶っていた。何年も、何十年も、何百年も、戌の一族と分かれて時が経《た》っていた。時折、戌の一族から男子を入れて血のつながりを強めようとしていたが、いつまでもかつての族長に忠誠を誓うとは限らない。いつしか利益を求めて他国と連絡を取る者が現れた。

そして、事件は起きてしまう。連絡を絶った風読みの一族は、不幸にも全く違う部族によって滅ぼされてしまった。鳥を使う術を血筋によるものと判断したどこぞの者が、我が力にしようと女をさらう。そして、術を独り占めにするために他の者たちを殺し、生き残りは奴隷として売り払った。

連絡を怠《おこた》っていた風読みの部族を、戌の一族は許すわけにはいかなかった。残った風読みの部族も解体し、能力があるものを街に住まわせた。時に鳥を使う術を悪用する者は、人知れず処分することもあったようだ。

もし、風読みの部族が存続していたら、陸孫にもう一つ道が増えていた。風読みの部族の一員として草原を駆けるという道が。

陸孫は、鳥の扱い方は教えてもらわなかったが、どうすれば虫を御することができるのか、各地に残った農村の制度も教えられた。

もし蝗害《こうがい》が起きても、各地に散った戌の一族の男たちが誰よりも動けるように――。

戌の一族から出て行った男たちの一人は、よく陸孫の屋敷にやってきていた。

柔和な笑みの恰幅《かっぷく》のよい小父《おじ》さんだ。名を玉袁《ギョクエン》といった。西都では、新しい楊《ヨウ》さんなどと呼ばれているのを聞いたことがある。

玉袁はふっくら優しい顔で、陸孫によく飴《あめ》をくれた。

「賢そうな子だね。息子にもらっていいかい？」

「冗談はやめてね」

玉袁は、陸孫の母とそんなやり取りをしていた。

「嫁の貰《もら》いすぎだって笑われているわよ。この好色親父」

「さあてね、嫁さんと子どもが養えるうちは大丈夫だろうよ」

玉袁は、ああ見えて女好きなのかあ、と陸孫は不思議に思う。

玉袁は西都ではかなり大きな商家だった。紙に代わる輸出品として絹織物や焼き物を作り、輸入品として玻璃細工《はりざいく》を卸《おろ》していた。葡萄酒《ぶどうしゅ》を戌西州で作り、渡来品と合わせて売ることもしていた。渡来品を好む高級志向の人もいれば、いくらか安価で酸味の少ない国内産の葡萄酒を好む層もいる。

「というわけで、嫁や子どもを養うためにしばらく砂欧《シャオウ》まで買い付けに行ってくるよ」

「おやまあ、家主が家を長く空けて大丈夫なの？」

「子どもたちもだいぶ大きくなったからね。上の子はもう妻も子もいる。何よりうちの賢い嫁さんたちがいれば大体のことはやってくれる」

「長男の話は聞いているわ。いろいろ、有能なようね」

「……ああ、ちゃんとできる子だよ。でもね、少し不安さ」

「どうして？」

「西都を発展させようとする姿勢はいいさ。でも、同時に排他的なところもあってね。異国人を嫌うんだよ」

　穏やかな顔を曇らせる玉袁。

「長男ってことは西母《せいぼ》の子でしょ？　あの人の息子なら大丈夫なんじゃない？」

「西母って、私が身内でこっそり使っている呼び名をなんで知っているんだい？」

「ふふっ。みんな噂《うわさ》しているよ、新しい楊さんは、側妻《そばめ》は多いけど、正妻が一番だって。なんせ西の長を無視して、奥方を西母なんて呼ぶらしいとね」

「許しておくれよ。悪気はないんだ」

「仕方ないねえ」

　にいっと笑う母に、つられて笑う玉袁。

「うちの話はどうでもいいさ。それより、黒い石を出し始めたそうじゃないか？」

　陸孫は、黒い石という言葉をまた耳にする。

「ええ。不作になるとどうしてもね。あなたのところにも少し卸しているわね」

　母は答える。姉は静かに聞いていた。その場にいる中で、陸孫だけ話がよくわからない。

「うちに出している分は、真っ当な形でだろう？　あんまり困っているようなら、多少は援助できると思うよ」

玉袁が言った。母と姉は神妙な顔をしている。

「あんたはそろそろ寝なさい」

姉が陸孫を部屋から追い出そうとする。

「まだ眠たくないけど」

「もう寝る時間なの」

陸孫は姉に隣の寝室に追いやられた。陸孫はくやしくて、寝たふりをすると隣の部屋に耳をそばだてた。

「援助の見返りは何が必要なの？」

扉越しに、少しくぐもった母の声が聞こえる。

「人聞きが悪い」

「商人として抜け目なく、が戌の一族としての男の育て方よ。玉袁、あなたも戌の男でしょ？」

「まいったなあ。……戸籍を貸してほしいんだ」

戸籍。戌西州にいる人間がいつどこから来たのか出自が書かれた記録だ。戸籍がない人もいるが、少なくとも西都で商売を始めるには、身元をはっきりさせるということで戸籍を作らねばならない。

「駄目よ。公的文書なの。貸して、ということは書き換える気でしょう？　族長に言わず、私に相談するってことは」

「……駄目かい？」

「ええ。それに今、戸籍は資料として林大人に貸しているわ」

「そうかあ」

残念そうな玉袁の声。

「どうして戸籍を書き換えたいの？」

「一番上の子、のことさ」

「長男の？」

「あの子、玉鶯《ギョクオウ》の出自だけは戸籍に正直に書いてあるんだよ。玉鶯が異国人を嫌うのは、おそらく自分の出自に気づいているからさ」

陸孫は、意味が分からないまま盗み聞きを続ける。

「元風読みの部族が妻のことで強請《ゆす》ってくることも多い。私の商売はずいぶん大きくなった。跡取りなのに血のつながりがないと、いろいろ言われることも多い。新しい楊さんの家が西都で必要と思うなら、手助けしてくれないかね？」

陸孫には見えないが、玉袁は困った顔をしているだろう。

「最初の奥方の西母……、風読みの部族出身だったわね」

「そうだ。私が加わる予定だった裏切り者の風読みの部族だよ。私が婿《むこ》入りすることで、またつながりを深めるはずだった」

昔、滅びてしまった風読みの部族。

「確かに妻は戌の一族を裏切った部族の出だよ。でも、大人たちが決めたことでその子どもたちはまだ何も知らなかった。再会したとき、妻には昔の面影が残っていた。何度か顔を合わせていたからね」

陸孫はもっと聞きたかったが、姉が寝室に来るのを察知して慌てて寝台に入る。

「姉さん、黒い石って何？」

陸孫は半分寝ぼけた声を装い質問する。

「あんたはまだ知らなくていいのよ」

「知らないことばかりじゃ困るって、勉強しなさいって……言ってたじゃないか」

「……黒い石っていうのは、石炭のことよ。ずうっと西の山を掘ったら出てくる燃える石」

「それが……どうしたの？」

「不作になると、食べ物のことで精いっぱいになって燃料も買えない家がたくさんでてくるの」

「うん」

「そういう家に配るの」

「……へえ」

だったら別に悪いことじゃない、と陸孫は思った。

「石炭を掘るのって大変なんでしょ？」

「ええ、大変。奴隷を使うの」

「どれい？」

姉はあまり良い顔をしていない。

「あんまり使いたくないけど、そうしている。でも掘った分だけ早く、奴隷の身分から解放される。早い人は五年で解放されたって聞いたわ」

「遅い人は？」

「何十年。昔、風読みの部族だった人もいるわ」

「その人は、……解放してあげないの？」

姉は首を横に振る。

「彼らは私たちを裏切ったのよ。奴隷にされていたのを死んだおばあさまが偶然見つけて、話を聞いたの。鳥の扱い方の術を持って他国へ行くつもりだったらしいわ。女が長《おさ》で、男が外に出ていくことはありえないって。遊牧生活が長くなるうちに、よその地の男尊女卑の在り方のほうが正しいと思うようになったのでしょうね」

「それでおばあさまはその人たちを鉱山に送ったの？」

「ええ。鉱山で働けば早く奴隷の身分から解放してあげられると思ったから。他に何人か、元風読みの民の奴隷を買って。でも、その人たちは、騙《だま》されたとか言っていたらしいの。どうやらそのまま何もしなくても、おばあさまが解放してくれると思ったらしいわ。玉袁さんが人が好すぎるのよね。あの人は、奴隷を買ってすぐ解放してしまうから」

姉としては、それはそれで問題らしい。陸孫は、ついでに玉袁の妻や長男の話も聞きたかったがやめた。聞き耳を立てていたことがばれてしまう。

「でも、奴隷は鉱山で働けば、そのうち自由になって出ていけるんだよね？」

「危険はあるけどね。奴隷のまま炭鉱に何十年もいるってことは、何もやっていないのかもしれないわ。すべて私たちが悪いって思っているのかもしれない」

きっと私たちを恨んでいるでしょうね、と姉は言った。


きっと私たちを恨んでいるでしょうね。

姉の言葉は誰に向けられたものだったか。

ただ、戌の一族というのは多くの人に嫌われているのがわかった。

その日は朝から騒がしかった。屋敷の周りに人が集まっていて、何やら文句を言っているようだった。

陸孫も、何が何だかわからなくて、怯《おび》える従姉妹《いとこ》たちを抱いてなだめていた。

「姉さん、どうしたの？　外が騒がしいよ？」

「ううん、大丈夫よ」

全然大丈夫じゃない。姉の顔色は真っ青だった。

母がやってきて、従姉妹たちの母に話しかける。従姉妹たちの母は、陸孫の母とは年が離れた末の妹だ。陸孫には族長とは別の叔母《おば》にあたる。

「あんたは裏から出なさい。子どもたち連れて」

その子どもたちの中に陸孫も含まれていた。

「新しい楊さんち、玉袁の一番新しい奥方の家が近いわ。知っているでしょ、元踊り子の。子どもも年が近くて、あんたも仲が良かったでしょ」

「で、でも」

「いいから！　こいつら連れてさっさと行け！」

命令する口調で叔母を追い出す母。陸孫も一緒に追い出された。

母と、もう一人の叔母である戌の族長は、表に出ていた。何やら沸き立つ民衆の前に立って話している。時間を稼いでくれているのだと陸孫にはわかった。

「行こ、今のうちに」

陸孫は叔母と従姉妹たちとともに、屋敷を出た。

玉袁の一番新しい奥方の家に行くと、赤い髪をした碧眼《へきがん》の女性がいた。陸孫たちに気付くと手招きをして裏口に案内する。

「ど、どういうことでしょうか？」

従姉妹《いとこ》たちの母である叔母《おば》は、陸孫の母たちと違ってのんびりした性格だった。なので、母たちと同じ立場で家の会議に加わることは少なかった。状況を把握できていない。

「戌の一族が不正をしているって言ってる。しかもそれを中央に密告したらしいの」

赤髪の女性は長いまつ毛を伏せて言った。

「不正？」

「ええ、石炭の採掘量を誤魔化していると」

「黒い石について、今更そんなことを言うの？」

信じられないと叔母は憤る。

「さらに――」

赤髪の女性は続ける。

「さらに？」

「戌の一族は、帝《みかど》の血を引く男児を有していると、正しき継承者は我が一族にある、など

と豪語しているって。だから、皇族を騙《かた》る逆賊を討てと勅命《ちょくめい》が……」

「……ありえないでしょ」

叔母と赤髪の女性は、ちらりと陸孫を見る。

「でっちあげでしょ？」

「でっちあげよ！」

「でも父親は？」

「そ、それは」

戌の一族の間では、父親が誰であるかはっきりさせないというしきたりがある。過去に、長《おさ》の子の父親を自称する者が現れ、一族の乗っ取りを企てたことがあったからだ。陸孫も自分の父は誰か知らない。

「確かに、この子が生まれる前に姉さんが中央に行ったことはあったけど、時期がずれてるわ。皇族の子なんてありえないし、何より父親が誰か知らせるわけないじゃない！」

叔母の言う通り、戌の一族は父親が誰であろうと名乗らせない。異国の大臣や、舞台役者の子ではないかという親類も多いが、誰も言及しない。それが戌の女の政治なのだ。

「そんなの鵜《う》呑《の》みにして、戌の一族を討つほど中央も莫《ば》迦《か》じゃないでしょ？　誰がそんなでたらめな文書を届けたっていうのよ」

「それが――」

赤髪の女性は口ごもる。

「うちの、玉袁さまの印が使われていたらしいの」

「えっ？」

目を見開く叔母《おば》。

幼い三姉妹は、叔母が騒ぐのを見て不安になったのか泣いている。

陸孫は何をすることもできない。ただ、従姉妹《いとこ》たちをなだめるだけだ。

「だいじょうぶ？」

小さな女の子がやってきた。赤い髪をした緑の目の娘は、小さな従姉妹たちを撫《な》でる。

「葉《ヨウ》、その子たちを連れて奥で遊んでいなさい」

「はーい、かあさま」

赤髪の娘は三姉妹の手を引っ張る。陸孫のことも引っ張ったが、首を振って断る。

「じゃあ、玉袁さまが!?」

「いいえ、旦那さまは砂欧へと遠征しているわ。ごめんなさい、私にはこれ以上はわからないの」

赤髪の女性は叔母に詫《わ》びる。

「じゃ、じゃあ……」

「ともかく着替えて。乳母の服があるからそれに。その格好だと戌の一族とすぐばれてしまうわ」

へたり込む叔母。従姉妹たちは子ども部屋へ。

この赤い髪の女性は信頼してもいいのだろうかと陸孫は思った。

そして、ここに一番いてはいけないのは誰かわかった。

「あ、あなた！」

赤髪の女性が陸孫を止めようとした。

しかし、陸孫は女性の手を振り切って屋敷へと戻る。

鉱山の話は黒い石のことだ。母たちがやっていることは戌西州の民のためにやっていること。でも、表面上の数字でしか評価しない中央には、それはわからない。

もう一つでっちあげの問題。そこに必要なのは、陸孫のはずだ。

――僕が、僕が出れば。

行ったところで何もできない。でも、行かなくてはいけない。無意味な使命感が陸孫を走らせた。

屋敷には暴徒が押し寄せていた。衛兵たちがのされて倒れている。うっぷん晴らしのように馬乗りになって殴る者もいた。野次馬が歓声を上げる。悲痛な目で見る者もいる。だが、誰も助けない。

人は極限状態になると何をするかわからないのよ。

母の言葉を思い出す。

一種の祭りになっていた。時に人は暴力に快楽を覚える。そして、女だてらに西都を仕切っていた戌の一族は、一部の人間にとっては何より目障りだっただろう。

絹を裂くような叫び声が各所で聞こえる。

違う、違う。姉の声ではない。母の声ではない。

聞きなれた声がいくつも聞こえたが、陸孫は非情にも優先順位を決めていた。

姉の、母のいつもいる部屋へと向かう。暴力と略奪に目がくらんだ男たちの間をすり抜けた。手を伸ばす一族の女たちに「ごめん、ごめん」と心の中で謝り続ける。

大義名分を得た暴漢たちは、欲望にまみれた悪鬼と化していた。

陸孫の全身から汗が噴き出す。握りこぶしはびっしょり、はあはあと本物の犬のように舌を出す。排出する水分が増えるほど喉が渇く。

誰かとすれ違いそうになったら慌てて隠れては進む。

しかし、母の部屋の前で羽交《はが》い絞《じ》めにされた。陸孫は慌てて足をばたつかせた。

「なんであんたがいるの!?」

姉だった。真っ青な顔をして、叫び出しそうな陸孫の口を押さえている。なんだか姉はいつもと格好が違う。髪を束ねて巾《スカーフ》で巻き、男物の服を着ていた。

「姉さん。母さんは？　その格好は？」

「母さんは奥。私は、ちょっとあんたの元服の服を借りてる」

「えっ？」

二年後の陸孫の元服のために作られた服だ。成長を考えて、大きめに作られている。これから、長い時間をかけて母が刺繍《ししゅう》を入れると言っていた。

陸孫は、意味がわからないまま部屋に連れ込まれる。

母が手に剣を持っていた。切っ先は血に塗《まみ》れている。周りに男の死体があった。

「母さん」

問いかける間もなく、陸孫は口に何かをはめられた。姉が布を裂いて陸孫の口に猿ぐつわをした。

「!?」

「だまんなさい。あんた、声大きいの」

「絶対気づかれちゃだめ。だめよ」

姉は母と一緒にそのまま陸孫の腕と足を縛り、大きな行李《こうり》の中に突っ込んだ。姉と母は蓋を閉めて、丁寧に重石《おもし》を載せた。

「あんたは、西の地を守るの。それが戌の男の役目。何を利用してもいい、どんな相手でも使えるものは使いな」

歯を見せて笑う姉。

「ここ、火の手は大丈夫？」

「ええ。燃えるものはないし、大丈夫でしょう。どうせ、建物はまた使うんでしょうし」

何を言っているのかわからない陸孫。行李《こうり》の網目の隙間からのぞく。

「母さん、私似合ってる?」

「ええ、そうね。大きくなったらそんな感じかしらねえ。声は出すんじゃないのよ」

「わかってる」

姉と母の意図がわかった。今、戌の一族で男児は陸孫のみだ。皇族を名乗ることが不敬だという暴徒の言い分を信じるなら、陸孫が狙われる。

姉はその身代わりになるつもりだ。

「!?」

陸孫は猿ぐつわで声が出せない。手足が縛られて動けない。ただ、暴徒がやってくる声が聞こえた。獣じみた声と血と油の臭い。

母が剣を振るう。

母の剣術は舞のようなものだ。美しい剣筋を残すが、軽く儚《はかな》い。相手にはかすり傷しかつけられない。

――やめて! やめてくれ!

陸孫は、猿ぐつわを噛《か》む。涎《よだれ》がにじむ。行李の底は涙と涎でびしょびしょになる。

何もできない。歯がゆい。

姉が、母がどうなったのかは思い出したくもない。でも、その狼藉《ろうぜき》を働いた男の顔だけは覚えておかねばならなかった。

瞬きもできなかった。

見覚えがある顔だった。たった一度、新しい楊さんの家に出かけたときに出迎えてくれた家族の一人。

たしか、玉袁の長男だ。

唾液で光る八重歯《やえば》。日に焼けた肌。節くれだった手に、耳の形や髪質。役者のように通る声。ただ顔を覚えるだけではない。五感を使って覚えられるだけの情報を頭に詰め込む。決して、忘れぬように――。

暴漢の日には正義があった。

必要とあらば、悪事でも何でもやっていいという、利己的でどうしようもない正義があった。

大事なものを守るためなら何をしてもいいという、正義でもあった。

捻《ね》じれた大義名分の前に、戌の一族は滅ぼされようとしている。

煮えたぎる思い、焼け石を押し付けられたような感覚。体の水分が抜けきったというのに、さらに蒸発しそうなほど熱くなっていた。

――こいつ、こいつが。

男は姉の頭を掴《つか》む。髪を引っ張り、そのまま引きずっていった。

今すぐ殴りたい。殺してやりたい。でも、できない。そんな真似をしようものなら、陸孫は相手に一撃も与えられずに殺されるだろう。

姉や母はわかっていた。だから、陸孫を閉じ込めた。何もできないように、縛り付けた。

陸孫の乾いた目には涙も浮かばなくなった。ただひ弱な自分を呪《のろ》った。小さくて知恵もなく、何もできない自分を呪った。

怒りと呪いで陸孫の頭には負荷がかかりすぎていた。いつのまにか気を失っていた。気がついたのは物音に気がついたからだ。

まだ暴漢どもがいるのか。もう許せない。何があろうと殺してやる。

陸孫は芋虫のように行李《こうり》の中でばたばたあがいた。あがくうちに上に置いてある重石《おもし》が落ちた。這《は》いずり回って床に顔をこすりつける。猿ぐつわが取れると枯れた声で叫んだ。

「ごろしてやる！」

陸孫が睨《にら》んだ先にいたのは、涙を浮かべた男だった。男はぼろぼろになった母の骸《むくろ》の前に膝をついていた。

「こんなことになるなんて……」

小太りの体つきで、柔らかい笑みを浮かべていた記憶。

玉袁がそこにいた。

陸孫は体をよじり、這いながら玉袁の足に食らいついた。普段の陸孫であればもっと冷静に対処できただろう。玉袁の目に浮かぶのは哀れみと後悔の涙であり、決して仇《かたき》というべき相手ではなかった。

だが同時に、誰よりも憎い男の父親だった。

玉袁は何も言わず、噛《か》みつく陸孫をなだめる。

「すまない、すまない。私のせいだ。私のせいなんだ」

食らいつかれた足に歯が食い込もうが、血が出ようが、玉袁は陸孫をなだめ続けた。

玉袁は、満身創痍《まんしんそうい》の陸孫を赤髪の女性の元へと連れて行った。

三姉妹と叔母《おば》はそのまま赤髪の女性の元にいることになった。母や姉のように表に出ることがなかった叔母は、戌の一族とは知られていない。乳母として身を隠すという。

「にーに、行っちゃうの？」

三姉妹の一番上、白羽《ハクウ》が陸孫の袖を引っ張る。

「ちょっと遠くにね」

陸孫はもう西都にはいられない。今西都にいれば、きっと母や姉の言葉を忘れてしまう。玉袁の長男である玉鶯とともに戌の一族を襲った者を許せない。西都の民に害を及ぼしてしまう。後ろ髪を引かれる思いで三姉妹に背を向けた。

「ねえ、おにいさん」

赤毛の子どもに呼び止められる。たしか葉と呼ばれていた娘だ。

「なに？」

陸孫は小さい子だからといって優しくできる余裕はなかった。

「玉鶯兄さまが嫌いなの？」

「名前すら聞きたくない」

「そうなの？　わたしも兄さまに嫌われているから、いつか狙われるのかしら？」

「……その時は、気が向いたら助けてやる」

陸孫は葉にそれだけ言うと、馬車に乗る。


陸孫はがたがたと揺られて港へと向かう。

癪《しゃく》に障《さわ》るが玉袁の世話になるしかなかった。まだ十三の子どもには、一人で生きる術《すべ》はない。元戌の一族の家が都にあるらしい。ちょうど陸孫と同い年の子どもを亡くしたばかりだ。背格好も似ているし、向こうも引き取ってくれると言う。

「戸籍も問題ないはずだよ。名前はそのまま使わせてもらう」

玉袁は、同じ轍《てつ》は踏まないと言いたいようだ。

陸孫はまだ玉袁を許せない。この男は自分に原因があると言った。自分たちを襲った理由を聞く権利があると思った。

「なんであんたがいないときに、楊一家の誰がやらかしたんだ？　長男か⁉」

　すると困った顔をして、玉袁がつぶやいた。

「そうだね。鶯だよ。他の息子たちは手を出していない」

「なんでだ、なんで……。あんなひどいことをするんだよ！」

「戸籍を、真実を葬りたかったのだと思う。暴動に乗じて。あの子は、私の実の子ではないからね。あの子の母は元奴隷で、父は異国人だ。元風読みの部族の生き残りとして、戌の一族を恨んでいたこともあるだろう」

「……知ってる」

　戸籍を貸せだの書き換えるだのという話を思い出し、陸孫なりに考えていた。

「実の子じゃないからって、あんたは責任逃れするのか？」

　玉袁は首を横に振る。

「すべては私の非だ。鶯を最初から自分の子として受け入れていればよかった。なんの気兼ねもないように、すべて揃《そろ》えてやればよかった」

「なら側妻《そばめ》どんどん増やすなよ、好色の楊さん」

　陸孫は、吐き捨てるように言い放った。玉袁はしぼむように肩をすくめる。

「玉鶯が実子じゃないのに、弟や妹をどんどん増やしたよな！　戸籍ごときで暴動起こそうなんて考えるのはそのせいじゃないのか？」

「そうだね。でも、鶯だけじゃなく、実は他の子どもたちも全て私の子じゃない」

「えっ？」

陸孫は慌てる。あれだけ妻と子がいる男なのにどういうことだ。

「私は、子どもを作れない体質なんだろうね。最初の妻は鶯を産んだけど、私との間に子はできなかった。申し訳ないが他で試しても駄目だった」

「じゃあ、他の子たちは？　あの葉っていう娘は？」

陸孫は口をぱくぱくさせる。

「商人が種なしでは格好がつかない。私は子を孕《はら》んだ寡婦《かふ》を探したんだ。それも、賢い女をね」

玉袁は馬車の窓から外を見る。

「夫や父がいない母子は西都では生きにくい。それを逆手にとって書面をかわし、商人として絶対の契約を結んだ。子どもの養育と将来の保障の代わりに、それぞれの分野における母親たちの技術を提供してもらうことにした。そして私の実子は鶯一人とすることで、誰も家の乗っ取りなど考えないようにした。子どもたちには内緒でね」

「それじゃあ」

「全員私を実の親だと思っている、と思っていたさ。――でも、鶯は気づいていた、自分が私の子どもではないことに。他に、鶯の出生《しゅっしょう》について脅してくる者もたくさんいた」

陸孫の目に映るのはただ頭を抱える小太りの男だった。

「金を握らせることで大概は黙ったが、欲をかく者もいた。私は、ずっと玉鶯を実子として扱うつもりだった」

でも玉袁の努力は無駄だったようだ。

「鶯は私を実父でないと知りつつも、父のように接してくれた。だから私もあの子のためにいろんなことを教えたのさ」

「へえ」

陸孫は心底興味なかった。同情できる余地があれば相手を許さなくてはいけない、などというのなら、最初からそんな話は聞きたくない。

「鶯は私と商売の仕事をするうちに黒い石に目を付けた。今回の暴動に加担した多くは、戌の一族に恨みがある者や、元風読みの部族の生き残りも多い。鉱山では多くの元風読みの部族が働いていたからね」

黒い石の採掘量について誤魔化しがあったというのは、そこで話を聞けたからだろう。

「じゃあ、戌の一族を陥れた理由は、元風読みの部族の逆恨《さかうら》みだよな。あんたは息子を罰しないのか？　西都を守る戌の男だったなら、それくらいやるよな！」

「ああ。理由の一つは風読みの部族としての復讐《ふくしゅう》。もう一つは戸籍を消すこと、あともう

「まだあるのか?」

玉袁は陸孫を見る。

「鶯は戌の一族の子どもが、私の実子だと誤解したんだよ」

玉袁の言葉に、陸孫は唇を噛《か》んだ。

『賢そうな子だね。息子にもらっていいかい?』

戌の子を引き取りたがる玉袁。玉袁と母のやりとりを思い出す。

そんな些細《ささい》な冗談を本気にして、戌の一族を滅ぼそうとしたのか。

だから、玉鶯は陸孫を消すために、皇族の血筋などと、でっち上げをした。

姉は莫迦《ばか》だ。生き残るなら陸孫ではなく姉のほうがよっぽど重要なのに。

なぜ、陸孫を生かした。

そして、なぜ今頃玉袁が話す。

殴りかかりたい衝動が沸き起こる陸孫。馬車から突き落とそうか。まだ玉袁には、陸孫が噛みついた足首の傷が残っている。小童《こわっぱ》の陸孫でも、道連れにすれば小太りの男一人くらい殺せるはずだ。

姉の言葉を思い出す。

『あんたは、西の地を守るの。それが戌の男の役目。何を利用してもいい、どんな相手でも使えるものは使いな』

　陸孫はここで死んではいけない。そして、西の地を傷つけないために、中央へ行くのだ。誰も陸孫のことを知らない土地へ。

　陸孫は唇を噛みしめ、膝に両手の爪を食い込ませながら我慢した。殺意はなんとか口の中にたまった唾液とともに飲み込んだ。

「あと一つは、莫迦な勅命《ちょくめい》を出した中央か」

　赤髪の女性が言っていたのを思い出す。きっと、ろくでもない皇族がいるのだろう。確か皇太后《こうたいごう》が女帝と言われるほど政治を操っていると聞いた。勅命という大義名分がなければ、玉鶯も戌の一族を滅ぼすまではできなかったはずだ。

「中央は、その勅命は本意じゃなかったそうだ」

「はあ？」

　陸孫はあきれた声をあげる。どういうことだ、手違いで勅命が下されたということか。

「帝《みかど》の印はあったが、女帝、いや皇太后の印がなかった」

　つまり傀儡《かいらい》よりも傀儡使いの承認がなかったことが問題なのか。

「数年前から帝の体調が悪く、母上であられる皇太后もご高齢なのだ」

「そんな杜撰《ずさん》な勅命で……」

「そうだな。皇族を騙《かた》ったというのは間違いだとわかったが、採掘量をごまかしたことは隠せない一件だ」

「……それは」

戌の一族にも非はあった。不作や不況を、黒い石によって補填《ほてん》するやり方。今はいいが、いつか破綻《はたん》する方法だ。

「だから、鉱山の権利は、この際中央から奪い取るつもりだ」

「えっ？」

小太りの気弱そうな男の目に火が宿った。

「中央は石炭の価値をわかっていない。少なくとも向こうではこちらの何十分の一の価格にしかならないだろう。そこを逆手に取る」

「それって」

「交渉材料は杜撰《ずさん》な勅命《ちょくめい》。それが西の地を治める一族を滅ぼした。これは由々しき問題だ」

玉袁の目には商人のたくましさが宿っている。

「おまえを中央に連れていくとともに、私は元戌の一族として宮廷に抗議する。私の印によって起こしたことなのだから、私にも責がある」

「中央に逆らうことになる。いや、それじゃああんたは、あんたの家族は？」

鶩とかいう莫迦《ばか》息子はどうでもいいが、従姉妹《いとこ》たちを匿《かくま》ってくれた奥さんもいる。いくら血のつながりがなかろうと、そこまで巻き添えにできるのか。

「ほれ、これ見ろ」

玉袁は足元から籠《かご》を取り出した。中には鳩《はと》が数羽入っている。

「私が商売を広げられた理由だ。情報を制す者は、市場を制す。抗議した私を縛り首にしようが関係ない。鳩が先に知らせてくれるし、簡単にやられるような弱い嫁は誰一人いない。私たちは根絶やしにはされない」

どんと、太鼓《たいこ》のような腹を叩《たた》く玉袁。

「それでも信じられないかい？」

「……まだ」

心の整理が追い付かない。陸孫はまだ子どもなのだ。大人が嘘《うそ》をついているかどうかなんてわからない。

「じゃあ、私と書面をかわそうか」

「どんな？」

「私は商人だ。西都を一番盛り上げてくれる者を優遇する」

商人らしい、成果主義だ。

「でも同時に危険を孕《はら》んでいる。私の寿命はどうしても子より短い。だから、欲をかいた子どもが、私がいなくなったとき何かをやらかすかもしれない」

鶯という男ならやりそうだと陸孫は思う。現にやらかしている。

「その時は、その子を排除する。そして、おまえが西都を守るんだよ」

「なんだよ、それ……」

結局、玉袁の跡継ぎになるってことじゃないだろうか。絶対に嫌だ。

「この期に及んでしりぬぐいをさせる気か？」

「しりぬぐいじゃない。これは風になった男の宿命だ」

「風になった男、か」

玉袁はどんな形であれ、母や姉の言う風の男だと、陸孫は思った。

ずるくて汚いやり方だ。これでは、陸孫は受けるしかない。

この柔和な笑みの下のしたたかさを得るしかなかった
陸孫は、今の尖《とが》った石のような心を砥石《といし》で研《と》いで研いで、滑らかに美しく仕上げる。そして、なにかあったとき、何者でも切り裂けるような鋭い刃《やいば》となるように――。

「着いたようだな」

陸孫が馬車を下りると港だった。そこで妙なことをしている男を見つける。

「船、いや。無理、乗りたくない！」

柱につかまり、子どものように駄々をこねるいい歳をした男がいた。

「船乗らねえと、帰れねえぞ。やっと乗れる船があったんだ」

「でも。船、無理」

「小父《おじ》さん何やってんの？」

羅漢という男だった。思わず声をかけてしまう陸孫。

「ん？　誰だ、おまえ。ちまい歩兵《ほへい》だな」

陸孫のことは完全に忘れていた。いつものことだがあきれてしまう。

「都に帰るんだろ。陸路より船のほうが楽だと思うよ」

馬車に揺られるのも船に揺られるのも似たようなものだし、乗っている時間は短いほうがいいと陸孫は思った。

「ぐぬぅ」

羅漢はしぶしぶ船に乗る。

「小父さん、まったく人の顔を覚えないけど本当に大丈夫なの？」

「うーぬ。出世したら困るかもしれない」

出世できるのだろうかと陸孫は思ったが、商人はなんでも縁故《コネ》を作っておくに限る。

「じゃあ、出世したら僕を雇ってよ。小父さんの代わりに人の顔を絶対忘れないから便利だよ」

「ん、それなら採用する」

軽いやり取りだったが、まさか十年後に本当になるとは陸孫は思いもしなかった。そして、変人軍師と呼ばれるようになった人物は、陸孫のことをすっかり忘れていた。

結局、戌の一族は滅亡した。抗議しても勅命《ちょくめい》が間違いだったと中央が認めなかったわけだが、妥協案が出されたのだろう。

一つ、戌の一族の生き残りについては追われるようなことはなかった。
一つ、今も戌西州と呼ばれている。
一つ、戌の一族ではなく元戌の一族である玉袁が西都を治めることになった。
一つ、石炭採掘にかかる税は口止め料という形で、納めなくてもよくなった。あくまで非公式だが。

戌の一族は不名誉のまま滅んだ。だが、玉袁は名誉よりも戌西州の発展を選んだのだろう。誰よりも西の地の利益を求める男は、くやしいが誰より陸孫の手本だった。

二十一話　軍師の采配《さいはい》

血だまりの中で陸孫《リクソン》は過去を振り返っていた。

今の公所《やくば》は元々戌《イ》の一族の屋敷。しかも、玉鶯《ギョクオウ》は陸孫の母が使っていた部屋を執務室にしていた。

十七年前、己《おのれ》が狼藉《ろうぜき》をはたらいた場所で刺されて絶命した男。因果というにはできすぎている。

玉袁《ギョクエン》の指示で再び西都に来たとき、直属の上司だと言われた男が誰よりも記憶に残る男だったときは気が狂いそうだった。

でも、姉の遺言を守るために我慢した。

玉鶯に、羅の一族と血縁か、と聞かれたときは怒りを通り越して笑いがこみあげてきた。陸孫にとって忘れられない男は、陸孫を全く覚えていなかったのだ。

曲がりなりにも玉袁が育てた男。血のつながりはなくとも、西の地を盛り立てる才能はあった。惜しむらくは、劣等感を持ちすぎたことか。玉袁の子ではないと気づいた故に、捻《ね》じれてしまったのか。

西の地を盛り上げるのではなく、守るのでもなく、利用して砂欧《シャオウ》を攻めようとする。己《おのれ》の血の元を絶やすために滅そうとしたのだろうか。

これだけは看過できなかった。

なにより、お膳立てされたように、舞台が整いすぎていた。

陸孫は小刀を引き抜き、玉鶯に殺された男の前にしゃがみ込む。

「なんだ、なんだ？」

駆けつける人々には、血だまりの中に陸孫一人が見える。他二人は死んでいる。

「ど、どういうことですか⁉ 陸孫さま」

玉鶯の副官が訊《たず》ねる。がやがやと他の者たちもやってきた。悲鳴を上げる侍女もいた。

「見ての通りです。私が入った時にはすでに殺されていました。私はただ隙を見て小刀を取り、賊を返り討ちにすることしかできませんでした」

「本当ですか？」

副官がのぞき込むように見る。全員が疑いの目を陸孫に向ける。

そうだ。陸孫が疑われるのは当たり前だ。陸孫が冷遇されていたのは皆が皆わかっていたはずだ。陸孫が怪しいのはわかっている。

ここで上手く上手くやらねば――。

いや、それとも母と姉と同じ場所で葬ってもらった方が――。

などと考えていた矢先だった。

「部屋に入ったらすでに殺されていた。だから賊を殺した、で間違いないか？」

誰かと思えば、羅漢《ラカン》がいた。寝ぼけ眼《まなこ》で、片眼鏡《モノクル》も外している。しかし今は祭祀《さいし》の最中《さなか》のはずだ。なぜここにいるのか。

「羅漢さま、祭祀はどうされたのですか？」

「眠いから抜けてきた」

ああ、終わったな、と陸孫は思った。

羅漢に隠し事はできない。羅漢には善意や悪意はなく、ただ事実のみを述べるだろう。陸孫は、ここで暴れてしまえば、姉や母と同じ場所で息絶えることができると小刀を握る。

「だ、そうだ」

羅漢が周りに言った。

「ど、どういう意味ですか？　漢太尉《カンたいい》？」

「ん？　そいつは嘘《うそ》は言っとらん。人を殺した賊を殺した。それの何が悪い？　むしろ警備をぬかったおまえらの責任だろ」

「えっ？」

いきなり言われて混乱する副官。

「儂《わし》、眠いから寝る」

周りがどよめく中、「漢太尉の言葉なら」と皆が下がる。陸孫に向けられた疑いは一瞬で消えた。

これでいいのだろうか、という気持ちもある。

同時に、姉との約束を守れるとほっとする気持ちもある。

「話はあとで聞きますから、とりあえず着替えてください」

副官が陸孫に言った。

先ほど叫び声をあげた侍女が恐る恐る手ぬぐいを陸孫に差し出す。すらりとしたその侍女を、陸孫は何度か見たことがあった。

「お仕事ですか、雀《チュエ》さん」

侍女の耳元でささやいた。

「……いやですねえ、なんでばれるんですか？」

顔は全く違うが、声は陽気な侍女のものだった。

「お膳立てしたかのような舞台なので、誰かの差し金かと思いました」

怪しいのに誰も来ない執務室。確かに玉鶯が人払いをしていたとしても、都合がよすぎる。

陸孫は察した。

玉鶯という男は、陸孫が手を下さずとも死ぬ運命にあったことを。

「そうですかあ。怪しすぎましたかねえ」

雀は否定もしない。

「どうして私ってわかりました？　髪の色も目の大きさも変えてましたのにぃ」

「耳の形ですね。雀さんは大変美しい耳をしています」

「あらやだ、人妻の耳をまじまじと見るんですかぁ？」

声は雀だが、おどおどした様子は全く別人だ。陸孫に付いた血を恐れつつも着替えを持ってついてきている。

「医官が調査に入ると私は処分されると思いますか？」

なんとなく聞いてみる陸孫。

「ここの担当は楊《ヨウ》医官です。楊医官は仕事には真面目ですが、柔軟な考えをお持ちで、何より西都の平穏を願っているはずです。猫猫《マオマオ》さんなら好奇心で調べるかもしれないですね。あとの残り二人の医官も癖がありそうですが」

「そうですか。では今後、猫猫とは顔を合わせないようにしておきます」

少し寂しい気もするが仕方ない。陸孫がやったことはもう取り返しがつかないことなのだ。

「ですね。ついでに私のこと黙っておいてくださいね」

雀がついでにと口止めしてくる。

「黙っておきますので、一つ頼み事してもいいですか？」

「なんでしょう？」

独特の声が陸孫の耳にはよく聞こえるが、周りには口すら動かしていないように見えるだろう。陸孫とて、農村で数日一緒にいなければ気付けなかっただろう精巧な変装だ。

「雀さん、さっき部屋で何か回収しませんでしたか？」

他の者は何も気づかないような、見事な動きだった。しかし、陸孫は、部屋に入る前と後の雀の手の位置がずれていることに気づいた。

「なんでそんなに勘がいいんですかー。……実は、被害者は林小人《リンしょうじん》ですよねぇ」

雀は、意外なほどべらべら話してくれる。

「では奪われた何かを元に林小人は強請《ゆす》りに来たというわけですね。奪われたのは戸籍ですね」

「言わないでくださいよぅ、これ以上は。雀さんの首が飛んじゃいますぅ」

緊張感のない話し方をする雀。だが、周りに誰もいないかを気にかけている。

「あなたが手に入れた物は速やかに処分していただけないでしょうか？」

陸孫は玉鶯を許す気になれない。だからといって死体蹴りをするつもりもない。

「上司に相談してみますね」

「どちらの利にもなるでしょう、処分については。后《きさき》の本当の父親がどこの馬の骨かわかるのは困るんでしょう？」

陸孫はすでに雀が知っていると直感した。

「そうですねえ。面倒臭いことになりますぅ」

緊張感のない声だが、表情だけは強張《こわば》っている。雀は、かなり有能な間者《スパイ》なのだろう。このままそっと陸孫のことを消すのではないかと思ったが、さすがにそれはないと信じたい。

玉葉后《ギョクヨウきさき》の本当の父親は、戸籍を調べれば出てくる可能性はある。母親の前の夫を調べるなり、たとえ故人でもその親類を調べられると困る。

「雀さんが大変な理由はわかりますけど、なぜ陸孫さんが戸籍を処分しようと考えるんです？」

「別に意味はありませんよ。ただ、契約を交わした相手の秘密がばれると契約の価値がなくなるでしょう？」

別に玉鴬のためではない。愚かにも西の地を危険にさらそうとした男。玉袁に対する劣等感の塊《かたまり》。

陸孫が戸籍を処分したいのは、ただ玉袁に対する義理のためだけだ。

「わかりました。上司と相談しておきます」

と、変装した雀は陸孫に着替えを渡すとどこかに行ってしまった。

「月の君の直属ってわけじゃあなさそうですね」

これ以上、陸孫は踏み入れない。何より、すねに傷を持つ身になった。

陸孫は部屋に戻る。そして、扉を閉めると、しゃがみこんだ。すぐさま血に濡れた服を着替えたいのに、体が動かない。

「なんだろうなあ、終わったはずなのに」

陸孫の目から、ぼろぼろと涙がこぼれてきた。

「違うか。まだこれからか」

鼻をすする。子どもが泣くように。

大の大人が恥ずかしいが、今は母と姉に見守られている気がした。

それに、どういう意図であれ、羅漢は陸孫を庇《かば》ってくれた。

「嘘《うそ》ではないけど、本当のことはわかっていたはずなのに」

柄にもないことをする元上司だと陸孫は思う。

そして――。

西の地を守るため、これからも凧として生きねばならなかった。

二十二話　皇弟《おうてい》の愚痴

泣き女たちの声が、離れた場所にいる猫猫《マオマオ》にも聞こえてきた。屋敷の前に列ができているのも、別邸の二階から確認できた。

「大変ですねえ」

他人事《ひとごと》のように雀《チュエ》が言う。

「お葬式はしめやかにと言いますが、西では派手なんですねえ」

「これでも控え目なほうじゃないですかね」

猫猫は窓から離れると、卓《テーブル》の上にある草を見る。草原に自生している薬草を集めたものだ。雀が採ってきてくれた。

薬草の処理をしようとしたら、驚くべき話が舞い込んできたのだから困った。

玉鶯《ギョクオウ》が殺されたらしい。

昨日の祭祀《さいし》には全く現れず、弟や妹たちだけが入場したので、何かあると思ったらこれだ。

殺したのは玉鶯に対して前々から金の無心をしに来ていた農民だという。

話を聞いて驚いたのは半分。残り半分は、納得と妙な安堵《あんど》と不安が入り混じっていた。

「農民ですか？」

「はい。猫猫さんはご存じですよね。玉鶯さまの施しが過ぎる件については」

施しという言い方をするが、実際は金貸しだ。

「そうですね。お金を貰《もら》う方は、相手は神さまじゃないとわかるべきだと思いますね。どんな条件で貸し出されていたんですか？」

情報通の雀なら知っているだろうと、猫猫は聞く。

「はい。そのとおり。見返りもなく貸すのではなくて、有事の際に人手を差し出すという条件っぽかったみたいです。でも、有事なんてそうそう考えないでしょうね。もっと西寄りの村ならともかく、西都周辺であれば異民族が攻めてくるような例はありませんもの」

地理的に遠く、少なくとも自分の世代で戦《いくさ》など起こるわけもないと考えた結果、先日の暴動があった。玉鶯が壬氏《ジンシ》を庇《かば》うと見せかけて戦を誘導したことが、殺されるきっかけだったらしい。

「わからなくもないですけど」

猫猫は、玉鶯を殺した農民の気持ちも少しだけわかる。人は自分に火の粉が降りかかるまで、関係ないと思うのだ。貧しい者ほど目先のことしか考えられなくなる。視野が狭い故に、欲に目が眩《くら》んでしまうのだ。

「一つ聞いてもいいですか？　その殺した人というのは？」

「すぐさま討ち取られたようです。それでもってその農民の家族には、事が公《おおやけ》になる前に知らせました」

雀は猫猫が聞きたいことをついでに言ってくれる。皇族が命を狙われたら族滅《ぞくめつ》させられるのだ。皇族ではないが、玉葉后《ギョクヨウきさき》の兄であり玉袁《ギョクエン》の息子だ。猫猫たちは悪い印象をもっているが、西都では多大な支持を得ていた。たとえ実行した犯人がすでに殺されたとしても、家族にも危険が及ぼう。

「家族は上手く逃げたのでしょうか？」

「雀さんにはわかりません。ただ、西都では私刑《リンチ》が法律上禁止されているのですが、ちゃんと逃げてくれないと困りますねえ」

法では禁止されているがどこまで抑止力が働いているかわからない。皇弟《おうてい》のいる別邸にまで暴徒が詰めかけたのだ。民の平常心はなくなっている。

「それで、猫猫さんは他に何か聞きたいことありますぅ？」

雀がどやっとした顔で椅子に座っていた。猫猫も座り、半分しおれかけた薬草を持つ。枝から葉っぱだけを取って乾燥させる予定だ。

（本当に農民が殺したんですか？）

率直な疑問を口にしようとしてやめる猫猫。代わりに違う質問を口にする。

「どうするんです？　仮にも領主代行ですよね。仕事とかいろいろ」

「それがですねえ」

雀も手伝ってくれるのか、枝を持つ。ふざけたところはあるが有能な侍女は、猫猫の真似をして手際よく葉っぱをちぎっていく。

「昨年、もう一年経《た》っていますかねぇ。かなりの量の仕事を陸孫《リクソン》さんが引き受けていたみたいですよぅ。副官がやっていた仕事とかも合わせると、ある一点を残して問題なさそうです」

「なんかある一点が致命的すぎそうなんですけど」

「ええ。顔になる人がいない。これ、大変」

「あー」

猫猫は納得する。同時に疑問もある。

「仕事の内容を考えると陸孫さんがやるのが妥当ですけど、中央から来た人間ですし」

蝗害《こうがい》の対応など見たら、指導力は十分あるように思えるが、後釜にするには弱すぎる。

「思ったんですけど、玉袁さまって他にもたくさんお子さんいらっしゃいますよね？　他の弟や妹も。ええっと、港を治める大海《ダーハイ》さんでしたっけ？」

猫猫は確認するように訊《たず》ねる。

「ええ。いますともいますとも、弟だけでも六人いらっしゃいますよ。玉鶯さまには息子もいますけど、まずは弟や妹が先でしょうね」

「その中の誰かでは駄目なんですか？」

「それがですねえ……」

雀は歯切れが悪い物言いをする。

「皆さん、専門職があるんですよぅ」

「専門職ですか。どんな？」

「船であったり、焼き物であったり。職人さんが多いのですよぅ。いくら優秀でも農民の羅半兄《ラハンあに》は国政には向かないでしょう？」

鍬《くわ》を持つのではなく、机仕事《デスクワーク》をしている羅半兄を思い浮かべる。たぶん、普通にこなせると思う。思うが畑に出したほうが十倍役に立つ。

そして、上に立つ人が普通にできても駄目だ。優秀でも一つ間違えればすぐさま首をすげ替えられる。

「もう一人くらい政治に強い人育てても良さそうですけどね」

「長兄と争いたくなかったのかもしれないですよぅ。あと、政治の面では誰より出世しているのは玉葉后ですし。玉鶯さまの息子のほうは、まだ父親が現役だからと、あまり勉強されてなかったみたいです」

「そういえばそうですね」

帝《みかど》と縁戚関係を結ぶ。これ以上の出世はないだろう。そして、玉袁は商人でありながら、帝の舅《しゅうと》になってしまったのだ。

だが、困る。

誰が西都を治めるというのだ。

「玉袁さまが今更西都に帰ることはないでしょうね」

「立場上難しいですね。死んだのが実の息子であっても、今の西都に戻ることはないと思います。そういうわけで、葬儀が済んだあとはその話し合いで月の君は大変でしょうね。本当に西都の農民の仕業なのかって話は、どうしても出てきちゃいますから」

さらっと猫猫が聞きたい話をしてくれた雀。

壬氏としては、玉鶯に戦《いくさ》を煽《あお》るようなことをされては困ると思っていた。だが、死なれたほうがもっと面倒くさい。

「他に何人か偉い人っていますよね。そこでなんとかなりますか？」

「雀さんに聞かれても困りますよぅ。だけど、一つだけわかりきったことがあります」

雀はずずいっと猫猫に顔を近づける。

「な、なんでしょう？」

猫猫はちょっと押されつつ聞き返す。

「どういう結果になっても、月の君が疲れて帰ってきます。疲れを吹き飛ばす薬湯、できれば苦くないものがいいです」

「……用意しておきますね」

猫猫は葉っぱをむしりつつ、持ってきた蜂蜜がやぶ医者に全部食べられていないか確認しておかなくてはと思った。


雀の予想通り、翌日壬氏は非常に疲れた様子だった。往診でいつもならすぐさま騙《だま》されるやぶ医者も、あからさまに病気を疑っていたくらいだ。

「疲れたのでもういい。帰っていい」

と壬氏が言って、やぶ医者はしゅんとなって帰っていった。なお、猫猫は居残りだ。

（ちょっと気まずいなあ）

ちゃんと面と向かって会うのは、補充と称した回りくどい行動以来だ。ただ、壬氏の疲れが半端ないので何があったのか聞きたいという好奇心もある。

すでに、壬氏付きの者たちには全員情報がいきわたっているのか、どよんとした空気を纏《まと》っている。一体、どんなお疲れ話をしたのだろうか。

「とりあえず座ってくれ」

壬氏に言われるがまま座る猫猫。作ってきた薬湯はもう水蓮《スイレン》に渡していた。

「何があったか聞いてくれ」

「何があったのでしょうか？」

言われた通りに質問する猫猫。

「それがなあー」

正直、臣下《しんか》の前でこれだけぐだっとなっているのは、久しぶりではないだろうか。高《ガオ》順《シュン》しかいないときはたまにこういう風にだらけた雰囲気になることもあったが――。

（水蓮に、桃美《タオメイ》、雀に、馬閃《バセン》……）

あと姿は見えないが馬良《バリョウ》もどこかにいるのだろう。

全員の前でだらける壬氏。水蓮や桃美がお小言を言いそうだけど言わない。それほど、だらけるだけの理由があるのだろう。

そっと水蓮が薬湯を壬氏の前に置く。薬湯というが汁物に近い。下手に苦味を甘さで誤魔化そうとすると変な味になるので、いっそ汁《スープ》にした。野菜と疲れを取る薬草を入れ、乳酪《バター》を使った煮込み料理だ。すじ肉も歯で簡単に噛《か》み切れるまで煮込んでいる。

正直、皇族が口にするには粗末で雑味が多いだろうが、猫猫なりに考えて一番効きそうな物を作った。薬だった名残に、緑色をしているが不味くないはずだ。やぶ医者、雀、李《リ》白《ハク》には美味いと太鼓判を押してもらっている。

「っふう」

汁を口にして息を吐く壬氏。聞いてくれと言ったわりにもったいぶっている。ただ、口に合ったようで、匙《さじ》を突っ込んでせっせと具を食べていた。

（腹も空《す》いているのか？）

一口食べると止まらなくなり、全部食べ終えてしまった。てらりと光る唇を手の甲で粗野に拭う。年相応の青年らしい仕草だ。

だが、次の瞬間、きりっとした顔になる。だらけた姿勢を正し、疲れた表情も薄れていた。切り替えが早い。

「西の地を誰が中心となって治めるか、やはり話し合いは堂々巡りだった」

「でしょうね」

ちらっと桃美を見つつ猫猫が答える。水蓮や雀の前ならまだいいが、桃美の目はやはり怖い。どこで猫猫の態度を不敬ととらえるかわからないので、少し冷や冷やする。

「玉袁殿の他の息子を出す案は、皆が皆断ってきた。それぞれ別の分野で優れた者であるが、政治には不向きだとの発言だ。全員が全員だ。加えて、玉鶯殿の子どもに至っては、まだ政治は勉強不足らしい。いきなり領主代行に据えるには力不足だそうだ」

壬氏は強調する。拳も握っていた。

「次に玉鶯殿の副官などを当たった。仕事としては問題なさそうだが、どうにも上に立つ気概がなかった」

「副官であるほうが居心地のいい性格だったと」

「ああ」

そういう人間はいる。誰もが皆、出世を望むわけじゃない。地位はなくとも、食うに困らないのであればそれでいいという人はいる。玉鶯の副官はそういう性格の者ばかりだったらしい。

(そういうのばかり集まったのか、集めたのか)

頂点に立たなくてもある程度の地位でよければ、副官のほうが気楽だろう。真面目すぎる性格だと、仕事を抱え込んで胃を痛めてしまうが。

「西都の有力者も当たった。答えは、否だ。理由は、商売として利点より弊害が大きいらしい」

「ものすごく商売人気質ですね」

「そういう街だからな。玉袁殿くらい力が大きければいいんだが、他の商人たちの力関係は、ほぼ同じくらいだそうだ」

西都の商人の勢力がいくつあるか知らないが、下手に出てくれば他勢力に潰されることもあるのだろう。今は誰もが蝗害《こうがい》によって手一杯だろうし、仕事を増やしたくない気持ちはわかる。

「私としては一人、思い当たる人物がいたんだが――」

「はい。誰ですか?」

「陸孫だ」

猫猫は名前を聞いて、そうなるよなあと思う。猫猫でさえ名前が浮かぶのだから、壬氏は考えていたのだろう。何より、雀がちゃんと報告しているに違いない。

「なんか納得していないか？」

ちょっと引っかかった顔をする壬氏。

（うん、求婚事件を思い出して面倒くさくなる前に、言っておこう）

「蝗害の時、慌てずに行動していたのを見ていましたから。それに、変人の副官を務められる肝の太さはありますよね？」

客観的に見て高い能力だとわかる。

「はい、雀さんも絶賛しております」

しゃきっと手を上げる雀。横に猛禽類《もうきんるい》の目が光っている。

「だが、本人が中央から来た委託の身だと言い出した」

「ですよね」

陸孫が中央から来た以上、あまり出しゃばらないほうがいい。

雀の言った通りの流れだ。

（いっそ、西都出身とかなら話は違ったろうけど）

猫猫は「ん？」と自分の考えに何か引っかかりつつも、気のせいかと切り替える。

「それどころか陸孫は、私に長をやれと言い出した」

「はあ!?」

さすがに猫猫も立ち上がって声を上げてしまった。

猛禽類《もうきんるい》の目が猫猫に向かう。気まずいまま椅子に座りなおす猫猫。

「どういうことですか？」

「そのままの意味だ。仕事的には今まで通り副官たちが行う。ただ、私には顔として残れと言い出した。あの、陸孫と、いう、男が！」

（うわー）

これは疲れるわけだ。あえて強調するように言ったのが要点である。

「私は委託どころか、客人のはずだよな？」

確認する壬氏。

「そうですね」

「本当ならもう都に帰っていてもおかしくないよな？　なんで周りも黙って私を見ていたんだ？　なあ？」

「そうですね……」

確か短くて三月《みつき》くらいという話だった記憶がある。でも、長くなったらどれくらいかは聞いていない。

（今、何月目だったっけ？）

指折り数える猫猫。五か月以上西都にいる。船旅を合わせるともう半年以上都を離れていることになる。

本当に玉鶯という男も、もう少し時期をわきまえて殺されてもらいたい。いや殺されるのを良しとするわけではないが、壬氏への、皇弟《おうてい》への誤解をしっかり解いてから死んでしまった。民を戦《いくさ》に焚《た》きつけるだけ焚きつけて。

どこまで迷惑なおっさんだろうか。

（でも生きていてもどうなっていたか）

これだけ西都で力を持っている男が戦をけしかけていたら、壬氏の立場でもいつまで反対できたかわからない。

砂欧《シャオウ》への戦の回避だけならできたかもしれないが――。

「でも、じ、壬氏さまは」

猫猫はちょっとためらいつつ、壬氏という名を使う。猛禽類、本当に目が怖い。

「どちらにしろ、残るつもりでいましたよね？」

「……」

無言なので正解だ。

壬氏は、面倒くさいならさっさと蝗害《こうがい》が起きた時点で帰ればよかったのだ。立場を考えると誰も文句は言えないし、実際帰還を勧める文の一通や二通あっただろう。

蝗害《こうがい》で民の身も心も荒れ、異民族から攻められる中での指導者不在。考えるだけで嫌になる流れでも、壬氏は考えているだろう。

「西都はこのままにしておけませんよね」

「そのとおりなんだ」

はあっと大きく息を吐く壬氏。またお疲れ顔に戻り、猫猫をちらちらと見る。

「なんでしょうか？」

「……おそらく、今の状況なら中央に戻ったほうがいくらか安全だろう」

誰がと考えつつ、それが猫猫を指していることに気付く。

「でしょうね」

猫猫の安全のため、とか言われつつも、結局飛蝗《バッタ》まみれになった。さらに暴徒が別邸に押しかけてきた。

でも、ここで言うのは間違いだ。

「今更私に帰れとは言わないでくださいね。もれなく変人軍師も帰りますよ」

猫猫は釘《くぎ》を刺しておく。

（本当は帰りたいけど、とても帰りたいけど）

猫猫は、我慢する。やり手婆《ばばあ》や姚《ヤオ》や燕燕《エンエン》に手紙を書かないといけない。

「変人軍師がいなくて中央がどれだけ困るかといえば、正直問題ないでしょう。むしろ、多少うるさくても西都にいたほうがまだ使い勝手がいいのではないですか？　将棋《しょうぎ》仲間もいますし」

「しかし」

「私がほいっとどこかにやられても戦況に問題のない歩兵《ほへい》なら仕方ないです。私は壬氏さまにとって歩兵でしょうか？」

「……」

「何か言いたいことはありませんか？」

「……たい」

壬氏が目をそらしつつ、口を開く。

「さっきの煮込みを、もう一杯食べたい」

「……はい、おかわり持ってきます」

これは利用価値があって残すという意味でいいのだろうか、と考える猫猫。

やぶ医者が夜食に食べつくしていなければいいが……と思いつつ、皇室御用達の看板を掲げても問題ないかと、不埒《ふらち》なことを考えた。

終話

陸孫《リクソン》への手紙には、それだけが書かれていた。

『御心《みこころ》のままに』

赤毛の娘、葉《ヨウ》を思い出す。玉袁《ギョクエン》の末子、いつか中央に入り込むために育てられた美貌の旅芸人の子。生き残った戌《イ》の一族をかくまってくれた。笑みを絶やさず生きる娘に、白羽《ハクウ》たち三姉妹も救われたに違いない。

玉袁の予想通り、葉は美しく育ち、玉葉《ギョクヨウ》と名前を変えた。後宮《こうきゅう》へと入内《じゅだい》し、現在、后《きさき》にまで上り詰めた。

玉鶯《ギョクオウ》は、どんな形であれ玉袁という父の背中を追っていた。

玉葉もまた、形は違えど同じだ。

玉袁がなにより大切にしていることは、西都を守ること。玉鶯は発展を目指し、玉葉は中央の懐柔に動いた。

かつて妹のように扱っていた三姉妹も美しく成長した。再会したのは、玉葉妃《きさき》が后になった頃のこと。侍女であった三姉妹も後宮から出て、皇后が住まう宮へと移った頃だった。

下の妹たちは覚えていなかったが、長女である白羽は、陸孫に気がついた。陸孫としては、過去の名を捨てて別人として生きていたのに。通りがかった三姉妹をじっと見つめてしまったのが間違いだったかもしれない。

白羽は連絡を取ってきた。陸孫を懐かしむと同時に、戌の一族の生き残りとして陸孫に西都に戻って、統治してくれと言った。無理な話だ。陸孫は逆賊の子であり、存在してはならないのだから。

白羽はかつての戌の一族の力を取り戻そうとしているのかと思った。だが、白羽は陸孫と別れてからの十数年の間に、玉袁の娘、玉葉の忠実な侍女になっていた。

ならば、なぜ陸孫に統治を求めるのか疑問だった。

その疑問を解く機会はすぐに与えられた。昨年の西都への訪問。陸孫は、羅漢《ラカン》の代わりに向かった。

正直、誰かが陸孫の正体を見破るかもしれない。内心、びくびくしながら向かった先では、不思議なほど客人扱いしかされなかった。誰もかつて西都を仕切っていた一族の子だと気づかない。何より玉鶯は、陸孫を気にする気配は全くなかった。

西都は栄えていた。

おそらく戌の一族の統治時代よりもずっと。たとえ、過去に凄惨な事件があったとしても、西都の民は商売人気質だ。今の発展を考えれば、必要悪と片付けるだろう。

だが、その発展の影を陸孫は見逃さなかった。

短い西都滞在中に、玉袁は陸孫を呼んだ。

「西都をどう思うか？」

玉袁は玉鶯の歪《ゆが》みに気付いていた。ほんの少しの歪みは何十年もかかって、修正できないものになる。そして、玉袁は中央へと移ることが決まっていた。今まで歯止めをかけていた玉袁がいなくなることで、玉鶯がどう出るかずっと考えていたのだろう。

やはり玉鶯は信用ならなかった。

玉袁は、陸孫を西都での歯止め役として選んだ。

「なんで、自分で手を下さないんだよ！」

十数年ぶりに使う乱暴な言葉。陸孫になってから、絶対に使わないと決めていたのに。

玉袁の手引きという形で、西都へと戻ってきた。

玉鶯の監視として――。何かあった時の処刑人として――。

玉袁の下した決断を玉葉后は知っていたのだろう。白羽を使い、陸孫に手紙をよこした。連絡には、鳩《はと》を使った。皇弟《おうてい》が賊の連絡手段を探しているときは冷や冷やした。鳩は、特別な連絡手段であり、皇族にも教えるわけにはいかなかったからだ。

『御心《みこころ》のままに』

玉葉后の手紙の内容のままに動くわけにはいかなかった。

ずっとずっと悩んでいた。

いつしか、玉鶯という男が自分の非を認めてくれたらよかったのに。

「とんだ貧乏籤《びんぼうくじ》だ」

玉鶯の監視だけであればよかったのに。

なぜ、奴はこんなにも歪んだ。

なぜ、誰も修正しなかった。

なぜ、陸孫にやらせた。

――いや違うな。

陸孫はずっと望んでいた。

いつしか、母と姉の仇《かたき》を討つことを。

そして、叶《かな》えられた。

「……もう何もやる気がしなくなったな」

誰かが責任転嫁のように、玉鶯の代わりに西都を治める者をあげようとする。平和な世ならまだともかく、蝗害《こうがい》で荒れた時期に領主代理をやりたい者などいない。

陸孫にまで代理をやれという声が聞こえたので、つい言ってやった。

「月の君がふさわしいかと」

皇弟がぽかんとしていた。申し訳なかった。でも、同時に、過労仲間が増えるなどと不《ふ》遜《そん》なことを考えた。

「どうしようかな」

陸孫は燃え尽きていた。何もやる気がしなくて、やりたくないことを他人に押し付けたくらいだ。今も仕事をさぼって木の上で横になっている。

十数年間生きてきた目的がなくなって、ぽかんと空虚になっていた。このまま死んでもおかしくないと思っていたが――。

陸孫のやったことは許されることではない。だが、同時に罰せられる機会も失ってしまった。とてつもなく卑怯《ひきょう》で汚い。陸孫は自分の存在が、ひどく醜いものに思えた。

木漏れ日がちらつく。小鳥が空を飛んでいた。

「鳥だ」

優雅に空を飛ぶ姿を見て、いつしか風になると思っていた記憶がよみがえる。

元服とともに、刺繍《ししゅう》が入った衣装を着る。商人になるか船乗りになるか、それとも遠い地を目指して旅立つか。当時は、いくらでも夢が広がった。

「旅か」

いいかもな、と思いつつ陸孫は木から下りた。

誰もいないところへ行って、そしてぼんやりと生きて野垂《のた》れ死《じ》にしよう。

『だめよ！』

ふと声が聞こえた気がした。陸孫は周りを見回すが誰もいない。ただ風が吹き、鳥が飛んでいる。

『西都のために働くんでしょ！』

ただの空耳だ。風と鳥の鳴き声が、娘の話し声に聞こえただけだ。

なのに、陸孫は会話をするように続ける。

「まだ、働かないといけない？　姉さん」

ぴゅうっと風の鳴き声が響く。

「ははは、ひどいな」

陸孫は笑って地面に仰向けになった。空は広く、青く、風が気持ちよい。

陸孫が旅に出るのはまだまだ先だ。西都に活気が戻り、人々が笑って行き交うようになるまで。

母と姉の願いを叶《かな》えるため。

もう少しだけ、面倒くさい仕事を続けようと思った。

〈『薬屋のひとりごと12』につづく〉

ヒーロー文庫

薬屋《くすりや》のひとりごと 11

日向夏《ひゅうがなつ》

2021年 5月10日 第1刷発行
2024年 4月20日 第7刷発行

発行者 廣島順二

発行所 株式会社 イマジカインフォス
〒101-0052 東京都千代田区神田小川町 3-3
電話／03-6273-7850（編集）

発売元 株式会社 主婦の友社
〒141-0021
東京都品川区上大崎 3-1-1 目黒セントラルスクエア
電話／049-259-1236（販売）

印刷所 大日本印刷株式会社

ISBN 978-4-07-448226-9